KB138209

추억 속의 달챙이 숟가락

추억 속의
달챙이 숟가락

초판 1쇄 인쇄일_2007년 6월 5일
초판 1쇄 발행일_2007년 6월 11일

글·그림_홍상기
펴낸이_최길주

펴낸곳_도서출판 BG북갤러리
등록일자_2003년 11월 5일(제318-2003-00130호)
주소_서울시 영등포구 여의도동 14-5 아크로폴리스 406호
전화_02)761-7005(代) | 팩스_02)761-7995
홈페이지_http://www.bookgallery.co.kr
E-mail_cgjpower@yahoo.co.kr

값 9,000원

ISBN 978-89-91177-37-6 03810

홍상기 글·그림

추억 속의

달챙이 숟가락

북갤러리

머리말

바쁘게 살아온
당신의 젊은 날의 추억을 들춘다

추억 속으로의 여행을 하다보면 가슴이 뜨거워지고, 저절로 입가에 미소가 떠오른다. 한번 가면 되돌아오지 않는 것이 세월이라지만 지나간 시절 하나하나가 삶의 발자취이며, 나의 모습 그 자체이기 때문일 것이다.

60년에서 70년대 초에 이르기까지의 생활은 세 끼 밥을 먹는 것이 가장 큰 문제였을 정도로 모두들 살기가 어려웠다. 그러나 요즘은 가난한 사람도 어느 측면에서는 예전의 부자 못지 않은 물질적인 풍요를 누린다고 볼 수도 있다.

지금의 삶이 아무리 어렵다 해도, 예전의 춥고 배고팠던 시절에 비견할 수 없을 것이다. 그럼에도 힘겨웠던 지난 일들이 문득문득 그리워진다.

옛날에는 비록 가난하였지만 가족간의 우애가 두터웠고, 이웃 사이의 온정도 넘쳤다. 그리고 우리의 산하는 춘하추동의 모든 풍경이 아름다웠다.

그러나 지금은 어떠한가.

사소한 문제로 이웃과 서로 미워하는 것은 물론 이해득실로 형제간에 갈등이 생겨 다투는 일이 다반사가 되었고, 맑은 물이 흐르고 새가 노래하던 산하 역시 점점 오염되어 혼탁해졌다.

아무리 물질적으로 풍족해졌다고는 하나, 인정이 메마르고 자연환경이 황폐해졌다면 그 속에서 살아가는 우리들의 삶의 질이 높아졌다고 볼 수가 있겠는가.

어린 시절에 느꼈던 인정과 아름다운 자연 풍경이 지금은 모두 삭막하게 변하였으니 그 시절의 모습을 지금 어느 곳에서 다시 보고 느낄 수 있으며, 나의 자손들에게 무엇을 보여주고 가르쳐줄 수 있단 말인가.

지금의 우리는 너무나 물질적인 풍요만을 향하여 달려가고 있는 것은 아닐까. 그래서 또 다른 중요한 것을 잃어버리고 사는 것은 아닐까.

하루하루 쫓기듯 살다보면 지금의 삶이 무의미하게 느껴질 때가 있다. 그렇게 지금의 세월 또한 흘러가고, 세상은 계속 변해갈 것이다.

그러나 무미한 것처럼 느껴지는 지금의 생활도, 다가올 미래에는 역시 그리운 추억으로 남을 것이 틀림없다. 지난날의 힘들었던 세월이 그리움으로 남는 것처럼….

옛 시절의 아름다웠던 기억을 찾아, 그곳으로 들어가 보자. 그것만으로도 작은 행복을 느낄 수 있지 않을까.

추억 속으로의 여행은 다가올 미래를 더욱 풍요롭게 할 것이다. 또한 그것은 지금 살아가는 삶의 소중함을 알게 해주는 것이 아니겠는가….

2007년 5월

홍 상 기

차례

4 몽당연필

5 검정고무신

6 등잔불

7 마음의 향기

1

꿈꾸는 오줌싸개

갈치 한 토막

울컥 솟은 눈물이 두 뺨을 타고 주르륵 흘러내렸다. 식탁에서 아침밥을 먹던 후남은 순간적으로 설움의 감정이 복받쳐 올라 자신도 모르게 울고만 것이다. 그녀는 젓가락으로 갈치 토막을 집어 밥그릇에 올린 상태였다. 마주 앉아 밥을 먹던 그녀의 남편은 그런 그녀를 보고 깜짝 놀라 눈을 크게 떴다.

"아니? 당신, 어디 아픈 거야? 왜 그래?"

놀란 그녀의 남편이 앉은 자리에서 일어나며 물은 것이다. 후남의 눈에서 흘러내린 눈물방울이 식탁 위를 점점이 적시고 있었다.

"아니요. 아프기는…. 아무것도 아녀요."

남편을 의식한 후남은 손등으로 눈물을 닦으며 손을 내저었다. 그러나 그녀의 목소리는 잘 들리지 않을 정도로 목이 메어 있었다.

결혼하여 이십여 년을 살아오면서 한 번도 눈물을 보이지 않던 그녀였다. 몸이 아프다는 말 한번 한 적 없고 아무리 어려운 일이 있어도 표시를 내지 않던 그녀인 것이다. 그런 그녀가 갑자기 눈물을 쏟다니, 남편의 눈이 휘둥그레질 수밖에 없었다.

"당신, 무슨 일이 있어? 왜 그래?"

"아무 일 없다니까요."

그녀가 고개를 숙인 채, 별것 아니라고 하자 그는 고개를 갸웃거리며 자리에 앉았다. 근래에 무슨 일이 있었는지 아무리 생각을 해도 알 수가 없었다. 굳세기만 한 자신의 처가 눈물을 보인 것이 신기하기까지 하였다.

바늘로 찔러도 피 한 방울 나지 않을 사람이라는 말을 들을 정도로 억척스런 그녀가 오늘 아침에 눈물을 흘린 것은 우습게도 식탁에 올려진 갈치 한 토막 때문이었다.

후남은 시골에서 농사를 짓는 집의 칠남매 중 셋째 딸로 자랐다. 연이어 딸을 낳아 실망을 한 그녀의 아버지는 그녀의 이름을 후남이라 지었다. 다음번에는 꼭 아들을 낳겠다는 염원이 담겨있는 이름이었다.

부모님의 희망대로 넷째는 아들이었으나, 그 이후로 낳은 자식은 모두 딸이었다. 딸 여섯에 아들 하나였으니, 고만고만한 아이들이 일곱이나 되었던 것이다. 가난했던 시절이었으므로 후남은 보리밥도 배불리 먹지를 못했다.

어머니는 밥을 풀 때마다 아버지의 밥그릇에는 흰 쌀밥을, 아들의 밥그릇은 쌀이 반쯤 섞인 밥을 퍼줬다. 그러나 딸들이 받는 밥은 쌀이 한 톨도 섞이지 않은 꽁보리밥이었다. 그나마 배불리 먹을 분량이 아니었으며 어머니는 눌어붙은 보리밥을 먹었다.

후남은 밥을 먹을 때마다 아버지의 밥그릇에 있는 흰 쌀밥이 먹고 싶었다. 아버지가 잡수시는 흰 쌀밥을 보면 침이 저절로 흘러나왔다. 그런 딸의 마음을 알았는지 아버지는 꼭 밥을 조금씩 남기셨고, 그럴 때마다 후남은 언니와 동생들을 제치고 기어이 그 밥을 먹었다.

아버지가 남긴 밥그릇을 차지하고 그 안에 남겨진 쌀밥을 입어 넣으면 부드럽게 살살 녹으면서 넘어갔다. 씹을수록 단맛이 울어나는 쌀밥은 입 안에서 거칠게 씹히는 보리밥과는 맛이 달랐던 것이다.

후남의 나이 여섯 살 되던 어느 날, 저녁밥을 먹는 시간에 후남은 비어가는 자신과 아버지의 밥그릇을 비교해가며 눈치를 보고 있었다. 아버지가 밥을 남기기를 기다리고 있었던 것이다. 그런데, 그날은 아버지가 밥에 물을 부으시는 것이 아닌가? 그러면 밥그릇에 남는 밥이 있을리 없었으니….

머릿속에 쌀밥의 향기를 떠올리고 있던 후남은 물을 말아 드시는 아버지를 보고 닭똥 같은 눈물이 주르륵 흘렀다. 밥상을 내갈 때까지 눈물을 그치지 못하고 계속 울어버린 그녀였다. 그녀는 어릴 적부터 억척스런 면이 있으면서도 감성이 두드러져 울기도 잘 했던 것이다.

후남의 남동생은 생선을 좋아했다. 특히 갈치를 좋아하여 잘 먹었으므로 갈치 토막이 가끔 밥상에 올랐다. 석쇠에 잘 구워진 갈치 토막이 밥상에 올려지던 날, 군침을 흘리며 그녀는 젓가락을 들어 갈치 토막에 가져갔다.

막 갈치 토막에 젓가락이 닿으려는 순간, 갈치 그릇 위에서 어머니의 젓가락과 서로 부딪혔다. 서로 갈치를 먹으려고 하다 그리된 것으로 생각한 후남은 어머니의 젓가락을 피해 갈치 토막을 잡으려하였으나, 어머니의 젓가락은 그녀의 젓가락을 다시 막아서고 있었다.

후남은 고개를 돌려 어머니의 눈을 바라보았다. 어머니의 눈은 후남에게 갈치를 먹지 말라고 분명히 말하고 있었다. 어린 후남은 젓가락을 깍두기 쪽으로 옮겨야 했다. 맛이 있는 반찬은 아버지와 남동생의 몫이었던 것이다.

그 이후에도 후남은 밥상의 갈치 토막을 한 번도 먹지 못하고, 아버지와 남동생이 맛있게 먹는 것을 보면서 침을 삼켜야 했다.

공부를 잘했던 그녀는 초등학교를 졸업하고 우수한 성적으로 중학교에 입학하였다. 언니들은 초등학교를 졸업하고 돈을 벌기 위해 서울로 갔으나 그녀가 기어이 중학교에 가겠다고 고집을 피운 결과였다.

그녀가 2학년이 되는 해, 아버지는 월사금을 주지 않으셨다. 선생님으로부터 몇 번씩 교실 앞으로 불려나가 혼이 나고, 수업시간에 월사금을 가지러 집으로 가는 수모도 겪었지만 공부는 하고 싶었다.

후남은 아버지에게 학교를 다닐 수 있게 해달라고 보챘지만, 아버지는 월사금을 주는 대신에 그녀의 책가방을 불태워버렸다. 언니처럼 서울에 가서 방직공장에 취직하여 돈을 버는 것이 더 낫다는 것이 그 이유였다.

일곱이나 되는 아이들을 다 가르칠 힘이 아버지에겐 없었고, 시집을 가버리면 그만인 딸보다는 대를 이어야 할 아들을 가르치는 일이 중요했던 것이다.

후남은 검은 연기를 올리면서 타들어가는 책가방을 바라볼 수밖에 없었다. 연기로 변해가는 책가방과 함께 학업의 꿈도 하늘로 흩어지고 있었지만 눈물을 흘리지 않으려 이를 악물었다.

세월이 흐른 후 그녀는 지금의 남편을 만나 결혼을 하였다. 남편은 홀어머니 슬하에서 자란 사람이었으므로 시어머니를 모시고 신혼살림을 차렸다. 넉넉하지는 않았으나 행복한 신혼생활이었다.

그녀의 남편 또한 생선을 좋아했다. 특히 군 갈치를 좋아했으므로 석쇠에 갈치를 맛있게 구워 밥상에 올렸다. 시어머니와 셋이 저녁밥을 먹는 시간, 후남은 그 갈치를 바라보며 자신의 어린 시절을 떠올리며 미소를 지었다.

그런데 시어머니가 그 군 갈치가 담긴 그릇을 자신의 아들 쪽으로 가까이 밀어놓는 것이 아닌가. 그리고 갈치의 가시를 일일이 바른 다음, 그릇 안에서도 아들 쪽으로 갈치토막을 옮겨놓는 것이었다.

가슴이 서늘해지는 것을 느낀 후남은 감히 그 갈치 토막에 젓가락을 대지 못하였다. 자주 갈치를 구워 밥상에 올렸지만, 신혼생활 내내

한 번도 군 갈치에 젓가락을 대지 않은 후남이었다. 그까짓 갈치 안 먹어도 된다는 오기가 생겼던 것이다.

어린 시절 밥상의 갈치가 얼마나 먹고 싶었던가. 결혼을 하고나서도 갈치를 구울 때마다 냄새가 콧속으로 스며들었지만 먹지 않은 그녀였다. 갈치구이를 혼자만 먹는 남편과 그 옆에서 가시를 발라주는 시어머니가 우습기도 하였다. 그러면서도 한편으로는 무심한 남편에 은근히 불만을 가지고 있었던 것일까? 시어머니가 돌아가신지도 오래 되었으나, 그녀는 습관처럼 갈치를 먹지 않았다.

그런데 오늘 아침에 갓 구운 갈치의 냄새에 갈치 토막 하나를 무심코 집어 밥 위에 올렸고, 그것을 본 남편이 웃으며 그녀에게 말을 건넨 것이다.

"당신도 갈치를 먹어? 갈치 싫어하잖아?"

그 소리를 듣는 순간, 그녀는 울컥 설움이 복받쳐 눈물을 흘리고 만 것이었다. 남편의 그 말에 자신이 눈물을 그리 쏟으리라고는 상상도 하지 못한 후남이었다. 갈치 한 토막 때문에 목이 멜 정도로 눈물이 나다니….

남편이 나를 몰라도 너무 모른다는 생각에, 얼마나 서러운지 눈물이 멈출 줄 모르고 솟아나왔다. 화가 나기보다는 어린아이처럼 서러움이 울컥울컥 올라왔던 것이다.

'내가 갈치를 싫어하다니요, 제일 좋아하는 게 갈치구인데….'

후남은 이 말을 하지 못하고 속으로 삭이고 있었다.

꿈꾸는 오줌싸개

나는 오줌싸배기였습니다. 갓난아기였을 때부터 오줌을 싸기 시작한 나의 버릇입니다. 아기 때 오줌 싸는 거야 뭐라 하겠습니까만, 다 큰 놈이 오줌을 싸니 문제였습니다.

초등학교 5학년 때였던가, 하루 종일 밖에서 뛰어놀다 집에 들어와 잠에 곯아떨어졌습니다. 꿈속에서도 친구들과 뛰어 놀다보니 오줌이 마려웠습니다. 고개를 둘레둘레 거리다가, 길옆에서 허리띠를 풀고 고추를 내밀었습니다. 그리고 힘차게 오줌을 내갈겼습니다.

"주르륵…. 주르륵…. 줄 줄 줄 줄……."

참았던 오줌이라서 그런지 무지하게 시원하였습니다. 그런데 어찌된 일인지 좀 찝찝한 기분이 들어 얼굴을 찡그리면서 눈을 떴습니다.

그런데 이게 웬일입니까. 길옆인 줄 알고 오줌을 쌌는데, 눈을 뜨고 보니 방 안입니다.

"헉?"

아침햇살이 창호지를 뚫고 들어오고 있는 중이었습니다. 오색의 아침햇살이 창호지를 지나 나의 얼굴을 붉게 물들였습니다. 이불 전체가 척척합니다. 많이도 싼 것입니다.

"으…."

다 큰 놈이 오줌을 쌌으니 이불 속에서 나오지 못하고 있었습니다만, 그렇다고 계속 이불 속에 있을 수도 없었습니다. 떠올리고 싶지도 않은 창피한 기억입니다.

사나이로 태어난 원죄(?)로 인하여 군에 입대를 하게 되었습니다. 논산에서 훈련을 마치고 후반기 헌병교육을 남한산성 부근에서 받았으며, 이어서 모 사령부에서 교육, 그리고 나서도 자대에서 자체교육, 그렇게 계속 교육만 받았으므로 힘들어 죽을 지경이었습니다.

드디어 기다리고 기다리던 자대에 배치되었습니다. 교육기간이 길었으므로 자대에 배치되었을 때는 빛나는 일등병이 되어 있었습니다. 이등병이 없는 동네에서의 일등병은 가치가 없었으니 천상천하 제일 졸병이었습니다.

걸레질을 전문으로 하는 졸병시절의 어느 날, 행사장에 동원되었습니다. 대통령이 참석하게 되는 모 사관학교의 졸업식 행사였습니다. 행사장에 참석하기 위하여 머리에서 발끝까지 일일이 용모복장점

검을 받고 난 다음에 주의사항을 또 들어야 했습니다.

그 중에서 먹는 음식에 대한 것도 있었으니, 고참들이 나더러 아침에 국도 먹지 말랍니다. 내가 제일 좋아하는 게 국인데 왜 먹지 말라고 합니까. 부모님 말씀도 아니 듣던 나인데, 그 말을 들을 내가 아니라 이겁니다.

먹지 말라는 소리를 들으니 더 먹고 싶은 생각이 드는 거였습니다. 진짜 진짜로 맛있게 먹었습니다. 모두들 국을 아니 먹었으므로, 덕분에 국이 많이 남았고 나는 그것을 실컷 먹을 수 있었습니다.

행사장 근무는 한 시간 반쯤 전에 배치되었는데, 배치되기 전에 오줌을 다 빼고 오라는 것 아닙니까. 나 원 참, 오줌이 나와야 싸는 거지 그냥 내놓고 힘을 준다고 오줌이 나옵니까. 소변을 보는 것까지 통제를 하다니, 기분이 나빴습니다.

로마의 원형경기장이 연상되는 행사장입니다. 빼곡하게 들어찬 사람들로 시끄러운 그곳에서 나의 임무는 뻗치기를 하는 것입니다. 일정한 간격을 두고 동료들이 서 있었고, 그 스탠드 주변으로는 하얀 칼라에 검은 교복을 입은 여고생들이 앉아있었습니다.

행사복을 입고 하이바를 쓴 헌병이 신기한지 그녀들이 힐끔힐끔 보고 있습니다. 눈동자를 옆으로 돌릴 수는 없지만 그것이 느껴지고 있었으며, 피 끓는 청춘이던 나의 가슴이 두근두근 설레

었습니다.

여고생들의 몸에서 풍기는 열기와 함께 야릇한 냄새가 나의 코끝을 간질이고 있었으나, 그렇다고 해도 눈동자 하나 맘대로 돌리지 못하고 있었습니다. 자세가 불량한 것을 고참들에게 들키면, 행사가 끝난 다음에 내무반에 들어가서 혼이 날게 뻔했기 때문입니다.

드디어 악대의 행진곡소리에 맞춰 대통령이 입장하고, 사회자의 마이크소리에 따라 행사가 착착 진행되고 있었습니다. 그 시간에는, 나는 건너편 스탠드만 바라보고 바위처럼 서 있어야 했습니다.

작렬하는 태양의 전차가 중천으로 달려가는 시간, 발바닥이 차츰 아파오기 시작합니다. 빳빳하게 서 있으면 삼십분이 되면서 발바닥에 압력이 느껴지고, 한 시간이 지나면 발바닥에 통증이 생기는 것입니다.

이럴 때는 아무도 모르게 무게의 중심을 왼쪽에서 오른쪽으로 서서히 움직이면 됩니다. 그렇게 좌우로 중심을 옮겨가면 걱정이 없습니다. 그런데 이게 문제가 아니라 다른 것이 문제였습니다.

오줌이 마렵기 시작했습니다. 아침에 국을 먹었던 것입니다. 행사 시작 전에 아무렇지도 않던 오줌보입니다만, 조금씩 요의가 느껴지더니 오줌보가 터질 것 같아졌습니다.

"끙~."

행사가 끝나려면 아직도 먼 시간입니다. 오줌이 마렵다는 생각을 떨치려, 국민교육헌장을 외웠습니다. 첨부터 끝까지 한 자도 안 틀리고 정신을 집중하여 외웁니다. 이어, 구구단을 2단에서 9단까지 그리고 거꾸로 외우면서 정신을 집중하고 있었습니다.

정말이지 고문도 이런 고문이 없습니다. 이 난관만 무사히 지나간다면 세상에 소원이 없을 것 같습니다. 아~, 오줌보의 신경이 끊어진다면 얼마나 좋겠습니까. 그냥 고무줄로 꽉 묶어버리고 싶은 심정입니다.

어떻게든 오줌이 마렵다는 것을 잊어버려야 했지만, 땡땡해진 아랫배는 이제 농구공처럼 둥글게 되었습니다. 빳빳한 나무처럼 정면을 응시하던 눈동자, 그 눈의 주변시로 주변을 둘러봅니다.

"……."

여고생 하나가 우유를 마시고 있는 것이 보입니다. 그때, 그 여학생이 그 우유를 놓쳤습니다. 그 바람에 우유가 쏟아져 스탠드를 적십니다. 물이 흐르는 것을 보는 순간, 그토록 참고 있던 오줌이 삐질삐질 새어나오고 있습니다.

"으으…."

오줌을 잘 누지 못하는 경우, 따뜻한 물이 손에 닿거나 발등을 적시면 오줌이 나오는 수가 있습니다. 팽팽하게 잡아당겨지던 긴장의 끈이 풀어지면서 나타나는 현상일 것입니다. 억지로 참고 있다가 우유가 흘러내리는 것을 보고, 도저히 감당하지 못한 것이었습니다.

"……. 헉?"

나는 인상을 있는 대로 쓰면서 오줌보에 힘을 주어 막으려 했으나, 그것은 마음뿐이었습니다. '삐질삐질', 고추의 끝으로 밀려난 몇 개의 작은 방울이 허벅지를 적시며, 아래로 내려오고 있는 중입니다. 종아리를 지나 한 줄기 도랑을 만들어 흘러내리고 있었으니, 링을 차서 생긴 바지 속의 공간을 타고 아래쪽으로 내려가는 것입니다. 따뜻하였습니다.

"줄줄줄…. 줄줄줄…. 줄줄줄줄…."

막혔던 둑이 한번 무너져 내리기 시작하면 걷잡을 수 없이 터져 나오는 것처럼, 일단 풀어진 오줌보는 분출되는 간헐천처럼 솟아나왔습니다. 따스한 오줌이 허벅지를 거쳐 발등을 적셔갑니다.

"줄줄줄…. 줄줄줄…. 줄줄줄줄…."

오줌보가 터지면서 홍수처럼 흘러가고 있었으나, 오줌싸개는 꿈쩍도 않고 서 있었습니다. 아니, 움직일 수 없었던 것입니다. 바짓단에 달린 링의 무게로 팽팽해진 행사복 속은 오줌길이 생겨, 산골짝에서 내려가는 것처럼 줄기차게 흘러가고 있는 상태였습니다.

"후~."

어찌됐든 우선은 시원했습니다. 배설의 쾌감이 이리 좋을 수가 있다니, 잠시 후 내가 죽을 정도로 터질지라도 당장 배설만은 해야 했습니다. 정말이지 천상천하 최고로 행복한 순간이었습니다.

대통령의 축사가 이어지는 시간, 수만의 관중이 모인 행사장의 한쪽에서 막대처럼 서 있는 한 헌병 졸병의 바지 속에서, 그렇게 오줌이 뿜어지고 있었던 것입니다.

"줄줄줄…. 줄줄줄…. 줄줄줄…."

사실, 나는 조금만 싸고 멈추려 했습니다. 그러면 모른척해도 될지 모를 일이었으니 말입니다. 어떻게 다 큰 군인아저씨가 공식적인 행사장에서 오줌을 쌀 수 있단 말입니까. 더구나 대통령이 참석하는 중요한 행사장에서 말입니다. 영창을 가야 할 일인 것입니다.

정말로 조금만 싸고 말리라 마음먹었습니다. 그런데 그게 마음대로 되지 않았으니 일단 터진 물결은 도저히 힘으로 막을 수 없었습니다. 힘으로 되는 것이 아니었습니다. 더구나 얼마나 오랫동안 참았던지 그 양도 엄청 나서 마치 폭포에서 떨어지는 물줄기 같았습니다.

"콸…. 콸…. 콸…. 콸콸…."

바짓단에 도달한 오줌은 군화를 거쳐 스탠드 바닥을 흥건하게 적시고 난 후, 제일 위 스탠드에서 다음 스탠드 시멘트 바닥으로 그리고 그 다음 스탠드로, 그렇게 강물처럼 흘렀습니다.

"줄줄줄…. 줄줄줄…. 줄줄줄…."

대통령의 연설에 귀를 기울이며 로얄박스 쪽을 바라보던 여고생들이 엉덩이가 물에 젖는 야릇한 감촉을 느끼고 고개를 숙였고, 순간 당황한 여고생 하나가 비명을 지르면서 일어섰습니다.

"어머낫!"

"어머?…."

"엄마야~."

제일 위쪽에 앉았던 여고생이 일어섰고, 그 옆의 여고생에 이어 그 아래쪽 여고생도 따라 일어섰습니다. 마치 경기응원을 할 때 파도 타기하는 것처럼 말입니다. 오줌은 멀리까지도 흘러갔던 것입니다.

그 모습을 보는 나는 그저 아무런 말도 하지 못하고, 얼굴빛이 다 죽어가는 검은색으로 되어 앞만 바라보고 있었습니다. 몸과 얼굴이 굳어 석고상이 된 상태로 말입니다.

"……."

아, 그러는 와중에도 계속하여 오줌이 뿜어지고 있었습니다. 맨 처음에 일어섰던 여고생은 이 알 수 없는 물줄기의 발원지를 찾아 고개를 돌렸고, 그녀의 동그란 눈이 나의 바짓가랑이에 멎었습니다.

"?"

그녀의 놀란 눈동자가 찰라간 나의 가슴에 박혀 들었습니다. 당초에는 그것이 군인아저씨의 오줌인줄 몰랐을 것입니다. 누군가 먹을 물을 쏟아버려 그리된 것으로 알았을 것입니다. 그런데 그 물의 발원지는 나의 바지 속이였던 것이었으니….

"……!!!"

끝없이 솟아 나오는 오줌줄기의 뜨뜻함을 느끼면서, 속으로 얼마나 되뇌었는지 모릅니다. 아, 조금만 더 참았더라면 얼마나 좋았을까. 내가 왜 그 순간을 참지 못했을까. 후회가 밀물처럼 밀려들었던 것입니다.

고지가 바로 저긴데, 아니 잠깐만 더 지나면 오늘의 이 행사가 끝이 날텐데 하는 그런 생각에 후회막급이었지만 이미 엎어진 물, 아니 이미 싸버린 오줌이었던 것입니다.

대한 육군 일병의 인내 부족으로 인하여, 아니 국 한 그릇의 유혹을 물리치지 못한 그것으로 인하여, 대한민국 대통령이 참석하는 육군사관학교 졸업 및 임관식장을 오줌바다로 만들다니….

일어나지 말아야 할 일이었으나, 이미 그것을 돌이킬 수는 없었습니다. 그러나 한편으로는 그 배설의 쾌감이 얼마나 시원하였던지, 세상의 그 무엇과도 비교할 수 없는 희열이 동반되고 있었습니다.

원래, 나는 간이 워낙 작아서 근심걱정을 달고 다니던 소심한 놈이었습니다. 그런 성격의 대한민국 육군 졸병이 그런 무지막지한 일을 저질러 놨으니, 참으로 보통의 문제가 아닌, 일대 대사건이었습니다.

나 하나에만 국한되는 문제가 아닌 것에 문제가 있었으니, 육군 일병을 관리하는 고참병은 물론이거니와 선임하사, 소대장, 중대장 그리고 부대 전체에 미치는 영향을 생각하면 앞이 깜깜했습니다.

그런데, 그런데 말입니다. 작은 일에 항상 깜짝깜짝 놀라고 눈을 요리조리 굴리면서 요기조기 눈치만 보던 소심한 내가 말입니다. 기이하게도, 이 어마어마한 대사건에 대하여선 느긋한 기분이 드는 거 아니겠습니까.

거지가 망해봐야 도로 거지일 것이며, 막다른 골목까지 몰린 쥐가 고양이에게 대든다는 말이 있습니다만, 지금의 내 처지가 바로 그런 것이었습니다.

최고로 엄숙하게 진행되어야 할 행사장에서, 천하제일 말번의 졸병인 육군 일병이 그런 실례를 하고 말았으니, 까짓 것 될 대로 되라는 야릇한 뱃장이 솟아오른 것입니다.

그런 그 시간, 기적이 일어났습니다. 오줌줄기를 피해 파도 타기하는 물결처럼 여고생들이 줄줄이 일어서고 있던 절대 절명의 그 시간, 대통령께서 행사를 마치고 퇴장을 하는 것입니다.

대통령의 퇴장과 군악대의 악기소리에 맞춰, 스탠드에 줄줄이 앉아있던 행사참석 군중들도 함께 일어났습니다. 그와 와께 연병장에 줄지어 섰던 졸업생들의 하얀 모자가 한꺼번에 하늘높이 던져지고 있었습니다.

"와~. 와~."

나의 주변에서 여고생들이 놀라 비명을 질렀으나, 군악대의 음악과 군중들의 환호소리에 묻혀버리고 만 것입니다. 나의 오줌을 피해 일어선 여고생들의 행동은 마치 대통령의 퇴장에 환호하는 것으로 보였던 것입니다.

"와~. 와~."

그런 현상이 일어나는 동안에도, 스탠드 제일 위쪽에서 말뚝처럼 서 있던 나는 아무런 일도 일어나지 않은 것처럼 정면만을 응시한 채였습니다. 배짱이 좋아서 그랬다기보다는 그렇게 하는 것 이외에 다른 어찌할 방도가 없었던 것입니다.

그러면서 얼마나 시간이 지났을까. 하나, 둘 행사장에 참석했던 여고생은 물론 군중들이 모두 빠져나간 다음, 경호경비에 배치된 군인들도 철수를 시작하였습니다. 나와 가장 가까운 곳에 앉았다가 엉덩이에 오줌이 닿았던 그 여고생은 얼굴을 붉힌 채 어디론가 사라지고 없었습니다.

오줌을 싼 나도 동료들과 같이 철수를 해야 했습니다. 첫발을 내디디기가 영 거시기 하였습니다. 방광 속에 가득한 오줌을 모조리 뿜어버렸으니, 팬티는 물론 양발이 푹 젖었던 것입니다.

여기서, 헌병의 행사복장에 대해 잠시 논하겠습니다. 헌병은 물론 정문 입초를 서는 경비병의 경우, 행사복이나 군복바지에 용수철을 둥글게 원 모양으로 감아 만든 링이라 불리는 것을 차고 있습니다.

그것을 바짓단 속에 끼고 군화를 신고 바지를 군화 속에 말아 넣은 다음, 고무줄이나 구두 끈으로 조이면 바지가 쫙 펴지면서 팽팽해집니다. 즉, 쭉쭉빵빵이 되는 것입니다.

그 용수철 안에는 쇠구슬 등을 넣어 무게를 더하였고, 걸음을 걸을 때마다 '척, 척, 척' 소리가 나는 특징이 있습니다. 더구나 내복을 입지 않는 것이 보통이기 때문에(멋을 내느라 겨울에도 안 입음) 바지와 맨살 사이는 넓은 공간이 생기게 되어 있습니다.

내가 오줌을 실례했을 때, 그 공간 사이로 오줌 물이 줄줄 흘러내렸기 때문에, 겉으로 봐서는 전혀 표시가 나지 않았던 것입니다. 다만, 바지 제일 아래까지 내려간 오줌이 군화주변을 적시면서 양말이 축축해진 것뿐이었습니다. 힘을 들여 첫 발을 떼었습니다.

"끙~."

등짝으로 땀이 배어나옵니다. 그러나 어쩌겠습니까. 아무런 일도 안 일어난 척하면서 그 상태로 수송차가 대기하는 장소까지 가야 합니다.

"척…. 척…. 척…. 처걱…. 처걱…. 처걱…. 척. 척. 척…."

걸을 때마다 링의 울림소리가 '척. 척. 척' 나는 게 보통입니다. 딴 병사들의 걸음걸이 소리는 척척척 나고 있습니다. 그런데 내가 걸어가는 소리는 '처걱…. 처걱…. 처걱…' 하는 소리가 울립니다. 링의 마찰소리와 질퍽하게 젖은 군화소리가 짬뽕이 되어 묘한 하모니를 이룬 것입니다. 그때였습니다.

"야~. 너!"

고참병이 부르는 소리였습니다. 순간적으로 가슴이 덜컥 내려앉았습니다. 그 고참병이 내가 오줌을 싼 걸 알고 부르는 것으로 보였기 때문입니다. 내가 오줌을 싼 걸 저놈이 어떻게 알았을까? 이 난국을 어떻게 헤쳐 나가야 할까? 앞으로 쇠털처럼 많은 군대생활이 남았는데, 어찌해야 할까나! 나의 얼굴은 백년 묵은 똥색으로 변하여 고참병을 바라보고 있었습니다.

고참병이 졸병을 부를 때의 목소리는 절대 권력자의 위엄 있는 소리요, 그 소리에 반응하는 졸병은 이유 없이 작아질 수밖에 없는 것입니다. 더구나 대역죄를 막 범하고 나서 누군가가 그것을 알까봐 눈알을 데굴데굴 굴리던 중이었으니 어떻겠습니까.

"헉?"

숨을 들이쉬다 멎은 얼굴, 일시 정지된 화면처럼 확장된 동공으로 고참병을 바라보았습니다. 이것 참 큰일 났습니다. 나를 부른 상대는 소대의 실세이면서 '갈구리' 로 통하는 상병 고참이었던 것입니다. 재수 없는 놈은 뒤로 넘어져도 코가 깨진다더니, 내가 오줌을 싼 것을 안 사람이 하필 그 놈이라니….

"……?"

함께 '뻗치기 근무'를 서던 좌우측 경계병과의 거리는 각 50미터, 행사 내내 정면만 바라보고 있을 수밖에 없는 근무자세이므로 내가 오줌을 싼 걸 알 수 없었을 텐데, 저 갈구리가 그것을 어떻게 알았단 말입니까.

상병의 작은 눈이 반짝이며 얇은 입술꼬리가 올라갑니다. 그놈의 눈은 분명히 축축하게 젖어있는 나의 바짓단에 머물러 있습니다. 놈의 입술이 묘한 모양을 만들며, 야릇한 웃음을 짓습니다. 징그럽습니다. 아니, 끔찍하도록 무섭습니다.

"척척척…. 척척척…."

그런 그놈이 나에게 다가오고 있는데, 나는 오줌에 젖어서 그런지 다리가 오들오들 떨립니다. 고참병의 바짓단에서 울리는 링 소리가 '18지옥'에서 들리는 아수라의 외침처럼 한 걸음 두 걸음 '척척척' 다가옵니다. 그의 얼굴이 눈앞에 닿을 듯 가까이 다가와, 나의 귓가에 속삭입니다.

"너, 이따가 내무반에서 나 좀 보자."

말을 마친 고참은 한 번 더 나의 바짓단을 슬쩍 내려다봅니다. 그리고 얇은 웃음을 지으면서 멀어져갔습니다. 미치겠습니다. 하늘이 노랗게 변하고 있습니다.

"으…."

드디어 일어날 일이 일어나고야 만 것입니다. 조금만 참았으면 될 것을, 그 5분을 더 참지 못한 결과였습니다.

그로부터 얼마나 시간이 흘렀을까. 내무반에 들어가 옷을 재빨리 갈아입었습니다. 이런 일은 신속해야 하는 것입니다. 코가 예민하여 개 코라는 별명을 가진 일병 하나가 킁킁거립니다. 어디선가 좋지 않은 땀 냄새가 난다고 궁시렁거리면서 말입니다. 그러거나 말거나 시치미를 뚝 떼어야 했습니다.

내무반의 분위기로 보면 일단 행사장에서 오줌을 쌌던 일은 큰 문제없이 지나간 걸로 보입니다. 단, 그 상병 고참 하나만 빼고 말입니다.

다들 샤워를 하기 위해 밖으로 나간 시간, 그 문제의 상병 고참만 침상에 앉아 관물을 정리하고 있는 중입니다. 저놈의 입만 막으면 될 일이었으므로, 재빨리 그에게 다가갔습니다. 절호의 찬스였던 것입니다.

어깨를 내려뜨리고 손을 마주잡아 비비적거리면서, 얼굴엔 비굴한 웃음을 띤 채 입을 열었습니다.

"헤헤헤…. 저…. 오늘 피곤하셨죠? 상병님."

다정다감의 극치를, 아니 느끼의 절정을 이루는 목소리, 내가 이런 천상의 음성을 낼 수 있다니, 나란 인간을 다시금 느끼는 순간이었습니다. 관물을 만지던 동작을 멈춘 고참 상병이 고개를 돌려 의미심장한 눈빛으로 나를 바라봅니다.

저 고참 놈의 머릿속에는 무슨 생각이 들어있을까. 도대체 나에게 무엇을 바라는 것일까? 힘든 요구를 하면 어찌 대응을 해야 하나 하는 생각이 머릿속을 마구 회전하고 있었습니다. 의미심장한 눈빛으로 나를 바라보던 그 고참 상병이 드디어 입을 엽니다.

"야~ 너, 내가 갖고 싶은 것이 있는데."

말을 들으면서 나는 침을 꿀꺽 삼켰습니다. 역시 저 갈구리가 드디어 속내를 드러내고 있습니다. 그가 무리한 요구를 한다면 어찌할까. 그래도 할 수 없다는 생각뿐이었습니다. 뭐 어떻게 하겠습니까. 집으로 편지를 써서 소총을 한 자루 잃어버렸다고 하면 되는 거 아니겠습니까.

"…?"

뭘 갖고 싶어하는 것인지 갈구리의 입을 바라보았습니다. 집에다 탱크를 잃어버렸다고 할 정도의 요구가 아니길 바랄 뿐이었습니다. 그의 입에서 말이 나왔습니다.

"너, 아까 행사장에서 찼던 링, 그거 아주 좋아 보이던데…."

"예?"

"그 링 말이야, 내 거랑 바꾸자."

"……."

쇠망치로 갑자기 머리를 맞으면 아마 그 당시의 현상이 나타날 거란 생각입니다. 도대체 무슨 뜻인지 금방 해석이 아니 되었으니 말입니다. 내 링하고 고참의 링하고 바꾸자고?

전입 졸병인 일병의 링은 보잘 것 없는 것입니다만 상병의 링은 깨끗하고 반짝이는 아주 좋은 물건이었던 것입니다. 나를 가지고 장난을 치거나 농담을 하는 것인 줄 알고, 어떤 대답을 해야 할지 정리가 되지 않았습니다.

"……."

콧등에서 땀이 송골송골 맺히고 목젖이 바짝 말라 침이 넘어가지 않았습니다. 그러는 가운데 어색한 침묵의 시간이 잠깐 흘렀으나, 내가 대답을 하지 못하자 고참이 먼저 입을 열었습니다.

"싫어? 그러지 말고 좀 바꾸자. 대신에 내가 바클 하나 더 주지."

순간, 그의 말은 농담이 아니라는 것을 깨달았습니다. 그 고참은 내가 걸을 때 '처걱처걱' 울리는 링 소리에 반한 것입니다. 오줌의 질컥거리는 소리가 좋았던 모양입니다. 그래서 행사장에서도 나의 바짓단을 노려봤던 것이었습니다.

그는 내가 오줌을 싼 걸 몰랐던 것이며, 나는 그가 나를 바라보자 내가 오줌 싼 사실을 그가 알고 있다고 착각을 한 것이었습니다. 그렇다고 링의 소리는 오줌을 싸서 그렇게 울렸다고 말을 할 수가 없었습니다. 그러니 어찌 링을 바꿀 수 없다고 말을 하겠습니까.

정말이지 정말로 나의 자유의사와는 전혀 무관하게, 고참의 좋은 링과 나의 션찮은 링을 바꾸게 된 것입니다. 그것도 덤으로 바클 장식 하나를 더 받으면서 말입니다.

"넵, 알았습니다."

내가 좋다고 대답을 하자, 그 갈구리 고참의 얼굴이 한순간에 밝아지면서 아기처럼 순진무구한 웃음을 짓고 얼마나 좋아하던지, 하마터면 그 고참에게 귀엽다고 말할 뻔했습니다.

그런데 그 링에 무슨 특별한 효능이 있겠습니까. 그저 오줌에 젖었던 링에 불과한 것이니 말입니다. 그 고참은 뒤에 첫 번 외박을 나갈 때 문제의 그 링을 차고 가면서 고개를 갸웃갸웃 거렸습니다.

그리고 며칠이 지난 후 링을 버릴 수밖에 없었는데, 링에 빨간 녹이 슬어 사용을 할 수가 없었던 것입니다. 나의 오줌이 독했던 모양입니다.

나룻배

검은 연기처럼 비구름이 산 너머로 흘러갔다 몰려오기를 반복하는 장마철입니다. 맑은 하늘에 먹장구름이 몰려오더니 주룩주룩 비가 내리고 있습니다. 영철은 장마철만 되면 가슴 깊이 뭉쳐있던 몽우리 하나가 아파옵니다.

영철은 어린 시절을 계룡산자락의 어느 작은 마을에서 자랐습니다. 명산 계룡산에서 내려오는 맑은 물이 기암괴석 사이를 지나 은빛을 발하며 흘러가는 아름다운 곳이었습니다.

영철이 중학교에 들어간 그 해에는 늦게 찾아온 장마가 8월초까지 이어지고 있었습니다. 영철이 다니던 중학교에서는 여름방학 중에 애향활동을 한다며 학생들을 학교에서 소집하였는데, 그것은 흐트러진 학생들의 방학생활을 점검하기 위한 것이었습니다.

학교를 가는 길에 하천을 가로지르는 작은 교량 하나가 있었으나, 물이 불면 침수되는 '세월교'였습니다. 장맛비가 내려 황톳물이 그 다리를 넘어 거세게 흘러가고 있었던 것입니다.

며칠 동안 내린 비로 하천의 물이 급격히 불어 위험했지만, 학생들은 그곳을 건너지 않고서는 학교에 갈 수 없었습니다. 학교를 향하여 걸어가던 학생들은 냇물에 막혀, 흘러가는 물만 바라보고 있을 수밖에 없었던 것입니다.

요즘 같은 때라면 냇물이 불어 학교에 가지 못한다고 전화를 하기도 하련만, 그때만 해도 그런 융통성을 부릴 줄 몰랐을 때였습니다. 학생은 물론 부모의 생각도 같았던 시절이었습니다.

때마침 그 하천에서 나룻배를 타고 물고기를 잡고 있던 사공이 있었습니다. 그 나룻배의 사공은 중학생들과 나이가 비슷한 소년이었으나, 다른 아이들과는 달리 집안 형편이 어려워 중학교에 가지 못하고 있던 소년이었습니다.

학생들은 물고기를 잡고 있던 소년사공에게 나룻배로 건너게 해달라고 부탁을 하였습니다.

물이 불어나 다리가 잠겼으므로 직접 건너지는 못했으나, 그 나룻배에 타고 건널 수는 있었던 것입니다. 고개를 끄덕인 소년은 고기 그물을 걷은 후 학생들이 있는 둑 쪽에 나룻배를 댔습니다.

하천을 건너야 할 학생은 30여 명이나 되었으므로 한꺼번에 배에 태울 수가 없었습니다. 첫 번째로 올라탄 학생들은 모두 16명이었는데, 중학교 1학년과 2학년 학생들이었습니다.

여학생이 14명, 남학생이 2명이었으니 사공을 포함하여 모두 17명이 조그마한 나룻배에 올라 탄 것입니다. 학생 하나하나 올라탈 때마다 작은 나룻배가 심하게 흔들렸습니다.

영철은 중학교 1학년이었고, 영철의 누나인 영희는 같은 학교 상급생인 2학년이었습니다. 연년생이었지만 유독 누나를 따르던 영철은 누나와 함께 학교에 가는 중이었던 것입니다.

영철은 먼저 배에 올라탄 누나의 뒤를 따라 나룻배에 타려고 했습니다. '헤헤' 웃으며 손을 내밀고 누나를 바라보았습니다. 자신의 누나가 하얀 손을 내밀어 그의 손을 붙잡아줄 것이기 때문입니다.

그러나 영철의 누나는 평소와는 달리 차가운 얼굴이었습니다. 배에 먼저 오른 누나는 둑에 남아있던 영철을 바라보지도 않았습니다. 그리고 차갑게 소리쳤습니다.

"얘~! 너는 다음 번 배를 타라!"

야속하게도, 누나는 영철의 손을 잡아주지 않았습니다. 아니, 오히려 배에 오르려는 동생을 밀어냈던 것입니다. 골이 잔뜩 난 영철은 입을 삐죽거리며 물가에 서서 있어야 했습니다. 나룻배가 건너편으로 갔다가 다시 오기를 기다리며 말입니다.

"……."

3대 독자인 영철은 집안에서 눈에 넣어도 아프지 않을 정도로 사랑을 받아오던 터였습니다. 하나뿐인 동생을 끔찍이 생각했던 누나가

어쩐 일인지 오늘은 냉정한 태도를 보였던 것입니다.

물이 불어난 하천의 길이는 제법 길어 100미터 가량이나 되었습니다. 황톳물이 거세게 흘렀으나, 나이 어린 사공은 능숙한 솜씨로 노를 저어 내를 건너고 있었습니다.

이제 조금만 더 저으면 건너 언덕에 도달합니다. 교복을 입은 학생들은 모두 그쪽을 바라보고 있었습니다. 그런데 이때 갑자기 주변이 어두워졌습니다. 비구름이 하늘에 머물러 있는 장마철이었던 것입니다.

"후두둑…. 후두둑…. 후두두두둑…."

순식간에 깜깜해지면서 굵은 빗줄기가 하천을 뒤덮었습니다. 흐르는 흙탕물에 동그란 방울이 폭발하듯 퍼지고 있었습니다. 학생들의 어깨에 떨어지는 빗줄기로 학생복이 젖어가고 있었던 것입니다.

"어머?…"

"비 온다."

거세게 내리는 굵은 비에 당황한 학생들이 모두 일어섰습니다. 그리고 바로 코앞에 바라보이는 내 건너 둑에 내리기 위하여 나룻배 앞으로 몰렸습니다. 빨리 배에서 내려 비에 맞지 않기 위한 마음이었습니다. 그러나 아직 배는 뭍에 완전히 닿지 않은 상태였습니다.

"아…."

작은 배의 왼편 앞쪽으로 학생들이 몰리자 무게 중심이 왼쪽으로 쏠리며 배가 그쪽으로 기울어졌습니다.

"어머?"

이에 놀란 아이들이 다시 뒤편 오른쪽으로 한꺼번에 물러나자, 이번에는 배가 반대방향으로 심하게 기울어졌습니다.

"어머나!"

"헉?"

출렁이는 물결과 함께 무게 중심을 잃어버린 나룻배는 그만 회전을 하면서 졸지에 뒤집어지고 말았습니다. 순식간에 벌어진 일이었습니다.

"으악~."

"억?"

하얀 교복 상의와 검은 치마가 허공에서 나풀대면서, 장마로 불어난 냇물 속으로 아이들이 빠져들었습니다. 사발이 엎어지면서 그 속에 들어있던 콩이 쏟아지듯이 나룻배에 탔던 모든 사람들이 한순간에 물속으로 빠져버린 것입니다.

"허푸~."

"사람 살려요~."

한순간에 물에 빠진 학생들은 입과 코로 들어오는 물을 들이키며 정신없이 손을 휘저었습니다. 손에 걸리는 무슨 물건이든 꽉 부여잡아야 살 수 있을 테니 말입니다.

그러나 17명 중 14명이 가녀린 여중생들이었습니다. 눈앞이 바로 뭍인데 마음만 그곳에 가 있을 뿐 아무것도 보이지 않았고 정신을 차릴 수 없었습니다. 그저 손에 잡히는 모든 것을 꼭 잡고 매달릴 수밖에 없었던 것입니다.

영희는 친구들의 교복 치맛자락을 꽉 잡고 있었습니다. 아니, 자신이 상대를 잡은 것뿐이 아니었습니다. 상대방인 친구 역시 영희의 교복 치마를 놓지 않고 있었던 것입니다.

기차놀이를 하듯 친구들의 치맛자락에 연결된 여중생들은 그렇게 물속으로 빠져들었습니다. 나룻배에 탔던 17명 중 헤엄쳐서 뭍으로 나간 사람은 사공과 남학생 한 명 뿐이었습니다.

나룻배가 다시 돌아오기를 기다리며 언덕에서 기다리고 있던 영철은 나룻배가 뒤집어지는 것을 보았습니다. 자신을 항상 돌봐주며 사랑했던 누나가 물속에 빠져 허우적거리고 있었습니다.

"어어…. 누, 누나…. 사, 사…."

사람 살리라며 고함을 쳤으나 목소리가 나오지 않고 있었습니다. 목이 멘 상태에서 어쩔 줄 몰라 손을 내밀었습니다. 그러나 물속에서 허우적거리는 누나와의 거리는 너무나 멀었습니다.

붉은 황톳물 속으로 빨려 들어가는 누나의 모습이 영철의 동공에 꽂혀들었습니다. 눈앞의 모든 것이 정지된 화면처럼 움직이지 않았습니다.

얼마가 지났는지. 동리 어른들이 뛰어오고, 이어서 수많은 사람들이 도착했으나 이미 늦은 뒤였습니다. 크게 놀라 달려온 어른들이 할 수 있는 일은 아무것도 없었던 것입니다. 열다섯 명의 꽃다운 학생들은 이미 이 세상에 있지 않았습니다.

태풍이 불어오고 있음에도 학교에서는 방학 중에 어찌하여 학생들을 불렀단 말입니까. 냇물이 불어 건너지 못하는데도 학부모들은 어이하여 그냥 등교를 시켰단 말입니까. 어린학생들은 위험을 무릅쓰고 그날 꼭 학교에 가야만 했었단 말입니까.

사공이었던 소년은 처벌을 받았으나, 그러나 어찌 그의 잘못만이었겠습니까. 또한 이런저런 잘잘못을 따진들 모든 것이 무슨 소용이란 말입니까. 한번 간 아들딸들은 돌아올 수 없었으니 말입니다. 슬픈 통곡소리만 먹장구름을 뚫고 하늘까지 울리고 있었습니다.

물에서 건져 올려진 학생들은 모두들 친구와 엉겨붙어 있었습니다. 무서움에 떨었던 것일까요. 물에서 빠져 나오지 못한 유일한 남학생은 한 여학생을 꼭 안고 있었습니다. 물론 상대 여학생도 그 남학생을 같이 부둥켜안고 있었습니다.

영철의 손을 냉정히 뿌리쳤던 누나 영희는 무엇을 알았던 것일까요? 항상 집안의 3대 독자인 영철을 먼저 생각하던 누나였지만, 너는 다음 번 배로 오라며 냉정하게 굴었으니 말입니다. 영철의 눈에서는 끊임없이 눈물이 흘러내리고 있었습니다.

둘이서 꼭 껴안고 숨진 두 학생은 평소 좋아하던 사이였을까요? 서로 붙어 죽은 두 학생은 아무리 힘을 주어도 떨어지지 않았으니 말입니다. 중학 2년생이던 두 소년소녀는 양가부모의 뜻에 따라 영혼결혼식을 올렸습니다.

그들은 부모님들의 뜻에 따라 화장되었고, 물에 빠졌던 그 장소에 뿌려졌습니다. 그들의 영혼이 하얗게 냇물을 타고 흘러나던 날, 라디오 방송에서는 이에 관련된 뉴스가 나오고 있었습니다.

마을에서 학교로 가는 길목의 하천에, 통학하는 학생들을 위하여 교량을 설치하겠다는 것이었습니다. 그 후 교량설치에 특별교부금을 지원하였고, 그 연결되는 도로는 농지정리사업 예산으로 길을 닦았던 것입니다.

그 사건으로 놓아진 성덕교로 그곳 사람들은 안전하게 오갈 수 있었습니다. 지금까지도 성덕교가 옛날의 슬픔을 품고 그 자리에 서 있습니다. 벌써 30년이 다 되어가는 일이지만, 영철은 그 일을 잊을 수가 없습니다. 영원히 가슴에 멍울로 남아있는 것입니다.

재봉틀

거실 한쪽에 놓인 재봉틀 앞에 앉아 마른 걸레로 구석구석 먼지를 닦고 있는 철수입니다. 미끄러운 감촉이 마른 걸레를 통하여 손바닥에 전달되고, 그 느낌 속으로 어머님의 손길이 보입니다.

재봉틀 양쪽 서랍을 열고 그 안을 살피면, 어머님께서 살아계실 때 쓰시던 물건이 있습니다. 작고 반짝이는 여러 종류의 단추가 수북합니다. 반쯤 녹이 슬어있는 실핀도 보입니다. 지금은 쓸모없는 실핀이지만 하나씩 꺼내 녹을 닦아봅니다.

철수는 이사를 할 때마다 재봉틀을 직접 챙기는 것은 물론 행여 흠집이라도 날까 조심하였습니다. 사용하고 있는 물건은 아니지만,

눈에 잘 보이는 거실에 두고 먼지를 닦고 기름을 칩니다. 무겁기만 한 재봉틀을 아끼는 그런 철수를 가족들이 이상하게 바라보곤 하였습니다.

그 재봉틀이 비록 값비싼 물건도 아니요, 귀한 골동품도 아니지만, 철수에게는 무엇보다도 귀중한 물건입니다. 돌아가신 어머님이 남기신 것이며, 오늘의 그를 있게 해준 고마운 재봉틀인 것입니다.

철수의 어머니께서는 스물둘 젊은 나이에 사랑하던 남편을 먼저 보내셨습니다. 청상이었으나 집안 어른들의 완고함과 그 시대의 여건 때문에 개가를 하실 수 없었습니다. 다행인지 불행인지 뱃속에 유복자가 하나 있었습니다. 그 유복자는 지금의 철수였던 것입니다.

어머니께서는 평생을 유복자로 태어난 아들을 위하여 사시기로 결심하셨습니다. 그러나 남편이 너무 일찍 저 세상으로 갔기에 남겨진 유산도 없었습니다. 서울로 이사를 한 어머니께서는 하나뿐인 아들을 가르치기 위하여 재봉 일을 택하셨습니다.

옷을 기우고 한복을 만드는 삯바느질로 생활비는 물론 아들의 학비도 벌어야 했습니다. 삯바느질로 그 돈을 충당하는 것이 쉬운 일이 아니었으므로, 새벽부터 밤늦은 시간까지 쉬지 않고 일을 하셔야 했습니다. 단칸방에서 철수어머니는 재봉틀을 돌리셨고, 철수는 그 옆에서 공부를 했습니다.

밤늦은 시간, 철수가 졸음을 이기지 못하고 잠이 든 시간에도 어머니의 재봉틀 소리는 새벽녘까지 이어지곤 하였습니다. 지금도 철수의

귀에는 드르륵드르륵 박음질 소리와 '차각 차가각' 바퀴 돌아가는 소리가 들리는 듯합니다.

철수어머니는 어깻죽지가 아프고 허리가 끊어질 것 같았으나, 쉬지 않으셨습니다. 다만, 아들이 공부를 잘하도록 더 좋은 여건을 만들어주지 못한 것을 가슴 아프게 생각하실 뿐이었습니다.

오랜 세월동안 방안에서 일만하셨기에, 시력이 떨어져 눈이 침침해지셨습니다. 수전증까지 와서 바늘귀에 실을 꿰실 수 없으셨습니다. 입에 실을 물고 침을 묻혀, 바늘에 실을 꿰기 위해 몇 번이고 헛손질을 하셔야 했던 것입니다.

아들에게 바늘귀를 꿰어 달라시며 미안해하시던 어머니…. 그런 어머니의 눈동자를 철수는 잊을 수가 없습니다.

철수는 대학을 졸업하고 군에서 제대를 한 다음, 결혼을 하였습니다. 겨우 자리를 잡게 되어 어머니께 잘해드리고 싶었습니다. 먹고 싶은 것도 사드리고 멀리 여행도 함께하고 싶었으나, 직장을 다니고 사회생활을 하다 보니 그 또한 쉬운 일이 아니었습니다.

하나뿐인 아들의 성공만 바라보고, 자신의 한평생을 희생하신 어머니…. 철수는 어머니께 재봉 일을 그만두고 편히 쉬시라 하였으나, 어머니는 손을 놓지 않으셨습니다. 다만, 일을 좀 줄였을 뿐입니다. 어머니의 눈자위는 파랗게 색이 바래, 본래의 생기있는 살색으로 돌아오지 못하였습니다.

철수가 결혼을 하고 아이가 태어났습니다. 어머니께 손자를 안겨드린 것입니다. 철수어머니는 무척 기뻤습니다. 모진 고생을 해가면서 키운 그 아들이 낳은 아들입니다. 안아주고 업어주고, 웃는 아기의 얼굴만 봐도 좋았습니다.

어머니는 재봉에서 손을 놓을 때가 되었으나, 손자를 보시게 된 것입니다. 철수는 편히 쉬어야 할 어머니께서 아이를 보느라 힘이 드시지는 않을까 걱정을 하였습니다. 그러나 좀 더 자리가 잡히면 잘해드리겠다고 마음을 먹었을 뿐입니다.

그러던 어느 날, 정말로 뜻하지 않았던 불운이 찾아왔습니다. 이제 행복하게 살날만 남았는데, 어머니께서 그만 사고를 당하신 것입니다. 차갑게 식은 어머니를 바라보며 철수는 할 말을 잃었습니다.

아버지의 얼굴도 모르는 채 태어나 외롭게 자란 철수였습니다. 이제, 하나뿐인 어머니마저 떠나가신 것입니다. 목이 메어 울 수도 없었습니다.

평생 자신의 한복 한 벌 제대로 해 입어보지 못하고, 다른 사람의 한복만을 지어주시던 어머니…. 저 재봉틀로 어머니의 한복을 예쁘게 지어, 한복을 입으신 어머니를 모시고 멋있는 곳으로 여행을 하면서 맛있는 것 많이 사드리고 싶었던 철수입니다.

평생을 같이 한 재봉틀은 제자리를 지키고 있으나, 그 앞에 앉아계셔야 할 어머니는 계시지 않습니다. 찰각거리며 돌아가던 재봉틀의 바퀴도 멈춰버렸습니다. 철수는 눈물이 앞을 가려 눈을 뜰 수가 없었습니다.

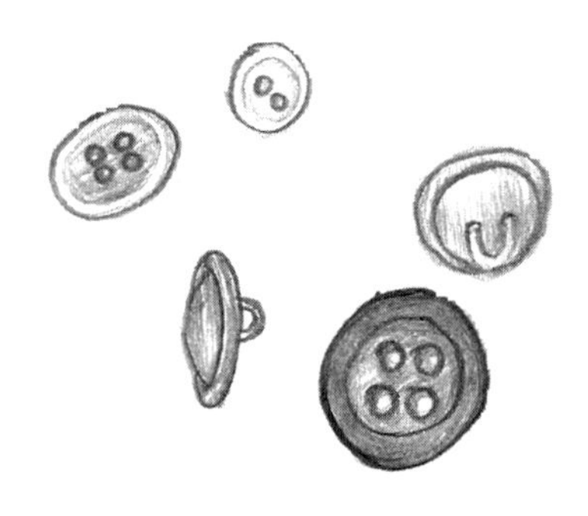

출산

1985년의 신혼시절 아침에 출근하여 사무실에서 일을 하고 있는데, 처갓집 장인어른으로부터 전화가 왔습니다. 내용인즉슨, '자네 집사람이 아이를 낳으러 산부인과 병원에 갔다' 는 것이었습니다. 이슬이 비쳤으니 금방 낳을 것이라면서 말입니다.

그러니 어쩝니까. 일과 중이었지만 소장님께 사정을 말씀드리고, 기차와 택시를 번갈아 타면서 한시간만에 그 병원에 도착한 것입니다. 덕분에 근무를 빼먹은 것입니다. 지금이야 출산휴가를 남자에게도 준다지만 그 당시야 어디 가당키나 한 일이겠습니까.

아이를 낳을 때, 걱정이라도 하는 척해야만 늙어서 따뜻한 밥 얻어먹을 수 있다는 어른들의 말을 그대로 따른 것이었습니다. 내가 이 정도로 착실한 놈입니다.

대전성모병원 산부인과 병동을 물어물어 찾아갔습니다. 엘리베이터에서 내려, 기다란 복도를 꾸불꾸불 돌아 산모실인가 뭔가 하는 곳에 다다랐습니다.

전화를 받은지 한 시간이 넘었으므로, 벌써 아이를 낳았을지도 모른다는 생각 때문에 마음이 몹시 급했습니다. 11월의 날씨에도 이마에서 땀방울이 흘러내렸습니다. 정말이지 아빠노릇하기가 쉬운 것은 절대 아니었습니다.

산모실 출입구에서 가쁜 숨을 고르고 있을 때였습니다. 갑자기 공기를 진동시키는 비명소리가 들려오는 것이 아니겠습니까.

"아악~~~. 아악~~~~~~."

얼마나 놀랐던지, 땀이 나오던 나의 땀구멍이 순간적으로 닫히고 있었습니다. 뜨거운 김이 나던 나의 살결에 소름이 돋으면서 그대로 굳어버린 것입니다. 귀신의 호곡성 소리가 이보다 더 오싹할 수 있겠습니까.

하얀 가운을 걸친 의료진이 이동용 침대를 급하게 밀며 출산실로 들어가고 있었습니다. 연초록빛 침대보를 덮은 산모는 내 눈앞을 지나면서 더 크게 비명을 질렀습니다.

"아악~~~. 아악~~~~~~."

마누라와 이제까지 살았어도 목소리가 그렇게 큰지 정말로 몰랐습니다. 얼굴 근육이 그렇게 심하게 일그러질 수 있다는 것 역시 처음 알게 된 사실입니다.

허공을 휘젓던 하얀 손이 나를 향하고 있었습니다. 깜짝 놀라서 달려가 마누라의 손을 잡았습니다. 평상시에 연약하고 부드럽던 그녀의 손이 아니었습니다. 어찌나 내 손을 세게 잡았는지 아플 지경이었던 것입니다.

"아아악~~~. 아악~."

아파 죽는다는 비명소리가 계속됨에 따라 나도 손에 힘을 주고 꼭 잡고 있을 수밖에 없었습니다. 젖은 손이 애처로워 살며시 잡은 게 아니라, 그녀에게 굳세게 잡혀버린 나의 손이었던 것입니다.

"…참어…. 힘들어도 조금만 참어…."

내가 참으라고 말을 하자 그녀가 고개를 끄덕거립니다. 그녀의 눈에서는 눈물이 주르륵 흘러내리고 있습니다. 그러나 부들부들 떨리는 진동이 내 가슴으로 전이되고 있는 것으로 보아 아픔이 가신 것은 절대 아니었습니다.

출산실로 이동용 침대가 들어서자 간호사가 나를 막아섰습니다. 보호자는 나가 있어야 한다는 것이었습니다. 흰 모자에 가운을 입은 그녀의 표정은 엄숙하였습니다.

원래 마음이 약하여 우유부단하고, 특히나 여자의 말에는 꼼짝을 못하는 장애가 있는 나였으나, 그때는 상황이 달랐습니다. 아이를 낳는 그런 문제가 아니라 마누라가 죽을 수도 있다는 위기감으로 다가온 것입니다.

차분하게 대처하거나 침착하게 마음먹지를 못했습니다. 그래서 대뜸 쏘아붙였습니다. '무슨 소리냐. 지금 내 마누라가 죽게 생겼는데, 왜 나가라고 하느냐. 옆에 있겠다.' 이리 말을 했던 것입니다.

내가 워낙 대차게 나가자 간호사가 움찔합니다. 그러더니 잠시 후에 남자의사와 함께 와서 강제로 나를 밀어냅니다. 여러 명이 달려들어 밀어내니 난들 어쩝니까. 그 상태에서 복도로 쫓겨나고 말았습니다. 지금이야 남편이 출산과정을 자연스레 지켜보기도 하지만, 그때는 그렇지 못하였던 것입니다.

패잔병처럼 힘없이 복도에 있는 나무의자에 앉았습니다. 먼 곳에서 악을 바락바락 쓰는 목소리가 들려오고 있었습니다. 비록 작은 소리였으나, 나를 괴롭히기에는 충분하였습니다.

"악~. 으악~."

그 소리가 어찌나 내 귀를 파고드는지, 의자에서 일어섰다가 앉기를 반복해야 했습니다. 복도를 서성거리다가 다시 의자에 앉는 등 안절부절 못하고 있었던 것입니다. 그러기를 얼마가 지났을까, 배가 쌀쌀 아파오기 시작하였습니다. 장이 꼬인 것입니다.

"으…."

식은땀이 솟고 오슬오슬 춥기 시작하더니, 설사가 나오려고 합니다. 출산실로부터 비명이 들려오는 시간에 화장실로 달려가야 했습니다. 급하게 허리띠를 풀고 바지를 내렸습니다.

"뿌드드득…. 뿌드득…. 뿌득…."

설사를 하는 와중에도 이마에 식은땀이 송알송알 맺혔습니다. 설사를 하자 배가 아픈 것은 사라졌으나, 몸뚱이에 남아있는 힘이 하나도 없었습니다.

"……."

축 처진 몸을 나무의자에 기댄 듯 앉아, 멍하니 복도 저편 끝을 바라보고 있었습니다. 초점이라고는 전혀 없는 멍청한 눈으로 말입니다. 가물거리는 저편에서 여자 둘이 걸어오고 있는 것이 보입니다.

"엉?"

탈진했는지 헛것이 보입니다. 그녀가 활짝 웃고 있습니다. 가까이 다가온 그녀가 나에게 말을 건넵니다. 부드럽고 다정한 목소리입니다.

"자기야~ 일찍 왔네? 엄마랑 원무과에 접수하느라 늦었는데…."

멍청한 눈으로 앞을 바라보고 있던 나는 잘못 보이는 눈앞의 것들을 털어내려 머리를 흔들었습니다. 그러나 앞에 있는 환영은 사라지지 않았습니다. 다시 눈을 비볐습니다. 그래도 그대로입니다.

다가온 두 여인은 마누라와 장모님이었습니다. 도대체 이게 어떻게 된 일이란 말입니까. 분명히 마누라가 출산을 하러 들어가는 것을 내 눈으로 똑똑히 보았는데 말입니다.

뭐가 잘못되었는지 알 수 없었습니다. 지금 내 앞에 나의 마누라가 웃고 있고, 그 옆에는 장모님까지 계시니 말입니다. 그렇다면, 좀 전에 배가 아프다며 고래고래 악을 쓰던 여인은 누구란 말입니까.

나는 내 마누라도 아닌 여인의 손을 꼭 잡고, 아파도 조금만 참으라고 하였단 말입니까. 내 마누라도 아닌 여인의 출산을 보겠다고, 의사와 간호사와 다퉜단 말입니까.

출산실로 가던 그녀는 왜 나의 손을 잡았으며, 내가 참으라고 하자 눈물을 흘리면서 왜 고개까지 끄덕거렸단 말입니까.

황당한 일이었으나, 그때 어찌나 애가 탔던지 그날 이후부터 긴장을 하면 꼭 설사가 나옵니다. 지금까지도 이어지고 있는 이 잘못된 버릇을 어찌해야 고친단 말입니까.

파리유희

"윙~."

어디선가 한 마리의 파리란 놈이 하늘비행을 하고 있습니다. 나의 벌렁코 속에서 생성된 검은 코딱지만큼이나 커다란 놈입니다. 유유히 인간 둥지의 공간을 가로질러 우주유영을 하고 있는 것입니다.

"……."

방 안 형광등 한편에 붙어 잠을 자던 이놈은 인간의 움직임에 지축이 진동하자 크게 놀란 나머지 급발진 이륙하여 대청 쪽으로 날아가고 있습니다.

얼마나 부정축재를 했는지 나만큼이나 배가 튀어나온 놈입니다.

하나의 무거운 수송기가 되어 단독비행을 하다가, 햇볕이 내리쬐는 유리창에 착지하였습니다.

"히히히."

나의 손에는 무서운 신무기가 들려져 있었으며, 입가에 짓궂은 미소를 띠고, 그 신무기로 파리를 겨냥하고 있습니다.

"헉."

인근에서 공중회전을 하며 놀던 다른 파리 하나가 깜짝 놀라며 "가스!" 라고 힘껏 외쳤습니다. 그러나 나는 벌써 왼손을 앞으로 쭉 내밀고 오른 팔뚝을 접어, 신무기를 팽팽하게 당긴 상태입니다.

"슉."

외부 인력으로 길게 늘어났던 신무기는 오른손을 놓자마자, 파리를 향하여 순간적인 공간이동을 하였습니다. 내 손에 들려있던 그 신무기는 바로 고무줄이었던 것입니다.

"츄악."

아~ 끔찍한 광경이 눈앞에 펼쳐졌습니다. 유리창에서 따뜻한 기운을 만끽하고 있던 '미스 파' 는 그만 그 가공할 신무기에 적중 당한 것입니다. 그녀의 가냘픈 허리는 두 동강이 났고, 어여쁜 얼굴과 아름다운 날개옷이 하늘로 흩어지고 있습니다.

"부스스…."

무서운 신무기의 위력에 미스 파는 그만 온 몸의 근육이 분리되고 오장육부가 파열되는 내상을 입고, 칠공에서 선혈을 쏟아낸 것입니다.

불쌍하게도 명운을 달리한 미스 파의 간접사인은 두개골 골절과 오장육부 파열, 직접사인은 심장마비로써, 결국은 심폐 및 뇌기능 정지로 완전 사망한 것입니다.

그런데, 그런데 말입니다. 너무 징그럽습니다. 파열된 파리의 잔해물이 유리창에 붙어 있는 그곳에서, 또 다른 성격의 이물질이 꼼지락거리고 있습니다. 잔해물이 살아서 움직이고 있었던 것입니다.

꼼지락 꼼지락, 아주 작은 구더기가 온 힘을 다하여 꿈틀거리고 있었습니다. 죽은 파리는 알이 통통하게 슬어있던 암컷이었던 것입니다. 으윽, 더러워서 미치겠습니다. 갑자기 아까 사용한 신무기에서 냄새가 나는 것 같습니다.

삼가 파리의 명복을 빕니다.

이하, 죽은 미스 파의 넋두리입니다.

나는 파리입니다. 얼마 전 인간의 신무기에 적중되어 열반에 든 그 미스 파입니다. 당시 오장육부가 파열되고 두개골이 골절되면서, 심장박동이 정지되어 유명을 달리하였던 것입니다.

아, 억울합니다. 무엇이 그리 억울하냐고 하셨습니까? 흑흑흑, 나의 일생이 이렇게 허무하게 끝나다니, 이 어찌 통탄치 않을 수 있단 말입니까.

인간들은 우리 동족 알기를 천하에서 제일 하찮은 것으로 알아, 파리 죽이기를 거리낌 없이 하니 어찌 통재치 않을 수 있습니까. '파리

목숨처럼 여기다' 라는 말까지 만들어 낸 인간들…. 정말이지 분하고 억울한 이 심정을 어디에다 하소연하여야 합니까.

그 날, 찰나간의 찢어지는 고통을 받아들이면서, 나 파리는 혼백과 육신이 이별하였습니다. 혼백은 이제 그동안 정들었던 육신을 떠나 알 수 없는 곳으로 가야 할 시간입니다.

아~ 그동안 일생을 함께 여행했던 껍데기를 떠나면서, 지나온 옛 세월이 아련하게 스치고 있습니다. 흐르는 영상으로 가슴에 다가오고 있는 것입니다.

나는 아무개집 장독에서 태어났습니다. 아니, 그곳에서 출생하였을 뿐 아니라, 유년시절을 보냈습니다. 또한 사회에 진출하여서도 아무개집 주변을 멀리 떠나지 않았으니, 그 집의 어머니가 해주는 밥을 먹었던 것입니다.

인간이 먹는 된장과 고추장은 나의 보금자리였고 먹을 거리였습니다. 아무개가 좋아하는 햄과 소시지는 나도 좋아하기 때문에 항상 나누어 먹었습니다. 즉, 한 지붕 아래에서 함께 살았고, 한솥밥을 먹는 그런 한 식구였던 것입니다.

돌이켜 생각해 보면, 된장항아리 속은 정말 아늑하였습니다. 해가 지면 포근한 된장 속에 편안히 몸을 묻고 행복한 꿈을 꾸었으며, 아침 햇살에 된장독이 따듯해 오면 꼬물꼬물 기지개를 켰습니다.

날이 따뜻한 날, 일광욕을 즐기기도 하고 먹을 것 또한 풍부하여 얼마나 살이 찌었는지, 아무개네 아배의 불룩한 배를 연상시켰던 것입니다. 거기다가 나는 살결이 희고 미끈미끈하였기에 스스로 절세

가인이라 자부하고 살았습니다. 그런 나를 인간들은 구더기라고 불렀습니다.

그런 행복한 나날이 계속되던 어느 날, 나는 뜻한 바가 있어 된장 속 깊이 들어가 면벽의 참선에 들어갔습니다. 이때가 제일 조심해야 합니다. 여러분이 아시다시피 도를 닦음에 있어서는 마에 빠질 위험이 있으니까요. 이런 것을 주화입마라 하는데, 도를 닦다가 미쳐버린 구더기들이 많았던 것입니다.

이 주화입마에 빠진 구더기는 아무개 아주머니가 아침에 된장을 떠 갈 때 딸려갑니다. 된장찌개를 끓이려 조리로 된장을 걸러낼 때, 우리의 동족들이 하수구속으로 들어가게 되는 비참한 운명을 맞게 되는 것입니다.

아, 여하튼간에 나는 모든 유혹을 이겨내고, 드디어 득도를 하게 되었습니다. 면벽의 참선을 지나 진리를 깨달은 것입니다. 가슴 벅찬 감동에 눈을 번쩍 뜨며, 환희의 기쁨으로 몸부림쳤습니다.

아아, 나는 꼼지락거리던 구더기의 몸을 벗어버리고, 하늘 높이 올라갔습니다. 환골탈태된 몸으로 우화등선의 환희를 만끽하며, 아름다운 비행을 하고 있습니다.

항아리 안의 좁은 세계를 벗어나, 드넓은 우주가 눈에 들어왔습니다. 투명하고 아름다운 날개를 부르르 떨며, 하늘의 천사가 되어 춤을 춥니다. 나는 천상천하 제일가는 파리였던 것입니다.

그런데 인간의 신무기에 이렇게 허무하게 죽어가다니, 정말로 억울합니다. 날개를 한번 움직이는 짧은 순간을 위해서 그토록 고생을 하였더란 말입니까. 차라리 구더기로 있었다면 좋았을 것을….

이하 내용은 죽은 미스 파를 따라다니던 '미스터 파'의 넋두리입니다.

아~, 갸름한 얼굴과 나긋한 몸매의 미스 파, 그녀의 몸이 아무리 뚱뚱하다고 하나, 나의 눈에는 천상천하 제일미녀로 보입니다. 그녀를 상대로 작업을 하기 벌써 며칠 째이건만, 제대로 사귀어보기도 전에 그녀를 눈앞에서 보내야 하는 이 마음, 형용할 길이 없습니다.

가슴이 찢어지는 아픔 속으로 미스 파의 얇고 애처로운 날개가 힘없이 떨어지고 있습니다.

슬픈 파리의 일생입니다. 불쌍한 미스 파, 내가 작업을 할 때 못이기는 척 따라 올 일이지, 아무리 아름다운 몸뚱이라지만 저리 죽어버리면 그만인 것을…. 흑흑흑, 아까워라.

인간은 왜 우리 파리를 미워하는지 모르겠습니다. 해충이라고 말했습니까? 그것은 천부당만부당 말씀입니다. 인간의 편견인 것입니다.

파리는 절대로 해충이 아니며, 자연의 법칙을 성실히 이행하는 꼭 필요한 존재인 것입니다.

아, 인간들은 왜 우리를 몰라주는 것일까요. 억울합니다.

파리….

인간들은 말합니다. 하찮은 파리라고, 또 '구더기 같은~'이라는 언어를 씀으로써, 가장 몹쓸 대상임을 표현합니다.

왜, 같은 벌레로 태어났음에도, 고치가 되었다가 우화등선하는 누에나 매미 등과 차별을 받아야 하는 것인지, 그것이 알고 싶습니다.

인간은 힘들게 뽕나무를 가꾸고, 양호한 조건을 만들어 주면서 누에의 종족을 번식시켜줍니다. 그러나 파리는 그저 내버려 두어도 우리끼리 잘 살고 있습니다. 그런데 왜 우리를 보기만 하면 잡아 죽이려 하느냐 말입니다. 슬픈 현실입니다.

누에고치는 인간들이 몸에 좋다면서, 번데기라고 부르며 맛있게 먹고 있습니다. 또한 이 집의 주인 같은 이는 정력에 좋다면서 허발을 하고 있습니다. 그런 반면, 파리 번데기는 질겁하고 있으니 알다가도 모를 인간들입니다. 숫 누에번데기만 정력에 좋은 줄 아는가 봅니다.

매미의 유충은 굼벵이라고 합니다. 이것 역시 고단백질로써 간 보호에 좋다거나, 암에 좋다네 하면서 고가에 산다고 합니다. 어째서 우리의 파리 유충인 구더기는 싫어하는지, 신세한탄이 절로 납니다. 기껏 사용한다는 것이 낚시미끼용 구더기라니…. 제기랄~.

종족 차별이 너무 심합니다. 모든 것이 인간의 편견인 것을 왜 모른단 말입니까. 인권위원회에 제소할까 검토 중입니다.

나 미스터 파는 우리 종족이 누에나 매미보다도 지구환경보호에 얼마나 더 이바지하고 있는지 잘 알고 있습니다. 부패가 있는 곳에는 항상 우리 파리가 있습니다.

하여, 우리 파리를 부패한 종족으로 몰아붙이는 사람이 있습니다만, 한 알의 밀알이 자신을 희생하여 수많은 밀알을 만들어내듯 부패야말로 세상을 이루는 원천인 것입니다.

부패함으로써 물체가 분해가 되어 스러지고 그것을 양분으로 또 다른 것이 생성되는 윤회를 이루는 것 아니겠습니까. 부패가 없다면 이 세상이 어떻게 되겠습니까. 모든 것들이 엉망진창으로 변하고 얼마가지 못하여 멸망할 것입니다.

그런 이유로 하여 그 역할을 담당하는 우리 파리는 하늘로부터 선택받은 종족인 것입니다. 그런 우리 종족을 아무 거리낌없이 죽이다니 정말로 억울합니다. 미스 파가 떠난 지금, 나는 외롭고 쓸쓸합니다. 다른 미스 파를 찾아 떠나려 합니다.

2

달챙이 숟가락

꿈꾸던 시절

작은아들 녀석이 그동안 아르바이트를 하고 받은 돈을 손에 들고 히쭉히쭉 웃고 있습니다. 제 엄마가 맛있는 거 사먹자고 녀석을 아무리 꼬드겨도 뒷짐을 진 채 하늘만 올려다봅니다. 그 돈으로 뭘 하려는지 모르지만, 무슨 원대한 꿈을 가지고 있는 것으로 보입니다.

일단, 녀석의 주머니에 들어간 돈은 웬만해선 나오지 않는 놈입니다. 그런 녀석을 보면서, 나의 어린 시절에 꿈을 꾸며 돈을 모으던 추억이 아련히 떠오릅니다.

나의 어린 시절, 아버지의 직장을 따라 1년에 한 번씩 전학을 다녀야 했던 나는 친구를 오래 사귈 기회도 없었고, 매번 새로운 환경에 적응을 해야 했습니다. 그 때문인지 숫기가 부족하고 내성적으로 변해, 말 수가 적어졌습니다.

그런 자식을 보던 아버지께서는 내가 초등학교 5학년에 들어설 시기에 할아버지 댁에 나를 맡기셨습니다. 그곳에서 초등학교와 중학교를 거치도록 하여, 한곳에서 오랫동안 머물게 함으로써 활기있는 성격이 되라는 뜻이었다고 합니다.

그러나 12살의 나이에 부모님과 떨어져 살게 되었는데, 어떻게 신이 나서 활달하게 지내겠습니까. 자주 전학을 하면 공부가 안되니 그곳에서 공부나 열심히 하라는 그런 뜻이라면 이해가 됩니다만….

그때 2살 위의 고종사촌 형도 중학교에 입학하면서, 외할아버지 댁인 그곳에서 나와 함께 생활하게 되었습니다. 사촌형제가 작은 공부방을 함께 쓰면서 동거동락하게 된 것이었습니다.

내가 초등학교 5학년의 12살, 그 형은 중학교 1학년의 14살. 유학 아닌 유학을 하게 된 그런 사이였습니다. 지금 생각하면 철없는 아주 어린나이지만, 그때는 다 큰 줄로 알았습니다. 어른들뿐 아니라 나 자신도 그렇게 생각했던 것입니다.

스스로 다 컸다고 생각을 했어도 어머니는 보고 싶었습니다. 그 형은 일찍 아버지를 여의었고 홀어머니만 계셨기에 더욱더 어머니가 보고 싶었을 것입니다. 그런 나와 형에게는 여름과 겨울이 가장 기다려지는 계절이었습니다.

그것은 여름방학과 겨울방학 때, 집에 가서 어머니를 볼 수 있었기 때문이었습니다. 그 희망을 품고 꿈속에서 어머니의 웃는 얼굴을 그리던 그런 시절이었습니다.

여름 방학을 한 달쯤 앞 둔 어느 날, 형이 나에게 말했습니다. 방학 때 집에 가서 어머니를 뵐 때 무엇이든 선물을 드리고 싶다고 말입니다. 눈을 말똥거리며 형을 바라보던 나도, 사랑하는 엄마에게 선물을 사서 드릴 생각에 가슴이 두근거렸습니다.

하여, 사촌형과 나는 학교 수업이 끝난 오후시간에 빙과류를 파는 제과점을 찾아갔습니다. 어른들 몰래 요즘 말로 아르바이트를 시작한 것입니다. 아이스깨끼 하나에 1원, 하드 하나에 3원인가 5원에 팔았는데, 두 개를 팔면 한 개 값이 남았습니다.

"아이~스 깨끼~."

"깨끼나 하~드~."

깨끼통을 어깨에 짊어지고, 목청도 낭랑하게 골목길을 누비고 다녔습니다. 어쩌다 학교친구들과 마주쳤지만, 그런 것은 문제가 되지 않았습니다. 창피하다는 생각도 있었지만, 멀리서 보고 슬그머니 다른 방향으로 가면 그만이었던 것입니다.

다만, 혹시라도 집안 어른들의 눈에 띄지나 않을까 조심스러웠을 뿐입니다. 주전부리를 좋아하는 나였지만 내가 파는 아이스깨끼는 먹지 않았습니다. 어서 빨리 돈을 모아 어머니께 선물을 해드리고 싶은 생각만 머릿속에 가득했던 것입니다.

하나라도 더 팔기 위해 뜨거운 여름날에 뙤약볕 속을 열심히 걷고 걸었습니다. 골목길에서 누군가가 나를 부를 때는 또 하나 팔았다는 생각에 얼마나 좋았는지 모릅니다. 1원씩, 2원씩 주머니 속에 돈이 들어갈 때마다 정말로 흐뭇하였습니다. 그해의 여름은 땡볕이 싫지 않은 그런 계절이었습니다.

작은 공부방의 책상서랍에 퇴색된 10환짜리(1원) 동전과 새로 나온 아연합금의 1원짜리 동전이 반짝이고 있었으며, 동전으로 만들어진 탑이 하나, 둘 쌓여갈 때 나와 형의 꿈이 익어갔고, 여름방학은 다가오고 있었습니다.

오늘, 욕심 많은 작은 녀석을 보니 나의 꿈꾸던 어린 시절이 떠오릅니다. 녀석의 주머니에는 어떤 꿈이 익어 가는지 궁금합니다.

개보름날

어릴 적에 내가 살던 고장에서는 음력 정월대보름의 하루 전날을 개보름날이라고 했습니다. 과일에 개라는 것이 붙으면 맛이 없습니다. 개살구나 개복숭아처럼 말입니다.

그러나 올림픽도 행사 개막식보다 전야제가 화려하고, 크리스마스보다 이브가 더 뜻이 있듯, 나에게는 개보름날의 추억이 대보름날보다 더 진한 그리움으로 남아있습니다.

우리 집은 초등학교 1학년 때, 경찰관이시던 아버지의 직장을 따라 시골로 이사를 하였습니다. 푸르고 짙은 산과 맑은 물이 흘러, 빼어난 경관을 자랑하는 계룡산자락이었습니다.

그곳에서 처음 맞았던 개보름날 밤, 동네 아이들이 모두 '개불이'를 한다며 냇가 둑으로 모였습니다. 작은 깡통에 못으로 구멍을 뚫어 철사와 삐삐선을 연결한 개불이 깡통을 손에 들고 말입니다.

깡통 안에 마른 잎나무를 넣고 불을 붙입니다. 호로록 타오르는 그 잎나무 위에 다시 삭정이를 올렸습니다. 깡통에 연결된 삐삐선을 잡은 후 원심력을 이용하여 깡통을 돌립니다. 개불이를 시작하는 것입니다.

깡통 둘레에 뚫린 작은 못 구멍 속으로 바람이 '훅훅' 들어가면서 연기만 뿜어지더니, 곧 불길이 올라옵니다. 삭정이에 불이 완전히 옮겨 붙은 것이었습니다. 밤하늘에서 둥근 원을 그리는 깡통에서 노란 불꽃이 '휭휭' 아름다운 소리를 내고 있습니다.

빙빙 돌리던 깡통을 멈추고 땅에 내려놓자, 노란 불꽃이 아름답게 주변을 밝혀줍니다. 그 빛에 의지하여, 제방 위에 말라 굳어있는 소똥을 주워 깡통 속에 넣었습니다. 마른 소똥이 깡통에 들어가면 희고 노란 연기가 일어납니다.

다시 개불이 깡통을 돌리자, '휭휭' 거리던 소리가 이제는 '확확'하는 강한 소리로 바뀌었습니다. 깡통 안에 있던 마른 소똥에 불이 붙어 '타닥타닥' 소리를 내고 있습니다. 깡통 둘레의 못 구멍에서 불똥이 끊임없이 튀어나오고 있습니다. 밤하늘의 별똥별이 떨어져 내리듯 아름답게 수를 놓고 있는 것입니다.

티끌처럼 작은 불꽃 알갱이가 나의 머리카락에도 떨어졌고, 입고 있던 옷에도 떨어져 내렸습니다. 불티가 떨어진 곳의 머리카락이 노랗게 그을렸으며, 잠바와 바지도 나일론이 녹으면서 구멍이 숭숭 뚫렸습니다. 그을음에 얼굴과 콧구멍이 새까맣게 변하고 있었으나, 시간이 가는 줄도 몰랐습니다.

그날 밤, 달빛을 밟으면서 두근거리는 가슴으로 동네 형들의 뒤를 따라갔습니다. 아무집이나 부엌에 들어가, 가마솥을 열어 밥을 훔치고 있었습니다. 살금살금 부엌으로 들어가서, 조심조심 가마솥을 열었습니다.

무쇠로 되어 무거운 가마솥의 뚜껑은 무척 무거웠습니다. 어린아이들이 힘을 주고 번쩍 들었지만, 그것이 열릴 때는 소리가 크게 났습니다.

'스르릉~.'

조용한 부엌에서 울리는 소리에 화들짝 놀란 아이들의 심장이 두근두근 뛰었습니다. 그러나 솥뚜껑을 여는 소리를 듣지 못한 것인지, 주인이 나오는 인기척은 없었습니다.

따스한 온기가 남아있던 가마솥에는, 항상 한두 그릇의 밥이 주발뚜껑이 닫힌 채 우리를 기다리고 있었습니다. 집집마다 밥을 남겨놓지 않은 집이 없었던 것입니다.

물론 우리 집 부엌에서도 밥을 훔쳤고, 여러 집의 밥이 섞여 양동이에 모아졌습니다. 그러나 우리 집의 밥은 금방 알 수 있었습니다.

오곡밥을 먹는 날이었기에, 집집마다 밥의 색깔과 잡곡비율이 틀렸기 때문입니다.

훔쳐온 밥을 먹으려고 보니 반찬이 없었습니다. 밥을 먹으려면 김치가 필요했으므로, 이 역시 훔치기로 하였습니다. 좀 전에 남의 집 부엌으로 들어가 밥도 훔쳤는데, 땅에 묻힌 김장독에서 김치를 훔치는 일이 대수였겠습니까.

아무집이나 한군데를 정해 김장독을 찾는 것은 어렵지 않았습니다. 짚동가리를 헤치고 김장독 뚜껑을 열었습니다. 그리고 양동이 하나 가득 김치를 퍼 담았습니다. 김칫국물에 손이 젖어 몹시 시렸지만 흐뭇하였습니다. 이제, 훔쳐온 밥을 먹을 장소로 모이기만하면 되었던 것입니다.

모두들 숟가락을 하나씩 들고 훔친 밥을 김치와 함께 먹기 시작하였습니다. 그런데 그 김치는 집에서 어머니가 차려주신 김치와는 맛이 많이 달랐습니다. 뭔지 모르게 김이 빠진 그런 맛이었던 것입니다.

나중에 알고 보니, 우리가 훔쳤던 김치는 반찬으로 먹는 배추김치가 아니라, 배추김치의 맛이 없어지지 않도록 그 위에 덮어놓은 우거지였습니다. 생생한 김치와는 달리, 풀이 죽은 우거지였으므로 맛이 좋을리 없었던 것입니다.

문제는, 그 우거지를 몽땅 도둑맞은 그 집에서는 겨우 내내 국을 끓어야 할 우거지가 없어서, 그 집 어머니의 얼굴이 우거지상이 되었다고 합니다.

지금은 대보름 전날에 밥을 훔쳐 먹는 풍습은 사라졌고, 시골에서 쥐불놀이도 거의 없어져갑니다. 나 어릴 적, 개불이하고 밥을 훔쳐 먹던 그때가 그립습니다.

고봉밥

출근하는 토요일 아침, 사무실로 가는 도로변에 관광차가 대기 중입니다. 선배님 한 분이 딸을 여의는 날인데, 서울까지 축하해주러 가는 사람을 위해 혼주인 선배가 준비한 것입니다.

그 앞에서 하객을 맞이하고 있는 선배에게 고개를 숙여 축하인사를 하자, 내 손을 꼭 잡습니다. 손이 참 따스합니다. 혼주 옆에 서서 접수를 보는 두 사람이 있었으므로, 한 사람에게 축의금 봉투를 내밀었습니다. 그러자 그 옆의 다른 사람이 드링크 한 병을 나에게 마시라며 내밉니다.

아침부터 무슨 드링크 음료를 마시겠습니까. 평소부터 이런 드링크 음료를 마시는 것을 별로 좋아하지 않는데다가, 입맛의 뒤끝이 깨끗하지 않아 싫어했던 나입니다.

그것을 마시지 않겠다며 손바닥을 앞으로 내밀어 사양을 하였습니다. 그런데, 이게 웬일입니까. 드링크는 이미 뚜껑이 따져 있고, 병뚜껑을 버린 상태가 아닙니까. 혼주가 옆에서 미소를 짓고 있으니 그걸 마다하면 예의가 아니게 된 것입니다.

할 수 없이 그 드링크를 받아들고 그 자리에서 마셔야 했습니다. 어쩌겠습니까. 버리면 낭비요, 환경오염인 것을….

옛 생각이 납니다. 가난하여 세 끼 밥을 다 먹지 못하던 시절, 초등학교에 다니는 어린이였던 내가 어느 날 외삼촌댁에 놀러간 적이 있었습니다. 내가 놀러 가면 외숙모님께서 무척이나 좋아하셨습니다.

어느 날, 마침 식사 때가 되어 외숙모님께서 밥상을 차려오셨는데, 그 밥상에 올려진 밥을 보고 나는 기겁을 했습니다. 이게 웬일입니까. 밥그릇의 크기도 대책 없이 컸지만, 그 밥그릇 위에 둥근 동산 하나가 더 얹혀있었던 것입니다.

상 위에는 사람 수에 맞춰 밥그릇이 올려져 있었고, 그 중에서도 한 그릇은 그렇게 많이 퍼 담을 수 있는 것이 신기할 만큼 높은 산을 이루고 있었습니다. 어린 나의 입이 딱 벌어지고 있었습니다.

세상에, 저렇게 어마어마하게 밥을 많이 먹는 사람이 다 있다니, 그 사람은 누굴까? 외삼촌일까? 아니면 외사촌 형일까? 밥을 무지하게 많이 먹는 사람이 누구인지 궁금한 생각이 들었습니다.

그런데, 밥상에 앉으면서 더욱 기겁할 일이 나에게 일어나고 있었으니, 제일 많이 푼 밥그릇은 외삼촌이나 외사촌 형이 먹는 것이 아닌, 바로 내가 먹어야 할 밥이라는 것이었습니다.

밥상에 앉아 앞에 올려진 밥을 보고 있자니 도저히 엄두가 나지 않았습니다. 어서 먹으라는 외숙모님의 말씀에 일단 수저를 들었으나, 기함에 눌려 밥술을 제대로 뜰 수 없었습니다.

그래서 밥이 너무 많아서 다 못 먹으니 덜어먹겠다고 말씀을 드렸습니다. 집에서라면 이렇게 밥을 많이 퍼주지도 않지만, 밥을 덜어먹겠다고 하면 빈 그릇에 덜 수 있도록 해줍니다.

그런데, 외숙모 댁에는 빈 그릇이 없었나봅니다. 찾아줄 생각이 전혀 없는 표정을 짓고 계십니다. 외숙모께서 하시는 말씀이, 그냥 먹다가 남기라는 것입니다. 그래도 내가 망설이고 있자, 옆에 계시던 외삼촌께서도 먹다가 남기라 하십니다.

그러니 어쩌겠습니까. 어린 나는 밥을 먹다가 남길 요량으로 조심스럽게 밥을 먹었습니다. 지저분하게 만들어 놓고 남기면 안 되니 말입니다. 고봉의 밥을 수저로 뜨려면 밥이 무너질까봐 위에서 수저로 꾹 한 번 누른 다음에 밥을 한술 떠야 했습니다.

밥도 보리밥이요, 반찬은 김치와 된장국이었는데, 외숙모께서는 고기반찬이

없어 어떻게 먹느냐고 미안해하셨습니다. 그러나 우거지된장국이 얼마나 맛이 있었는지 모릅니다.

밥의 양도 많고 우거지된장국도 국 대접에 하나 가득이었으니, 조그만 어린아이가 일꾼들이 먹는 고봉밥을 어찌 다 먹을 수 있겠습니까. 된장국 한 그릇을 맛있게 다 먹었지만, 그 밥은 반도 못 먹고 수저를 내려놓아야 했습니다.

그걸 보신 외숙모님과 외삼촌이 더 먹으라고 말씀하십니다. 그 바람에 몇 번 더 수저를 떴지만 너무 배가 불러서 숨이 가빠왔으므로, 더 이상 못 먹겠다고 하고 수저를 상 위에 올려놓았습니다. 그런데, 이때였습니다. 외숙모님께서 밥이 반쯤 남은 저의 밥그릇에 물을 확 부으시는 것 아니겠습니까.

"헉?"

놀란 나는 이 갑작스런 상황에 어쩔 줄 몰라 했습니다. 물에 말은 밥은 남길 수 없습니다. 그걸 누가 먹을 수 있겠습니까. 나는 내가 먹던 그 밥을 계속하여 다 먹어야 한다는 것을 알고 있었습니다.

숨을 쉬지 못할 정도로 배는 불룩하지, 밥은 물을 말아놓았지, 외숙모나 외삼촌은 어서 더 먹으라고, 다 먹어야 한다고 압력을 넣고 있지, 정말로 난감 그 자체였습니다.

도저히 그 상태로 수저를 놓고 일어설 수 없었습니다. 그러니 어쩝니까. 물 말은 밥을 한 수저 입에 넣어봤습니다. 씹히는 밥알이 물과 함께 입 안을 감돌았습니다. 다시 물 말은 밥을 입에 넣고 오물거렸습니다.

도저히 먹을 수 없을 것 같던 그 밥을 한 입 두 입 떠먹다 보니 다 먹은 게 아니겠습니까. 그냥은 먹지 못해도 물을 말아서는 다 먹을 수 있었던 것입니다. 그때 정말이지 배 터져서 죽는 줄 알았습니다.

그 이후 외삼촌댁에 가면, 주는 밥을 어떻게 다 먹어야 하나 하는 걱정이 앞섰습니다.

달챙이 숟가락

나 어릴 적, 밥상 위에 올려지는 식기는 사기와 놋쇠로 된 두 가지가 있었습니다. 그 중에서 놋쇠로 만들어진 그릇은 보온성이 좋아서 주로 어른들께서 사용을 하셨습니다.

숟가락과 젓가락도 어른들이 사용하는 것은 놋쇠로 된 것이었는데, 놋쇠로 된 숟가락은 얇아서 사용하기 편리했지만 아주 빨리 닳아버렸습니다. 어른들께서는 그 놋쇠숟가락 중에 유독 많이 달아서 반쪽만 남은 수저를 달챙이 숟가락이라 불렀습니다.

보통의 숟가락이 보름달이라면, 이 달챙이 숟가락은 반달이었습니다. 항상 반달로 남아있는 것이 아니라, 점점 작아져 초승달이 되었다가 그 운명을 다하는 달챙이 숟가락이었습니다.

쓰면 쓸수록 숟가락의 날이 날카로워지던 이 달챙이 숟가락은 집집마다 없는 집이 없었습니다. 최소한 한 개의 달챙이 숟가락이 있었으니, 그만큼 이것이 꼭 필요했던 것입니다.

밥솥 바닥에 눌어붙은 누룽지는 이것이 있어야 쉽게 긁을 수 있었습니다. 다른 숟가락의 끝이 두툼한 반면 이 달챙이 숟가락은 끝이 날카로웠기 때문이었습니다. 어머니께서는 이 달챙이 숟가락으로 누룽지를 닥닥 긁어 밥그릇 위에 꾹꾹 눌러 담았습니다.

감자를 깎을 때는 달챙이 숟가락의 둥글게 홈이 파인 부분에 감자를 대고 숟가락 끝으로 살살 긁으면 껍질이 잘 벗겨졌습니다. 또한 감자의 오목 들어간 씨눈이나 상한 부분을 오려내기도 좋았습니다.

작고 울퉁불퉁하여 껍질을 깎아내기 어렵던 생강도 이 달챙이 숟가락을 쓰면 그 좁은 골을 따라 구석구석 껍질을 긁어낼 수 있었습니다. 빨간 색깔의 고구마도 바닥에 뉘이고 이것으로 득득 긁으면 붉은빛 고구마 껍질이 얇게 벗겨졌습니다.

돌아가신 할머니께서는 이 달챙이 숟가락으로 과일을 긁어 잡수셨습니다. 수박, 참외, 복숭아, 사과 등 무슨 과일을 잡수시던지 이것을 사용하셨던 것입니다. 강판이 있을 때도, 믹서란 편리한 기계가 나왔어도, 할머니께서는 항상 달챙이 숟가락을 찾으셨습니다.

이빨이 다 빠져 합죽이가 되었던 할머니께서는 달챙이 숟가락으로 과일을 사각사각 긁은 다음에, 과즙이 흥건하게 담긴 숟가락을 입에 넣어 오물오물 입을 움직이셨습니다. 연신 맛있게 잡수시는 모습을 보면 침이 저절로 넘어갔습니다.

밖의 날씨가 몹시 춥던 어느 겨울날, 할머니께서 커다란 무를 하나 들고 방으로 들어오셨습니다. 따스한 아랫목으로 앉으시더니 달챙이 숟가락으로 그 무를 사락사락 긁으셨습니다.

파란하늘의 뭉게구름이 녹아내리듯 달챙이 숟가락 속으로 무즙이 모아졌고, 할머니는 그것을 맛있게 잡수셨습니다. 옆에 앉아 신기한 눈으로 바라보던 내 마음을 아셨는지, 할머니께서는 무즙이 담긴 달챙이 숟가락을 나에게 내밀었습니다.

넙죽 그것을 받아 입에 넣자, 가슴까지 시원한 기운이 퍼지면서 달착지근한 무즙이 입 안을 가득 채우고 있었습니다. 무가 이리 맛있었다니, 평상시에 입으로 잘라먹던 그런 무의 맛이 아니었던 것입니다. 그동안 할머니께서 왜 달챙이 숟가락을 찾으셨는지를 알 수 있었습니다.

물론 이빨이 없어서 그렇게 잡수셨겠지만, 강판이나 믹서로 갈은 과즙보다도 뭔지 모르게 특별한 맛이 있었던 것입니다. 입맛을 다신 나는 할머니의 달챙이 숟가락을 뺏다시피 받아들고 무를 '북북' 긁었습니다.

할머니께서는 연신 무를 긁어먹는 손자를 보고 웃으셨습니다. '이가 성한 아이들은 그냥 먹는 것이 맛나지 않느냐' 고 말씀을 하시며 말입니다.

나는 달챙이 숟가락으로 긁어먹던 시원하고 달콤한 무즙의 맛을 지금까지 잊지를 못합니다. 지금은 그 달챙이 숟가락도 없어졌고 할머니도 계시지 않습니다. 할머니께서 달챙이 숟가락으로 사락사락 긁어주시던 무즙이 먹고 싶은데 말입니다.

우렁이 새끼

우리나라의 토종우렁이는 새끼를 뱃속에 길러, 그 새끼가 어미우렁이의 속살을 파먹으며 자라납니다. 그러나 요즘의 수입산 우렁이는 그렇지 않습니다. 수입된 우렁이는 수초나 나무둥치에 알을 낳고 그 알이 부화되어 자라납니다. 우렁이도 토종과 수입종이 구분되는 세상인 것입니다.

옛날에는 우리나라 어느 논이던 우렁이가 살았습니다. 학교에서 집으로 돌아가는 도중에, 논바닥을 가로질러 가면 우렁이 구멍이 눈에 띕니다. 논흙이 동그랗게 패여, 고운 진흙이 보이는 그곳에 손가락을 넣으면 오톨도톨한 우렁이가 만져졌습니다.

우렁이의 구멍이 큰 경우에는 큰 우렁이가, 작은 구멍에는 작은 우렁이 살고 있었으며, 논흙 속에 넣은 손가락을 구부려 그것을 파내었습니다. 질퍽이는 논흙을 묻혀가며 검정고무신 안에 한가득 우렁이를 담아, 집으로 돌아가는 길의 아이들은 모두 맨발이었습니다.

집에 도착하면 책가방을 풀어 마루에 놓고, 펌프 있는 곳으로 갑니다. 펌프질을 하여 물을 뿜어 손과 발을 닦고, 고무신 안의 우렁이를 꺼내 논흙을 씻어냅니다. 바가지에 우렁이를 담으면 동글동글한 우렁이가 예쁜 모습을 자랑합니다.

부엌 아궁이 앞에서 작은어머니는 풍구를 돌리며 불을 때고 계셨습니다. 잠시 후, 솥 안에서 보리를 꺼내 소쿠리에 담으십니다. 소쿠리 안에 삶아진 보리밥을 담아 통풍이 잘되는 부엌의 천정에 달아놓았는데, 삶은 보리가 상하지 않도록 한 것입니다.

이어 물에 불은 쌀과 삶은 보리를 섞어 저녁밥을 짓는 시간입니다. 나는 작은어머니 대신에 아궁이 앞에 앉아 풍구를 돌렸습니다. 한손으로 풍구의 손잡이를 돌리고, 한손은 옆에 쌓인 왕겨를 연신 아궁이 안으로 던져 넣는 것입니다. 풍구에서 바람소리가 날 때마다 아궁이 안의 왕겨가 뿜어내는 빨간 불길이 참으로 아름답습니다.

부엌 바닥에 내 놓은 왕겨가 떨어지면 재빨리 부엌 한쪽에 있는 나뭇간에서 왕겨를 꺼내야 합니다. 아궁이 안의 왕겨는 잠깐 사이에 검게 변하므로 풍구질도 빨리해야 합니다. 그래도 금방 불이 붙지 않고 연기가 자욱하게 올라오다가 '퍽' 소리를 내며 불길이 일시에 확 번집니다. 깜짝 놀라는 순간입니다.

솥이 끓을 때, 풍구질을 멈추고 바가지 안의 우렁이를 꺼내어 아궁이 안에 던져 넣습니다. 풍구와 연결된 바람통을 꺼내 부엌의 한쪽으로 치우고, 부엌비로 왕겨를 쓸어 나뭇간 쪽으로 밀어내면 불 때는 일은 끝입니다.

밥이 뜸 든 냄새가 날 때, 작은어머니가 솥을 열면 순식간에 천정 쪽으로 하얀 김이 확 올라갑니다. 김이 빠지면 주걱을 물에 묻힌 후, 쌀과 보리를 골고루 섞습니다.

이때, 나는 아궁이 속에 넣었던 우렁이를 부지깽이로 꺼냅니다. 뜨거워서 손으로 집을 수 없지만, 잘 익은 것으로 보입니다. 우렁이의 아가리에서 뜨거운 김을 뿜는 거품이 일어나고 있습니다. 부지깽이로 우렁이에 묻은 재티를 털어내자 우렁이가 부엌 바닥에서 데굴데굴 굴러다닙니다.

제일 큰 우렁이 한 마리를 바닥에 놓고 장작으로 때렸습니다. 그러나 깨진 우렁이의 알맹이는 어느 곳에도 없고 빈 껍질뿐이었습니다.

고개를 갸웃거린 나는 다른 우렁이를 꺼내어 다시 껍질을 까봅니다. 이번에는 통통한 우렁이의 속살이 얼굴을 내밀고 있습니다. 껍질을 벗은 우렁이의 속살이 하나둘 모아졌습니다. 그 우렁이를 바가지에 넣어 들고 밖의 우물로 가져갑니다.

물을 붓고 재티를 깨끗이 닦으니, 바가지에는 껍질이 다 벗겨져 미끈거리는 알맹이만 남았습니다. 제일 큰놈 하나를 골라 입에 넣고 우물거립니다. 입 안에서 미끄러워 이리저리 움직이면서 씹힙니다. 그 쫄깃한 맛이 참으로 좋습니다.

된장찌개에 그 우렁이를 넣었습니다. 뚝배기의 된장찌개가 부글부글 끓으며 하얀 김이 모락모락 오르고 있습니다. 어둠이 깔리는 시간, 저녁밥을 먹는 시간입니다.

저녁상을 번쩍 들고 마루를 통해 방으로 들어갑니다. 밥상을 내려놓고 식구들이 모두 둘러앉았습니다. 고봉을 엎어놓은 것 같이 많은 밥입니다. 수저로 위에서 꾹 누른 다음 밥을 떠야 합니다. 그래야 밥이 흘러내리지 않기 때문입니다.

주발뚜껑에 밥을 덜고, 그 위에 된장찌개를 떠 비비니 윤이 반지르르 하면서 노릇하게 비벼졌습니다. 된장찌개와 우렁이의 맛이 어우러진 향기가 그윽한 저녁입니다.

커다란 우렁이 몇 개가 알맹이는 어디로 가고 껍질만 남아있었는데, 그것은 왜 그런가 할머니께 여쭸습니다. 할머니 말씀이 우렁이가 새끼를 까서 그렇다는 것이었습니다.

우렁이가 자신의 새끼를 속에 품어 키우는데, 그 새끼우렁이는 어미우렁이의 속살을 파먹으며 자라나고, 새끼에게 속살을 다 내준 어미우렁이는 빈 껍질만 남는다는 것이었습니다. 자식을 위해 자신의 몸을 희생하는 우렁이였던 것입니다.

그 말을 듣는 내내 나는 아무런 말도 하지 못하고, 밥만 꾸역꾸역 입에 넣고 있었습니다. 주름진 어른들의 얼굴과 거친 손이 자꾸 눈에 어리고 있습니다.

고왔던 손이 황토모래알처럼 거칠어지고, 얼굴에는 깊은 주름이 늘어만 가는데, 지금 나는 아무 것도 해드린 게 없습니다. 나는 우렁이 새끼인가 봅니다.

저금통과 세뱃돈

내 나이 아홉 살, 동생이 여섯 살 되던 어느 겨울 날, 아버지께서 나와 동생에게 선물을 하나 주셨습니다. 그것은 속이 텅 비어 가볍지만, 밥 사발만한 크기의 빨간색 돼지저금통이었습니다. 나와 동생은 그 귀여운 돼지저금통이 예뻐 보였습니다.

옆에 계시던 어머니께서 말씀하시길, 너희들 것이니 밥 굶기지 말고 잘 키우라고 하셨습니다. 동전이 생기면 그때마다 돼지저금통에 넣어야 한다는 것이었습니다. 나와 동생은 우리들의 힘으로 기르는 우리들의 돼지가 한 마리 생겼다는 생각에 몹시 기뻤습니다.

그러나 동전이 어데서 막 생기는 것입니까. 드물게 횡재수가 있는 날에야 겨우 동전 하나쯤 생깁니다. 어쩌다 돈이 생겨도 그렇지, 그 돈으로 눈깔사탕이나 유과를 사먹어야지 저금할 게 어디 있겠습니까. 용돈을 빼기게 되었다는 현실을 직시하면서, 그 돼지저금통이 미워졌습니다.

저금통에 동전을 넣는 것은 내 돈을 빼기는 것이라 생각했으니 저금을 제대로 했겠습니까만, 그렇다고 아주 안 할 수도 없었습니다. 가끔이지만, 내 손에 돈이 있고 어머니가 보고 계실 때는 어쩔 수 없이 동전을 돼지에게 줘야 했던 것입니다.

어머니의 눈초리에 밀려 돼지저금통에 동전을 넣기 시작한지 며칠 후, 돼지저금통을 좌우로 흔들었더니 짤랑짤랑 소리가 들렸습니다. 배부르게 먹이를 주지는 못했으나, 가끔씩 주는 밥으로도 돼지는 조금씩 살이 쪄갔던 것입니다.

일 년에 한번 있는 설날에 절을 하면 돈을 주시는 분이 계셨습니다. 세뱃돈은 사양하지 말고 무조건 받아야 하는 것이었습니다. 눈치를 볼 필요가 전혀 없었던 것입니다. 기다리던 설날이 오면 세뱃돈을 받아들고 얼마나 흐뭇했는지 모릅니다.

그 세뱃돈을 눈여겨보던 어머니께서, "돼지저금통 안에 들어있는 돈은 다 너희 것이니, 열심히 저금을 해라" 이렇게 말씀하셨습니다.

그러나 어린 마음에도, 그 말을 믿을 수가 없었습니다. 내 돈을 내 맘대로 하지 못하는데, 어떻게 저 돼지저금통에 들어있는 돈이 내 돈이란 말입니까.

까먹지도 못하는 돈이 무슨 의미가 있겠습니까. 돼지 뱃속에 한번 들어가면 내 돈이 아닌 것이나 마찬가지이니 말입니다. 나와 동생은 돼지에게 밥을 주기 정말 싫었지만, 옆에서 어머니께서 지켜보시고 계셨습니다. 동전 투입구를 통하여 동전이 돼지 뱃속으로 들어갈 때마다 쓰린 가슴을 움켜쥐어야 했습니다.

어느 날이었습니다. 눈깔사탕이 먹고 싶었지만, 돈이 없어 입맛을 다시고 있던 나의 눈에 저금통이 화악 들어왔습니다.

무의식적으로 돼지저금통을 손으로 잡고 흔들었더니, 쩔그럭 쩔그럭하면서 묵직한 소리가 울렸습니다. 그 미운 돼지저금통을 들어, 동전투입구로 안을 들여다보았습니다. 10환짜리와 50환짜리 동전이 반짝거리는 것이 보였고, 순간적으로 머리에 반짝 떠오르는 것이 있었습니다.

돼지 등짝에 있는 동전투입구로 동전이 들어갔으니, 그 구멍 속을 통해서 동전이 다시 나올 수도 있다는 생각이었습니다. 혹시 누가 나의 방 안으로 들어오지나 않나 신경을 쓰면서, 저금통을 거꾸로 들었습니다.

나의 관자놀이에서 울리기 시작한 쿵쿵 소리가 귓속으로 파고들었고, 좁은 공부방에 은은한 열기와 함께 나의 숨소리가 파도치고 있었습니다.

투입구 쪽으로 동전들이 쏴라락 쏠렸습니다. 부엌에서 젓가락을 갖다가 구멍에 끼고, 그 상태에서 동전을 빼려고 무진 애를 썼으나, 고개만 떨어지게 아팠습니다. 들어갈 때는 쉽게 들어갔지만, 나오는 것은 그게 아니었던 것입니다.

그러나 지성이면 감천이라고 했습니다. 구멍에 넣던 젓가락을 큰 바늘로 바꿔 넣고 딸그락거리기를 얼마나 했을까. 어느 순간, '딸각' 하는 소리와 함께 동전이 투입구에 걸리는가 싶더니, 돼지 등짝에서 동전 하나가 얼굴을 빠끔히 내미는 것 아니겠습니까.

드디어 성공을 한 것입니다. 심장이 덜컥 내려앉았으며, 두근두근 방망이질을 쳤습니다. 그 상태에서 손바닥에 10환짜리 동전 하나가 올려졌을 때, 얼마나 짜릿했는지 모릅니다. 흥분으로 얼굴 전체가 새빨개졌으니 말입니다.

아무도 몰래 그 동전을 손에 들고 가게로 달려가 눈깔사탕 하나를 샀습니다. 그 사탕이 입 안에서 완전히 녹을 때까지 빨아먹었습니다. 몸이 녹을 정도로 달콤한 맛이었습니다.

그날 이후, 눈깔사탕이나 유과가 먹고 싶을 때는 바늘을 찾았습니다. 돼지저금통이야 말로 아무도 모르는 나만의 보물창고였던 것입니다. 밉게 보이던 돼지저금통이 그날 이후부터 얼마나 예뻤는지 모릅니다.

그러나 가게에서 눈깔사탕을 사서 먹는 놈은 나 말고도 또 있었습니다. 나보다 세 살이나 어렸던 동생 녀석까지 나 몰래 돼지의 등짝을 후비고 있었던 것입니다. 그러니 돼지의 밥을 준다고는 하나, 그 돼지가 살이 찔리가 있겠습니까. 내가 한번, 동생이 한번, 그렇게 교대로 돼지의 등짝을 벌리고 있었으니 말입니다.

무겁게 쩔그럭거리는 소리를 내던 돼지 녀석이, 곧 쩔그렁 소리를 내는 것으로 바뀌었고, 어느 날부터 딸그락 하면서 애처로운 울음소리를 내고 있었습니다.

처음에는 고개를 갸웃거리던 어머니께서도 그때쯤 모든 사실을 아시고, 입 꼬리를 옆으로 비트셨습니다. 그러거나 말거나 이 돼지는 나와 나의 동생 것이었으며, 주인인 나와 내 동생이 그것을 썼다 해서 그렇게 큰 잘못은 아니었습니다.

그 다음해에 또 세뱃돈을 받았습니다. 나와 동생은 어머니께 세뱃돈을 다 돼지저금통에 저금을 하겠다고 자신있게 말씀드렸습니다.

그러나 이번에는 어머니께서 말씀하시길, 그 돈을 어머니께 직접 맡기라고 하셨습니다. 나중에 학년이 올라가면 너희가 쓸 학용품도 사고, 다 너희를 위해서 쓸 너희들의 돈이라는 것이었습니다.

그다지 내키지 않는 조건이었습니다만, 어쩔 수 없이 어머니께 세뱃돈을 다 맡겨야 했습니다. 그 이후로 나의 그 돈이 얼마나 늘었는지 기억을 잊어버렸습니다.

어느 날인가 문득 그 생각이 떠올라, 어머니께 내 세뱃돈은 어디에 있냐고 물었습니다. 그러나 어머니께서도 기억이 나지 않는다고 말씀을 하시는 것 아니겠습니까? 아니, 어머니가 그것을 기억하지 못하면 도대체 누가 안단 말입니까.

맡겨진 돈이니 분명 어디엔가 있을 것입니다만, 내 힘으로는 찾을 수가 없었습니다. 정말이지 그 돈이 다 어디로 갔단 말입니까.

3

야옹이와 멍멍이

방개유희

나는 천하방개다. 탱크처럼 단단한 근육질의 몸에 검은 철갑을 두르고, 도끼 같은 강인한 팔을 가졌다. 긍지와 자부심으로 똘똘 뭉친 나는 누구에게 꿀릴 것도, 무서운 것도 없는 존재다. 이런 내가 타원형의 미끈한 몸매로 천천히 수중을 유영하면 모두가 두려워했다.

맑은 물이 샘솟는 이곳 둠벙에서 붕어, 미꾸라지, 송사리, 올챙이 등을 잡아먹으면서 꿈같은 생활을 누리고 있는 것이다. 수중천하에서 나를 당할 자가 없으므로….

둠벙에는 나 말고도 방개가 또 살고 있다. 등껍데기 테두리와 발 주변에 노란 줄무늬가 있고, 등딱지가 납작하여 비실비실해 보이는 놈들이다.

그런 반면 나는 등 근육이 반달처럼 우람했고, 색깔 또한 온통 검다. 그러니 어찌 내가 그놈들과 같을 수 있겠는가. 나는 훌륭한 조상으로부터 혈통을 이어받은 순종방개요, 색깔이 뒤섞인 그들은 잡종방개인 것이니 말이다.

같은 둠벙에서 살다보니 그들과 어쩔 수 없이 얼굴을 마주할 때가 있으나, 나는 그들과 친하게 지내지는 않는다. 고개만 살짝 끄덕이는 것으로 아는 척만 한다. 천하방개가 그렇게만 해도 잡종방개인 그들은 감지덕지해야 하는 것이다.

나와 무척 닮은, 콩 알처럼 작은 몸으로 물 위에 둥둥 떠다니면서, 빙글빙글 돌며 생활하는 놈들이 또 있다. 그들은 나에게 같이 놀자며 웃음을 보였으나, 나는 그들과는 상대도 않는다. 그들은 보잘 것 없는 물땡땡이니 말이다.

생긴 모습이 아무리 나와 닮았다고 하나, 자라나봤자 콩알 크기를 넘어설 수 없는 종자들이다. 그놈들은 나름대로 자기들끼리 몰려다니며 방개 흉내를 내고 큰소리를 치고 있지만, 나와는 근본 자체가 다르다. 그러니 어찌 나 천하방개가 그놈들과 같이 어울릴 수 있겠는가.

그러던 어느 날, 인간들이 내가 살고 있던 둠벙에 놀러 나왔다. 그들은 개구리를 잡아 죽인 다음, 실에 묶어 둠벙에 던져놓았고 나를 비롯한 방개들은 이게 웬 떡이냐면서 정신없이 뜯어먹었다.

이때, 둠벙의 가장자리 물 위에서 빙글빙글 돌던 물땡땡이가 나에게 외쳤다. '그것을 먹으면 안 된다'고 말이다. 먹지 말란다고 해도 말을 들을 내가 아니지만, 감히 누구에게 그런 소리를 한단 말인가. 기분이 상당히 나빴다.

천하방개가 먹지 못할 것이 무어란 말인가. 내가 힘없는 물땡땡이라면 이것저것 조심해야 살아갈 수 있을 것이지만 말이다. 들은 척도 않고 신나게 뜯어먹고 있는데, 죽은 개구리가 살살 도망가는 것이 아닌가.

내가 먹던 개구리를 그대로 놓아줄리가 있겠는가. 악착같이 입에 물고 놔주지를 않았다. 그런데, 거대한 인간의 손이 다가와 나의 등을 잡았고 몸체가 허공에 들려졌다. 이게 웬일인가 하고 눈을 휘둥그레 떴는데, 둠벙이 내 눈에서 멀어지고 있었다. 내 몸에서는 물이 뚝뚝 떨어졌다.

나는 그때서야 속은 것을 알았지만 어쩌는가. 그만, 잡종방개들과 함께 개구쟁이들의 검정고무신 안에 갇히는 신세가 된 것이다.

위험에 빠진 나를 물땡땡이가 바라보고 있었다. 창피한 것은 둘째요, 일단은 목숨이 위태하였다. 어떻게든 살아날 궁리를 하고 있는데, 인간 하나가 나를 꺼내더니 실로 나의 발을 묶었다. 그리고 나를 둠벙으로 내던졌다.

'퐁당' 소리와 함께 물속에 잠긴 나는 살았구나 싶어 허겁지겁 안쪽으로 도망을 갔다. 인간들로부터 조금이라도 더 멀리 떨어져야 하는 것이다.

가장 깊은 물속까지 도망하여, 살았구나 하고 가슴을 쓸어내리는데, 내 발에 묶인 실이 팽팽해지며 나를 물 밖으로 다시 끌고 가는 것 아닌가. 나의 이러한 행동들은 결과적으로 인간들을 즐겁게 해줄 뿐이었던 것이다.

수중낙원의 천하방개가 한순간에 인간의 포로가 되어, 그들이 가지고 노는 장난감 신세로 전락하다니 참으로 암담하였다.

그런 상태로 학대당하고 있던 시간에, 인간들 가운데 하나가 모닥불을 피웠다. 그리고 검정고무신에 갇혀있던 방개 하나를 활활 타고 있는 모닥불 속에 던지는 것 아닌가.

"악?"

불구덩이에 던져진 방개는 손과 발을 비틀면서 끔찍한 비명을 질렀다. 너무나 놀란 나는 입이 얼어붙어 비명도 지르지 못하고 있었다. 그런 방개를 보고 불쌍하게 봐주는 인간은 아무도 없었다. 고무신에 갇혀있던 또 다른 방개들과 실에 묶인 나만, 겁에 질려 바들바들 떨고 있었을 뿐이다.

방개를 모닥불에 던졌던 그 인간이 삭정이로 모닥불을 헤쳤다. 그리고 불에 검게 글린 방개를 꺼내어 바닥에 탁탁 터는 것이 보였다. 재티가 다 날아가자, 그는 두 손으로 그 방개를 잡고 힘을 주어 등껍질을 벌렸다.

"드드득, 드득."

등껍질과 속날개가 찢어지는 소리가 들렸다. 천하무적의 철갑옷도 인간의 힘을 당하지 못하고 속절없이 찢겨나간 것이다. 찢겨진 철갑옷과 얇은 속날개를 모닥불 속에 던져버린 인간들은, 알맹이만 남은 방개를 자신의 입에 넣는 것이 아닌가. 참으로 끔찍한 모습이었다.

"야금, 야금…."

얼마 전까지만 해도, 나와 같이 놀던 방개가 인간의 거대한 입 속으로 들어가 씹히고 있었다. 그것을 본 나는 너무나 무서워서 철갑옷이 떨어져나갈 정도로 덜덜 떨었다. 방개를 다 먹은 인간은 입맛을 쩝쩝 다시고 난 후, 고무신에 갇힌 또 다른 방개를 바라보았다.

"맛 좋다. 꼭, 메뚜기 씹는 맛이야…."

그리고 또 다른 방개를 잡으려 고무신 속에 손을 넣는다. 고무신 안에 갇혀있던 방개들은 그 인간에게 잡히지 않으려고 고무신의 안쪽으로 우르르 몰렸으나 소용이 없었다. 또 다른 방개 하나가 불구덩이에 떨어지고 있었다. 아, 차마 눈을 뜨고 바라볼 수가 없었다.

나는 고무신 안에 갇혀있던 방개 세 마리 모두가 불에 구워진 채, 인간의 거대한 입 안에서 분시되는 것을 봐야 했다. 나는 인간들이 한눈을 파는 사이에 도망을 하려고, 둠벙을 향해 있는 힘껏 달렸다.

그러나 그 인간이 나를 힐끗 보더니 히쭉이 웃음을 흘린 다음, 실을 슬슬 잡아당기는 것 아닌가. 이제 나의 차례였던 것이다. 거대한 인간의 손에 잡혀, 허공에 들려진 나는 너무나 무서워 바들바들 떨어야 했다.

나를 향한 인간의 잔인한 눈동자에, 모든 것을 체념하고 죽는 순간만을 기다리며 눈을 감았다. 그런데 이게 웬일이란 말인가. 이 인간이 나를 잡아먹지 않고 땅바닥에 홱 던지는 것이 아닌가.

"탁, 데구르르…."

나는 흙바닥에 부딪혔다가 튕기면서 몇 번의 재주를 넘었는지 모른다. 둔탁한 소리를 내며 땅바닥에 코를 박으면서도, 내 귓가에 울리는 인간의 목소리를 들을 수 있었다.

"에이~, 재수 없어. 똥 방개는 못 먹어."

단단한 땅에 부딪히는 아픔 속에서도, 죽음의 문턱에서 살아났다는 안도감보다도 더 강한 충격이 나의 머릿속을 때리고 있었다. '똥 방개는 못 먹어.' '똥 방개는 못 먹어.'

천하방개인줄 알았던 나는 똥 방개였으며, 잡종방개라 멸시했던 그들은 금테를 두른 쌀방개였단 말인가. 아무리 방개도 다 같은 방개가 아니라지만, 그까짓 금테 하나 없다고 내가 이리 멸시를 받아야 한단 말인가.

다른 방개들과 나의 모습이 조금은 달라 보인다고 느끼고는 있었으나, 똥 방개여서 인간이 먹지도 못하는 내 신세라니….

그럼에도 똥 방개인 내가 천하제일의 방개인줄로 알고 그렇게 거드름을 피운 것이란 말인가. 이렇게 부끄러울 수가….

나는 그동안 물 위에 떠서 빙글빙글 돌며 노는 물땡땡이를 우습게 봐왔다. 그들은 보리쌀처럼 작았지만, 물에 둥둥 뜨는 재주를 가지고 있었다. 그런 그들이 하도 작아, 같이 놀지 않았던 것은 물론 알고 싶지도 않았었다. 그런데 큰 방개도 쌀 방개와 똥 방개가 있었으며, 내가 바로 냄새난다는 똥 방개였다니….

그런데 왜 하필이면 똥 방개란 말인가. 쌀 방개가 있으면 다른 방개는 보리 방개나 밀 방개 또는 콩 방개라고 부르면 안 된단 말인가. 인간이 먹지도 못할 만큼 내 몸에서 그렇게 똥냄새가 난단 말인가.

눈물이 핑 돌았다. 어둠이 깔리는 시간, 철갑옷 속의 속날개를 펴고 하늘을 날았다. 더러운 냄새가 나서 인간도 먹기를 거부하는 나 똥 방개…. 나는 어디로 가야 할까.

똥 방개이기에 죽지 않고 살 수는 있었으나, 살았다는 것이 죽음보다도 더 비참하게 느껴졌다. 날갯짓을 하여 하늘을 날면서, 콩알처럼 작은 물땡땡이가 생각났다. 인간의 손톱보다 더 작아 물 위에 동동 떠서 동그라미를 그리며 놀던 그들이 보고 싶어진 것이다.

그러나 나는 그곳으로 갈 용기가 나지 않았다. 그들과는 달리 내가 특별하다고 항상 자부를 해왔으며 그들을 깔보고 우습게 여겼는데, 그들을 무슨 낯으로 본단 말인가. 그들이 있는 둠벙으로 돌아갈 수가 없다. 이제 나는 어디로 가야 한단 말인가.

야옹이와 멍멍이

요즘의 아이들은 강아지에서부터 고양이, 토끼, 햄스터, 사슴벌레, 풍뎅이, 뱀, 거북이, 악어, 물고기에 이르기까지 별의별 애완동물을 집에서 기르고 있다.

그러나 옛날에는 주로 두 종류의 애완동물을 길렀다. 하나는 멍멍이요, 다른 하나는 야옹이였으며, 모두 필요에 의해서 기르던 것들이었다.

"니야옹~."

집안 식구들이 모두 모여 저녁밥을 먹는 시간, 밥상 옆으로 다가온 야옹이가 밥을 달라며 내는 소리다. 그걸 보신 할머니께서는 고양이 밥그릇에 밥 한술을 떠서 생선대가리를 올린 다음 녀석에게 주셨다.

무척이나 다정스럽게 부르면서 말이다.

"나비야~, 밥 먹어라."

할머니께서 사랑의 마음을 담아 야옹이에게 밥을 줬지만, 이놈은 기뻐하는 모습도 보이지 않고 꼬리를 칠 줄도 몰랐다. 기껏 고마움을 표시한다는 것이, 주인이 내미는 손을 혀로 잠시잠깐 핥아주는 것뿐이었으니…. 자신이 사람들로부터 대우를 받는 것이 당연하다고 생각했을까?

야옹이가 방에서 사람들과 함께 사람이 먹는 밥을 할짝할짝 먹는 시간에, 멍멍이는 집 밖에서 쫄쫄 굶고 있어야 했다. 멍멍이가 음식 냄새를 맡으면서 침을 흘리고 있으면 사람들이 밥을 다 먹고 난 다음에 음식을 갖다 주었다. 그것도 사람이 먹다 남은 밥이나 꽁보리로 지은 개밥을 말이다.

그렇게 찬밥 신세였으면서도 멍멍이는 개밥을 주는 사람만 보면 펄쩍펄쩍 뛰면서 좋아했다. 엉덩이까지 흔들리도록 꼬리를 치고 혀를

내밀어 핥기도 하면서, 사람의 다리에 얼굴을 비비는 등 갖은 애교를 부렸던 것이다.

야옹이의 혀는 상당히 까칠까칠하였다. 어쩌다 내 손을 핥기라도 하면 마치 혀에 바늘이 꽂혀있는 것처럼 날카로웠던 것이다. 반면에 멍멍이의 혀는 촉촉하고 부드러웠으며 주인을 볼 때마다 핥아대었다.

개는 묶어서 키워야 잘 짖었으므로, 멍멍이는 줄에 묶여 살아야 했다. 그러나 고양이를 묶어서 기르면 어떻게 쥐를 잡을 수 있겠는가. 극명하게 달라지는 그들의 생애였다.

"웡~. 웡웡~."

주인이 밖에 나갔다가 들어오면 제일 먼저 반기는 것은 문 앞에 묶여있던 멍멍이였다. 멀리서 인기척만 나도 그 발자국 소리가 주인의 것인지 금방 알아차리고 짖었다. 낯 모르는 사람이 올 때 짖는 소리와는 또 다른, 무척이나 반기는 소리였다.

묶인 줄을 중심으로 이리저리 뛰어다니면서 꼬리를 흔들어댔다. 녀석은 주인의 무엇이 그렇게 좋단 말인가.

그런 반면에 야옹이는 주인이 들어오거나 말거나 본체만체할 정도로 차가운 녀석이었다. 설움을 받는 멍멍이는 주인을 좋아하는데, 사랑을 독차지하는 야옹이 놈이 그래도 되는 것인가.

이 야옹이 놈은 항상 안방의 아랫목과 부엌의 부뚜막 등 따뜻한 곳만 찾아다녔다. 잠을 자는 것도 사람이 자고 있는 곳이었는데, 자기를 예뻐하는 할머니의 이불 속을 파고들었다.

한밤에 쥐를 쫓아다니다가 너무 피곤했던 걸까? 이 야옹이 녀석도 사람처럼 이불에 오줌을 싸서 하얀 호청에 노란 오줌 물을 들이기도 했다. 그래놓고도 이놈이 깔끔은 있는 대로 다 떨었다. 아침에 일어나면 앞발로 얼굴을 문지르고, 혀로 그 앞발을 핥으며 세수를 하였던 것이다.

야옹이는 주인과 함께 따뜻한 방에서 살았지만, 멍멍이는 마당 한쪽의 허름한 판잣집에서 살았다. 삭풍이 몰아치는 겨울에도 바람이 숭숭 들어오는 그런 개집이었다. 겨울에 추운 집이 여름에는 더 더웠으므로 마루 밑으로 들어가 더위를 피해야 했다.

어릴 적에 멍멍이를 데리고 들로 냇가로 뛰어다닐 수 있었지만, 야옹이와는 집 안에서만 놀 수 있었다. 끈에 물건을 매달고 야옹이의 머리 위에서 흔들면 이것을 잡으려 깡충깡충 뛰면서 앞발을 내밀었다. 몇 번의 시도에 그것을 잡을 수 없으면 싫증을 내고 딴 곳으로 가버린다.

그러면 농짝 모서리에서 헝겊이나 물건을 들락날락하면서 녀석을 꼬드겼다. 놀이의 방법이 달랐으므로 녀석은 다시 그것을 잡으려 달려들었다. 어느 날 손가락으로 야옹이 앞에서 들락날락하며 장난을 치다가 녀석에게 손을 할퀸 적도 있다. 야옹이는 정말로 내 손가락이 쥐로 보였던 것일까?

이 야옹이 녀석이 성질도 꽤 있었는데, 사람이 험악한 인상을 쓰며 '캭' 하는 공격 음을 발하면 이놈도 같이 이빨을 드러내고 같이 '캭' 하는 소리를 냈다. 특히나 야옹이가 새끼를 낳았을 때는 신경이 날카로워 누가 건드는 것을 몹시 싫어했다.

어느 날 야옹이와 장난을 하며 놀려하였으나, 이 녀석이 나를 슬슬 피하고 있었다. 감히 주인의 요구를 본체만체하는 것이다. 기분이 나빠진 나는 회초리로 야옹이를 때렸는데, 그 일이 있고 난 후로는 녀석이 나와는 아예 놀 생각을 하지 않았다. 나만 보이면 멀리 피해버리는 것이었으니….

사람에게 귀염을 받고 사는 야옹이는 사람에게 대들었지만, 괄시를 받고 사는 멍멍이는 그런 적이 한 번도 없었다. 심술쟁이였던 내가 발로 차거나 회초리로 때려도 낑낑거리며 개집 안으로 도망가는 것이 전부였던 것이다.

곡식창고며 닭장 그리고 부엌에는 쥐들이 터를 잡고 살았으므로, 야옹이의 역할이 무엇보다 중요하던 시기였다. 야옹이가 가는 길엔 거칠 것이 없었고, '야옹' 하는 소리에 아무리 큰 쥐도 벌벌 떨었다. 가끔 죽은 쥐를 물고 방에까지 들어와 나를 기겁하게 만들었던 녀석이다.

아침과 저녁식사 때마다 밥을 줬지만, 쥐를 잡아서 날카로운 발톱과 이빨로 찢어먹었다. 입에 피가 묻었으므로 녀석은 입에 묻은 것들을 고양이세수로 닦는 깔끔함을 보이기도 했다. 입에 빨간 립스틱을 바른 여자를 보면 쥐잡아먹었다고 하는 말이 그래서 나왔을 것이다.

그렇게 야옹이가 쥐를 잘 잡았지만, 쥐가 번식하는 속도를 따라잡지 못하였다. 그래서 매월 25일이면 쥐를 잡기 위해 쥐약을 놓았다. 집쥐들은 같은 날에 독을 바른 빨간색의 쌀을 먹고 고통스럽게 죽어갔다.

문제는 이 쥐약을 먹은 쥐가 죽지 않고 돌아다니던 도중에 야옹이에게 잡혀 먹힌다는 것이었다. 그 당시의 쥐약은 2차 독성이 있었으므로 야옹이도 무사하지 못했으니…. 쥐약을 먹은 쥐를 잡아먹은 야옹이가 고통스레 울던 날이 있었다.

"까옹~. 까옹~."

쥐약을 먹은 야옹이는 그렇게 괴로운 소리를 내다가 마루 밑에서 죽어갔다. 할머니께서는 야옹이가 죽으면 가슴 아파하시다가 어느 곳에서든 새끼고양이를 다시 가져오셨다. 야옹이와 멍멍이는 항상 우리와 함께 살아갔던 것이다.

평생을 주인에게 충성하던 멍멍이는 죽어서도 인간에서 몸을 바친다. 멍멍이를 아무리 귀여워했어도 늙으면 잡아먹었던 것이다. 차마, 잡아먹기가 어려우면 다른 개와 바꿔서라도 잡아먹었다. 그러나 고양이는 죽더라도 그런 것이 없었다. 고양이 고기를 먹는 사람은 없었으므로….

그럼에도, 야옹이가 쥐를 잡아서 멍멍이보다 더 예뻐하였을까? 그렇다면 멍멍이가 쥐를 못 잡는단 말인가? 쥐뿐 아니라 참새도 잘 잡는 것이 멍멍이인데 말이다. 멍멍이의 입장에서 보면 참으로 억울한 일이었다.

도난당한 할머니의 구슬을 찾아오는 개와 고양이의 옛날이야기를 보면 공을 세운 고양이는 집안에서 주인과 함께 밥을 먹게 되었고 그렇지 못한 개는 밖에서 지내야 하는 이유가 나오는데, 그것이 정말이란 말인가?

우직한 멍멍이와 달리 야옹이는 영리하였다. 방문을 잠가놓아도 야옹이는 앞발의 발톱을 이용하여 방문을 혼자 열었다. 물론 닫힌 방문을 스스로 열고 밖으로 나가기도 하는 것이다. 야옹이는 그 정도로 영악한 녀석이었다.

사회가 발전되어 가면서 도로가 생겼고, 자동차의 통행량이 많아졌다. 그 도로상에 죽어있는 짐승 중에 고양이가 많다. 야간에 헤드라이트를 켜고 통행하는 차량에 치인 것이다. 우직한 멍멍이는 절대로 자동차와 부딪히는 일이 없건만, 영악한 야옹이는 왜 도로에서 죽는단 말인가.

옛날의 고양이는 대부분 집에서 길렀는데, 지금은 집고양이보다 들고양이가 더 많다고 한다. 이 들고양이도 쥐를 잡기보다는 쓰레기통을 더 잘 뒤진다니, 옛날의 집고양이만도 못한 놈들이다.

옛날에 방에서 기르던 야옹이는 집 밖으로 쫓겨난 신세가 되었고, 그 시절 밖에서 살던 멍멍이를 요즈음은 방 안에서 키우는 집이 많아졌다. 야옹이와 멍멍이의 입장이 극명하게 바뀐 것이다. 야옹이와 멍멍이의 세월도 참 무상하다.

나 어릴 적에는 강아지나 고양이면 최고였는데, 지금은 별의 별 애완동물이 다 있다. 특이한 것은 컴퓨터상에서도 아이템으로 된 애완동물을 사서 기른다고 한다. 클릭을 하여 밥도 주고 쓰다듬어주면 잘 자라고, 돌보지 않고 내버려두면 병도 든다고….

점점 이러한 애완동물이 늘어나, 개인 간에 사고팔기까지 할 것으로 보인다. 컴퓨터에서 인공으로 만든 애완동물을 분양하여 돈을 번다고 생각하니 참으로 희한한 세상이다.

과학이 더 발달할 미래에는 로봇으로 된 애완동물을 기를 것이다. 또한 그 로봇 애완동물이 기르는 또 다른 애완동물까지 생기게 될지도….

그때는 지금보다 훨씬 더 희한한 세상일 것이다.

천년세월의 하루살이

인간들은 나를 하루살이라 부른다. 아침의 이슬 속에서 태어나, 하루의 햇살과 함께 짧은 춤을 추다 사라지고 마는 그런 하잘 것 없는 생명체라는 것이다.

참으로 허무하고 덧없는 것에 비교할 때 우리를 예로 든다. 그러나 그것은 인간들의 단편적인 생각일 뿐이다. 인간의 시각으로 보면 우리가 하루라는 아주 짧은 생을 산다고 할지 모르나, 우리의 시간으로 보면, 사실 천년과도 같이 아주 긴 세월이다.

인간이 백년 가까이 산다고 자부할지 모르나, 하루살이가 볼 때는 그 백년의 세월은 하루살이의 생애보다 결코 길지 않은 삶인 것이다.

또한 우리가 태어난 인근을 멀리 떠나보지도 못하고 그곳에서 생을 마친다고 하지만, 우리가 움직인 짧은 거리는, 인간으로는 평생 동안 여행하지 못하는 긴 거리다.

지금까지 살아온 어떠한 인간도 어제 죽은 하루살이가 산 것보다 더 오래 산 자가 없고, 하루살이보다 더 멀리 여행해본 자도 없다.

시간의 길고 짧음과 공간의 넓고 좁음을 누가 감히 정의하고 단순히 비교할 수 있겠는가. 인간 자신들의 입장에서 보더라도 어릴 적에 물고기를 잡던 도랑과 방죽이 길고 넓게 보이다가, 성인이 된 뒤에는 아주 짧고 좁아 보이지 않는가.

어릴 적에는 제물이 풍성하여 우람하던 제사상이 성장한 뒤에는 몇 가지 과일이 담겨진 초라한 것으로 보이며, 크고 힘 있어보이던 부모님도 아주 작고 약하게 보이는 것이다.

초등학교 시절의 학교로 가는 길은 멀게 느껴졌으나, 성인이 된 뒤에는 몇 걸음 되지 않으며, 넓어보였던 교실은 물론 운동장도 작아진다.

이렇게 크기와 넓이가 달라지는 것은 물론, 시간 또한 어린 시절에는 길었던 시간이 성인이 되면 짧아지는 것 아닌가.

초등학교 시절, 10분간이라는 쉬는 시간이 아주 길었다. 운동장에서 공도 차고 친구들과 장난도 쳤으며, 물도 마시고 화장실을 다녀올 수도 있었다. 그러나 성인이 되고 난 지금의 10분은 너무도 짧다.

나이가 든 사람일수록 약속 시간에 미리 나가고, 어린 사람일수록 늦게 나간다. 그러면서 인간들이 말하길, 세월의 속도는 나이에 비례한다고 말한다. 같은 시간일지라도 때에 따라 길게도, 짧아지기도 하는 것이다.

어린 시절의 인간 어린이가 성인이 되었을 때 시간과 공간의 길이와 크기가 그렇게 달라지는데, 인간들보다 아주 작고 가벼운 하루살이의 하루가 어찌 인간의 하루와 같을 수 있겠는가.

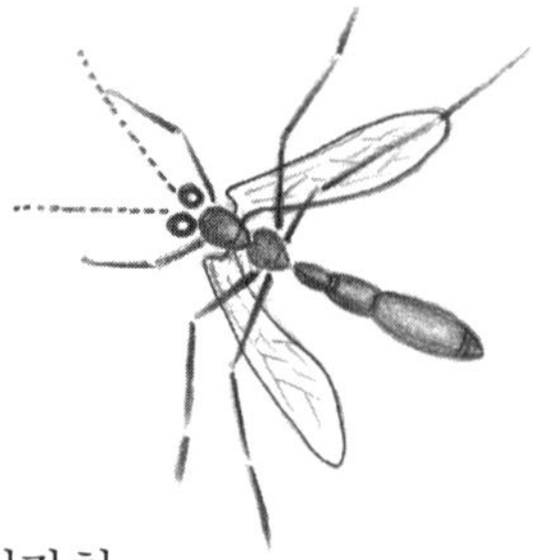

우리 하루살이의 하루는 인간들의 세월로 보면 천년과도 같다. 우리가 한 번의 날갯짓으로 이동한 거리는 인간이 지구를 몇 바퀴 돈 거리와 같은 것이다.

우리는 천년의 긴 세월을 살아가면서도 절대로 인간처럼 무의미한 삶을 살지 않는다. 어디든 우리 종족들이 있는 곳이라면 수백수천쌍이 하늘공간의 어느 한곳에 모여 날갯짓으로 서로를 애무하면서 열정적으로 춤을 추는 것이다.

여름날 해가 저물어가는 시간에 빙글빙글 돌아가며 사랑의 환희를 즐기는 우리를 보라. 넓은 공간의 한곳에 모여 춤을 추면서도, 위아래와 겉과 안을 자유롭게 유희하며 어느 누구를 미워하거나 질시하는 것이 없이 오직 서로를 뜨겁게 사랑하는 것을….

인간들은 우리처럼 먼 거리를 여행하지도 못하고, 오래 살지도 못한다. 그리고 즐겁게 삶을 영위하지도 못한다. 그런 반면에, 우리는 우주공간을 오가면서 천년동안 위대하고 존귀한 삶을 살고 있는 것이다.

생긴 모습 또한 그러하다. 우리는 굴곡진 육체에 강인한 다리와 천사의 날개 그리고 완벽한 좌우대칭을 이루고 있으니, 인간들의 육체가 어찌 우리와 비교될 수 있겠는가. 앞으로는 인간들을 하루살이라 부르고, 우리 하루살이를 천년존자라 명명하는 것이 어떠한가.

송충이 설움

제일 큰 면적을 차지하고 있는 것이 산이며, 제일 많은 나무는 소나무일 것입니다. 나는 이 사철 푸른 소나무의 솔잎을 먹고 사는 벌레입니다. 즉, 나는 송충이입니다.

인간들이 자신의 처지를 비관할 때 '송충이는 솔잎을 먹고 살아야 한다' 라고 말을 합니다. 참으로 기분 나쁜 말입니다. 솔잎을 먹는 것이 어떻다고 그런 소리를 함부로 하느냐, 이 말입니다.

솔잎에는 좋은 성분이 얼마나 많습니까. 예로부터 만병에 효과가 있는 것으로 알려져 있을 뿐 아니라 수도를 하는 사람들의 선식으로 애용되어온 것이 아니겠습니까. 솔잎의 향기 또한 얼마나 좋습니까. 인간의 이중성을 보여주는 것이라는 것밖에, 다른 해석이 되지 않는 표현입니다.

또, 다른 이의 피를 빨아먹고 사는 파렴치한 사람을 빗대어 '송충이 같은 놈'이라는 표현을 합니다. 정말이지 웃기는 말입니다. 우리가 뭘 어쨌다고, 존재해서는 안 되는 벌레로 여기냐 말입니다.

사람들은 우리를 해충이라 말합니다. 그런 말도 안 되는 소리를 하다니…. 해충은 무엇이고 익충은 또한 무엇이란 말입니까. 우리가 솔잎을 좀 먹었기로서니 백해무익한 존재란 말입니까? 그러면 우리를 쪼아 먹고 사는 새들은 또 무엇이란 말입니까.

참나무 둥치의 속을 파고들어가는 사슴벌레도 해충으로 봐야하지 않습니까? 또한 천연기념물로 보호한다는 장수하늘소는 이슬만 먹고 산단 말입니까? 왜 우리 동족의 살아갈 권리를 박탈하는 것입니까?

늑대나 뱀은 해로운 동물이고, 토끼나 개구리는 이로운 동물입니까? 토끼나 개구리는 물론 늑대나 뱀도 있어야 자연생태계가 조화를 이루는 것 아니겠습니까. 우리가 살아야 새도 살고 숲도 살며 인간 역시 사는 것입니다.

우리 종족이 번창하던 60~70년대의 산에는 송충이가 무척 많았습니다. 소나무마다 송충이가 다닥다닥 붙어 있었고, 솔잎을 갉아먹다 동료들에게 밀려 나무 아래로 떨어지기도 했습니다.

땅에 떨어진 송충이가 바닥에서 꿈틀거리다가 다시 소나무 위로 행렬을 지어 올랐습니다. 그 시절 송충이구제라는 이름하에, 우리 동족을 사냥하기 위해 학생들이 동원되었습니다. 남학생, 여학생 할 것 없이 다들 집게와 깡통을 들고 소나무가 있는 산으로 올랐던 것입니다.

누가 얼마나 송충이를 잡았는지 선생님이 일일이 검사를 하였으니, 우리 종족의 위기였습니다. 집게로 우리 동족을 집어 깡통에 담아 한곳에 모은 다음, 불에 태우거나 땅에 묻었습니다.

그 박해의 고난 속에서도 줄기차게 생명력을 이어온 우리들입니다. 꽃피는 봄날, 노란색의 두툼한 갑옷을 입은 우리의 사촌 쐐기는, 주름의 끝에 검은 창을 달아 인간의 폭거에 항거하였습니다. 또 다른 사촌은 거미줄처럼 생긴 가느다란 줄에 매달려, 이 나무에서 저 나무로 바람을 타고 멋지게 옮겨 다녔습니다.

그러한 노력에도 불구하고, 오늘날에 와서는 우리 종족의 모습이 점점 사라져가고 있습니다. 인간들은 우리가 숨을 쉬지 못하도록 무차별적인 농약을 살포하였고, 무분별한 개발로 죽음의 그림자가 몰려왔습니다.

그것은, 알에서 애벌레가 되는 시기에 드리워진 죽음의 그림자, 바로 황사였습니다. 저 멀리 중국에서 날아온 붉은 모래에 숨이 막혀, 우리 종족들이 하나 둘 스러져갔던 것입니다. 무서운 자연재해입니다. 누구의 잘못으로 이러한 현상이 생긴단 말입니까.

소나무를 보호한다는 명분으로 우리 송충이를 그리 미워하던 인간들입니다. 과연 우리 송충이로 말미암아 소나무가 줄어들었단 말입니까? 그것은 절대 아닐 것입니다. 소나무가 줄어들었다면 그것은 분명 인간들의 무분별한 벌채로 인하여 그리된 것입니다. 그 책임을 왜 우리 송충이에게 전가시킨단 말입니까.

우리 종족의 멸종이 얼마나 가까이 왔는지는 모르나, 그날이 오면 분명 인간들은 후회를 할 것입니다. 그리고 알게 될 것입니다. 송충이는 결코 해충이 아니었다고…. 그리고 보호를 하지는 못할망정 박멸은 하지 말아야 했다고….

개구리 만세

나는 개구리랍니다. 어떤 동네에서는 우리를 개구락지라고 불렀지요. 지금은 우리 종족이 많지 않지만, 예전에는 논이나 밭, 저수지나 하천은 물론 산과 들 어디든지 우리들 세상이었어요.

그 시절 우리는 개구쟁이들의 장난감이자 사냥감이었으며, 그들에게 잡혀서 먹히기도 했고, 돈으로 거래되어 팔려도 갔답니다.

인간들은 우리 종족을 잡아 껍질을 벗기고, 통통하게 살이 찐 하얀 뒷다리만 냄비에 넣어 푹 끓였습니다.

아이들까지도 전혀 죄의식 없이 그런 잔인한 만행을 저질렀으며, 뽀얀 국물을 맛있게 마시면서 사타구니에 땀이 나거나 식은땀을 흘리면서 잠을 자는 사람에게 좋다고 낄낄거렸습니다.

우리 개구리에게는 무엇인지 알 수 없는, 인간의 몸에 좋은 성분이 들어있던 것일까요? 아마도 오염되지 않은 천연적인 것들을 먹고 살았기에, 우리 몸에 좋은 물질이 생성되지 않았나 하는 생각입니다.

우리 개구리도 곤충을 사냥해야 먹고산답니다. 깔때기 등 하루살이나 모기와 파리 또는 잠자리 같은 것들이 그 대상이 되는 것입니다. 논이나 밭 또는 둠벙 주변을 날아다니는 곤충을 잡아먹는 것이지요.

그러나 인간처럼 재미로 사냥을 하거나, 생태계를 파괴하지는 않았습니다. 비록 날벌레를 잡아먹기는 하지만, 그것은 우리가 생명을 유지하기 위해서요, 자연의 이치였던 것입니다.

우리는 쭉 뻗은 뒷다리와 끈적끈적한 혀를 가지고 있으니, 기력과 무예를 겸비한 용장이라 할 수 있습니다.

숨을 죽이고 매복을 하고 있다가 날벌레가 눈앞으로 지나가는 순간, 탄력있는 다리로 용수철처럼 뛰어올라 긴 혀를 내밀어 날름 잡아먹는 것입니다. 이만하면 힘과 지혜가 출중한 용장이 아니겠습니까.

가난하던 시절, 시골에서 개구쟁이들이 가장 쉽게 용돈을 벌 수 있는 방법은 개구리를 잡아 파는 것이었습니다.

소나 닭에게 삶은 개구리를 먹이면 가축이 튼튼하게 자랐고, 사료를 절약할 수 있었기 때문에, 양계장에서 무게를 달아 개구리를 샀던 것입니다.

개구쟁이들은 낚시로 우리 동족을 잡기도 했습니다. 둠벙이나 논에서 개구리 낚시를 한 것입니다.

낚시를 허공에 드리우고 낚싯대를 흔들면, 우리가 보기에는 눈앞에서 날벌레가 얼씬거리는 것으로 보입니다.

그 부근에 있던 여러 마리의 개구리들이, 서로 먼저 날벌레를 잡아먹으려 한꺼번에 뛰어오르기도 했습니다. 그곳에서 가장 날쌔고 힘이 좋은 개구리가 멋지게 사냥에 성공을 하는 것입니다.

날아가는 곤충을 겨누고 있다가, 팔짝 몸을 날리면서 잽싸게 혀로 낚아채 입으로 꿀꺽 삼키며 착지하는데, 이게 웬일이란 말입니까.

멋지게 낚았다고 생각하며 땅에 내려앉으려는 순간, 개구리가 공중으로 딸려올라가는 것이 아니겠어요? 순식간에 한 가닥 낚싯줄에 매달린 신세가 되어버린 것이지요.

그때서야 개구리는 자신이 날벌레를 낚은 게 아니라, 자신이 인간에게 낚였다는 것을 알았던 것입니다.

개구리는 낚시 바늘에 꿰인 채, 주둥이가 찢어지는 아픔 속에서 허공에 매달렸습니다. 툭 튀어나온 눈알이 더 커지고 있었던 것입니다.

주둥이를 낚시에 꿰인 개구리가 아등바등 몸부림을 쳤고, 그때마다 낚싯줄이 출렁거렸습니다.

낚시에 한번 꿰이면 바늘 코 때문에 도저히 빠져나올 수가 없었고, 출렁거릴 때마다 전달되는 무게로 인해 인간들에게 낚시의 묘미를 더

해주는 결과가 될 뿐이었습니다.

그들은 흘러가는 물에서 견지질로 물고기를 낚을 때와 같은, 그런 손맛을 즐기고 있었던 것입니다.

개구쟁이들은 낚시로 개구리를 낚는 것을 제일 재미있어했으나, 한곳에서 많은 개구리를 잡을 수가 없었습니다. 이곳저곳 개구리가 많은 곳을 찾아다니면서 잡아야 했던 것입니다.

우리를 손으로 잡기가 쉽지 않았으므로, 나무때기로 때려서 잡았습니다. 그들이 휘두르는 굵은 나무에 정통으로 맞은 개구리는 내장이 파열되면서 죽을 수밖에 없었으니, 참으로 슬픈 일이었습니다.

그나마 다행인 것은 굵은 나무때기는 무게가 있어서 날쌘 개구리는 피할 수도 있었습니다. 그러자 개구쟁이들은 가벼우면서도 빠르게 휘두를 수 있는 회초리를 쓰기 시작했지요.

논이나 논두렁, 밭두렁을 회초리로 훑고 지나가면, 우리는 깜짝 놀라 팔딱 뛰어 도망하였습니다. 가만히 숨을 죽이고 숨어있으면 그들이 보지 못하겠지만, 무서운 회초리가 스쳐지나가는데 어떻게 꼼짝않고 그대로 있을 수 있겠습니까.

놀란 개구리가 풀 속에서 뛰어나오면 그 뒤를 쫓아 아이들도 팔딱거리면서 회초리를 휘둘렀습니다. 가느다란 회초리에 맞으면 내장이 터질 정도는 아니었으나, 견디기가 힘들었습니다.

몸 전체가 찢어지는 고통과 함께, 낭떠러지에 떨어진 것처럼 정신이 아득하여 혼절하였던 것입니다. 겨우 정신을 수습하고 도망하려면, 인간의 억센 손아귀가 내버려두질 않았습니다.

숨을 몰아쉬며 헐떡이는 개구리를 손으로 잡은 인간은 한 번 더 땅바닥에 힘껏 패대기를 쳤으니, 어찌 그리도 잔인할 수 있단 말입니까.

마음 놓고 자유를 만끽할 수 있는 세상이 오는 것이 우리 개구리들의 소망이었습니다. 마지막 순간까지 '개구리독립만세'를 외치며 손과 발을 번쩍 쳐들고 죽었습니다.

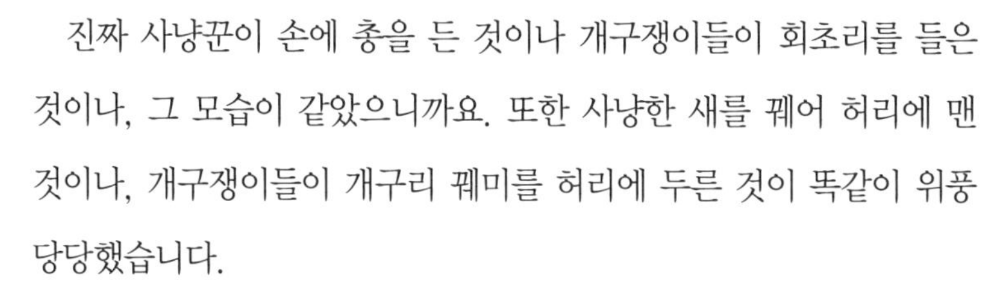

개구리가 팔다리를 쭉 펴고 만세를 부르듯 뻗어버리면 개구쟁이들은 그 개구리의 입을 미리 준비한 철사로 꿰었으니, 왼손에는 꿰미를, 오른 손에는 회초리를 들은 사냥꾼이었던 것입니다.

진짜 사냥꾼이 손에 총을 든 것이나 개구쟁이들이 회초리를 들은 것이나, 그 모습이 같았으니까요. 또한 사냥한 새를 꿰어 허리에 맨 것이나, 개구쟁이들이 개구리 꿰미를 허리에 두른 것이 똑같이 위풍당당했습니다.

인간들은 자신들의 그런 모습이 멋지게 생각될지 모르나, 입장을 바꿔 생각해 본다면 끔찍한 일입니다.

거대한 괴물이 인간을 사냥하여, 피를 흘리며 죽은 인간의 시체를 허리에 줄줄이 꿰어 찼다면 얼마나 끔찍하다고 했겠습니까. 우리들이 볼 때는 인간들이 바로 그런 잔인한 괴물이었습니다.

그 잔인한 괴물이 우리가 있는 곳으로 다가오는 것을 보고, 논둑에 있던 우리들은 둠벙 속으로 '퐁당' 소리를 내며 도망갔습니다. 제아무리 영리한 사냥꾼이라도 물속까지 들어오지는 못하니, 그곳이야 말로 우리들의 피난처였던 것입니다.

물속에 한참동안 숨어있던 개구리는 숨을 쉬기 위해 물 위로 떠올라야 했습니다. 그러나 그 사냥꾼은 그곳을 아주 떠난 것이 아니었습니다. 물가에서 기다리다가, 머리를 내민 개구리를 보고 회초리로 내리쳤던 것입니다.

회초리에 얻어맞은 개구리는 허연 배를 물 위로 내밀고 쭉 뻗었습니다. 물탕이 튀어 개구쟁이의 얼굴이 젖었지만, 그들은 재미있어했습니다. 죽어가는 개구리가 불쌍하다고 생각지도 않았으니, 우리들과 전생에 무슨 원한이라도 있었단 말입니까.

그것뿐이 아니었습니다. 개구리를 잡다가 싫증이 나면 개구리의 껍질을 벗기고, 하얀 개구리의 살점을 실에 묶어 둠벙에 던져놓았습니다. 깊은 물속에 잠긴 우리의 살덩이를 방개들에게 뜯어먹도록 한 것입니다.

인간들에게 잡혀서 죽는 것도 억울한데, 두 번을 죽게 하다니 정말로 서글픈 일이었습니다. 인간들이 방개를 사랑하여 우리 개구리를 먹이로 주는 것은 절대로 아니었습니다. 낚시로 개구리를 낚는 것과 마찬가지로, 방개들을 낚기 위한 것이었습니다.

방개가 몰려드는 것을 보고 실을 살살 잡아당기면, 개구리의 살점을 물고 있던 방개들이 함께 딸려나왔습니다. 죽어서도 편하지 못하고 방개를 잡는 미끼가 되다니, 비참한 개구리의 일생이었습니다.

개구쟁이들로부터 그런 대접을 받고 살아왔으나, 개구리 종족은 계속 번영을 했습니다. 봄이 오면 논과 도랑 그리고 둠벙 등 물이 있는 곳에는 개구리 알이 있었고, 부화한 올챙이가 바글거렸습니다. 우리는 끈질긴 근성을 가지고 있는 종족이었던 것입니다.

개구리 종족의 독립을 막기 위한 인간들의 박해가 점점 심해졌습니다. 인간들은 개구리 열사에게 전기충격을 주고 뜨거운 기름으로 튀기기까지 하였습니다.

그러나 개구리 종족의 독립을 위한 투사들의 의지를 꺾지 못하였으니, 어떻게 죽던지 항상 개구리독립만세를 외쳤던 것입니다.

인간들은 그렇게 죽어가는 개구리 열사로 요리를 만들었습니다. 그 이름을 '만세탕' 이라고 하였습니다. 세월이 감에 따라 우리 종족의 숫자가 점점 적어졌고, 지금은 귀한 존재가 되었습니다.

그만큼 살아남은 개구리가 없다는 것입니다. 논에 물도 없는 데다, 농사를 지을 때마다 농약을 많이 치니 우리가 어떻게 숨을 쉬고 살 수 있겠습니까.

우리가 이 땅에서 살지 못하면 인간 역시 살지 못하는 세상이 된다는 것을 인간들은 정녕 모른단 말입니까.

오랜 세월동안 개구리 세상을 위해 만세를 외치던 선열들의 독립운동으로, 드디어 우리의 소원을 이루게 되었습니다. 지금은 개구리를 잡는 사람뿐 아니라, 먹는 사람도 처벌받게 되었습니다. 야생동물로서 당당히 보호대상으로 된 것입니다.

그러나 그동안 너무나 많은 우리 개구리가 희생된 뒤였습니다. 불과 20여 년 전만해도 어디를 가나 우리 개구리들이 지천으로 뛰어다녔는데, 지금은 비오는 날에도 잘 보이지를 않으니 그 많던 우리 종족들은 다 어디로 갔단 말입니까.

분노의 지렁이

나는 지렁이입니다. 땅을 숨 쉬게 하고 오염된 것을 깨끗이 하는, 없어서는 안 될 존재로서 땅을 지키는 수호자라 할 수 있습니다. 즉, 나는 토박이요, 터줏대감입니다.

나는 암컷과 수컷의 성기능을 함께 가지고 있으므로, 혼자서도 잘 노는 능력이 있습니다. 그러면서도 어떤 지렁이를 만나든지 이성으로 대하는 열정 또한 품고 있는 것입니다. 어떠한 여건도 극복할 능력이 있다 이 말입니다.

비오는 날에 땅 위에서 꿈틀대는 나를 보고 징그럽다고 하는 인간도 있습니다만, 나는 누구에게 해를 끼친 적이 없으며 항상 나 자신의 역할을 충실히 하고 살아왔습니다. 태생이 그러니 어쩌겠습니까.

사람들은 말합니다. 지렁이를 하잘 것 없는 생물로, 힘이 없어 항상 당하고 사는 그런 존재라고 말입니다. 인간들 세상에서도 그런 사람을 칭할 때, 무지렁이라고 하는 것입니다. 기껏 반항을 해봐야 밟히고 나서 꿈틀거린다고 표현을 합니다.

왜, 하잘 것 없으며 힘이 없다는 말을 하는지 나는 알 수가 없습니다. 우리 지렁이가 비록 이목구비가 확실치 않고, 머리와 배 그리고 수족의 구분이 잘 되지 않는다 하더라도 나름대로 미끈하게 잘 생겼는데 말입니다. 바야흐로 개성의 시대가 아니겠습니까.

힘이 없다는 것도 그렇습니다. 단단한 흙 속을 파고 들어가는 능력도 있고 거친 흙도 소화시키며, 몸에는 독기도 품고 있습니다. 독사만 독을 품고 있는 것이 아니라, 우리 지렁이도 그렇습니다. 즉, 지렁이도 힘을 가지고 있다, 이 말입니다.

지금의 어린아이들은 깨끗하게 입고 귀엽게 자라지만, 인간들이 먹고살기 어려운 옛날에는 서너 살 먹은 아이가 벌거벗은 몸으로 집 앞에서 돌아다니기도 하였습니다.

신발을 신지 않은 것은 물론 팬티도 없이 땡볕에서 땅바닥에 앉아, 땅을 파면서 흙장난을 하고 놀았던 것입니다.

이때, 땅바닥에서 놀던 발가숭이 꼬마의 고추가 물집이 생긴 것처럼 빨갛게 부어오르는 경우가 있었습니다. 무언가의 독기에 쏘여 불어난 것인데, 그것은 흙 속에 있던 우리 지렁이가 독을 쏘아낸 결과였습니다.

지렁이가 습하고 그늘이 진 곳의 흙 속이나 비가 온지 얼마 되지 않은 땅 위에 있을 때 아이들이 흙 위에서 놀다가 고추의 끝으로 건들게 되고, 이에 놀란 지렁이가 방어수단으로 독을 쏘아 고추를 맞춘 것입니다.

지렁이가 꿈틀거리는 게 반항의 모든 것은 아니었으니, 천상천하에서 가장 약한 지렁이에게도 벌이 침으로 쏘듯 독을 쏠 줄 알았던 것입니다. 다만, 그 독이 너무 미약하여 상대에게 충격을 주지 못하지만, 이것도 때만 잘 만나면 상당한 효과를 나타낼 수 있습니다. 즉, 상대방의 가장 연약한 부분을 공격하게 되면 지렁이의 독기도 무서운 힘을 발휘할 수 있는 것입니다. 밭에서 호미질을 하던 여인네들이 눈이 부어 앞을 볼 수가 없는 일이 생기기도 했습니다. 그것 역시 지렁이에 눈을 쏘여 그리되었던 것입니다.

또한 우리 지렁이는 세상을 구하는 하나의 용입니다. 지구의 모든 흙을 우리가 먹고 나야 비로소 다른 동식물이 살아갈 수 있습니다. 오염된 흙을 먹어 나쁜 냄새를 없애주며, 토양을 정화하는 것입니다.

유기물을 먹고 싼 우리의 똥은 어떤 천연비료보다도 좋은 것입니다. 우리가 생활하면서 파놓은 흙 속의 작은 구멍으로 산소가 들어가, 식물의 뿌리호흡에 도움을 줍니다. 그것뿐이 아닙니다. 우리는 죽어서도 땅에 양분을 공급하니, 우리보다 더 세상에 봉사하는 생물이 어디 있겠습니까.

게다가 우리의 몸이 갯가에서 나는 개불과 무엇이 다르겠습니까.

개불만 영양가가 있고, 맛이 있겠습니까. 우리의 몸 역시 최고의 맛과 영양을 자랑합니다. 인간들이 최고로 치는 상상의 동물이 용이라면 우리는 살아있는 땅 속의 용입니다. 즉, 토룡인 것입니다.

인간들이 우리를 밟고 무시할지라도 우리는 다른 생명체를 못살게 한 적이 없고, 누가 알아주든 아니든 불평 한마디 하지 않으면서 지구를 지키는 일을 묵묵히 수행하고 있는 우리들입니다.

그럼에도 인간들이 우리 지렁이를 무시하여, 그 많던 우리 종족이 점점 사라지고 있습니다. 땅을 지키는 수호자가 없다면 이 세상은 얼마 가지 못하고 멸망을 할 것인데도 말입니다.

인간들이 토룡을 귀하게 모시는 것이야말로 자연의 섭리이며, 우리가 대접을 받는 것은 지구의 수호자로서 당연한 권리인 것입니다. 다시 한번 더 강조하니, 가만히 있는 나를 밟지 말기 바랍니다.

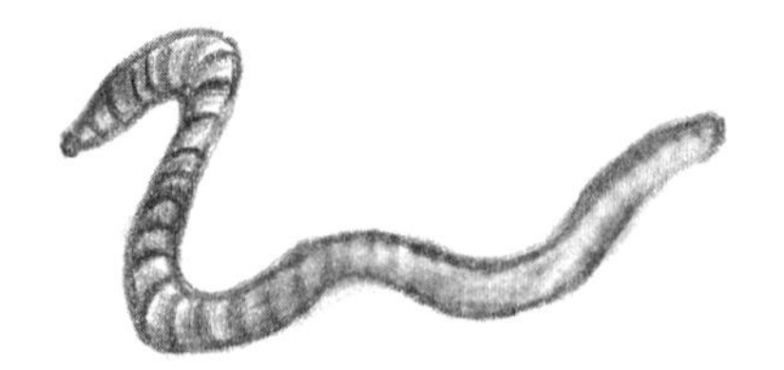

누에

"아작, 아작, 아작."

도톰한 번데기를 씹을 때마다, 톡 터지면서 육즙의 고소함이 입 안 가득히 번집니다. 자글자글 볶아진 번데기가 냄비 속에서 통통한 살집을 내밀고 은은한 냄새를 풍기고 있습니다. 마트에 다녀 온 마누라가 냉동번데기를 한 포대 사왔고, 그것을 덜어 내어 볶은 것입니다.

중·고등학교에 다니던 시절, 길가에서 김을 퐁퐁 풍기면서 종이컵에 들어있던 번데기가 왜 그리 비쌌는지, 그때를 생각하면 지금 이순간이 참 행복한 것이지만 한 포대나 되는 이 많은 것을 언제 다 먹어야 할지 걱정입니다.

내가 누에라는 것을 처음 안 것은 40년도 더 된 옛날입니다. 여섯 살쯤 되었을 어린 시절, 집에서 가까운 곳에 검은색의 커다란 목조건물로 된 양잠시험장이 있었습니다.

그 건물의 주변에는 누에가 먹다 남은 뽕잎과 누에의 똥이 널려있었고, 그것들과 섞여서 함께 버려진 누에들이 고개를 둘레둘레 흔들고 있었습니다. 어린 마음에, 참으로 신기했습니다.

동네 누나(그래봐야 여덟 살 정도)들이 그 버려진 누에를 갖다 기른다고 해서, 나도 그것을 주어다 길렀습니다. 여섯 살배기 꼬마아이는 두근거리는 가슴으로 누에를 집어 들었고, 그 부드러우면서도 차가운 감촉에 하도 신기하여 얼굴까지 붉어졌습니다.

조심스레 집어온 그 누에들은 아버지의 와이셔츠 종이상자에 자리를 잡았고, 나는 날마다 뽕잎을 따다 누에에게 주었습니다. 물론 누에도 주워온 것이고, 뽕잎도 그 양잠시험장의 뽕밭에서 따온 것입니다.

잠든 자리에서 일어나 제일 먼저 누에를 살폈고, 밖에 나갔다 들어와도 누에가 있는 곳으로 달려갔습니다. 가져올 때부터 이미 넉잠을 자고 난 누에들은 얼마 지나지 않아 고치를 짓기 시작하였습니다. 꼬마아이의 가슴은 더욱 두근거렸습니다.

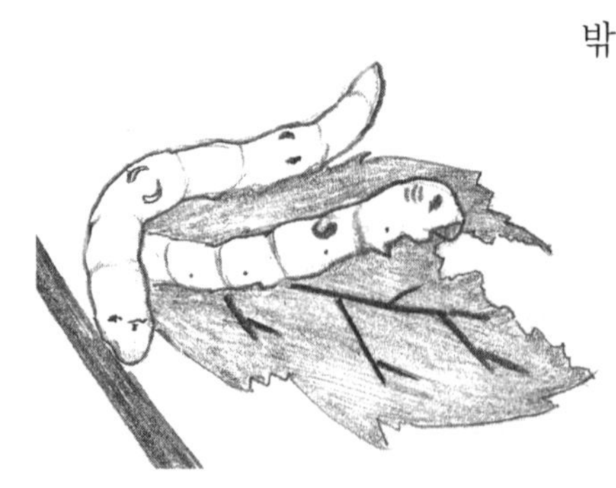

하얀색의 고치를 지어야 하는 누에임에도, 그것들은 기이하게 파란색과 분홍빛의 고치를 지었습니다. 물론 하얀색의 고치도 있었지

만, 색색으로 물든 고치가 더 많았던 것입니다. 그 모습이 더욱 사랑스러웠습니다.

동네 꼬마아이들끼리 서로 자신의 누에를 자랑하였습니다. "봐라! 내 누에는 빨간 고치도 지었다." 이리 말하곤 했습니다. 그러나 그 고치들은 힘이 없고 튼튼하지 못해 물렁거렸는데, 병이 들어서 색색의 고치를 지었다는 것을 그때는 몰랐습니다.

병이 들어있던 누에를 양잠시험장에서 골라내어 버렸고, 동네 꼬마아이들이 그것을 갖다 집에서 길렀던 것입니다. 그러나 비록 병이 든 누에의 고치였을지라도, 그것을 바라보는 꼬마아이들의 눈은 초롱초롱 빛이 났습니다.

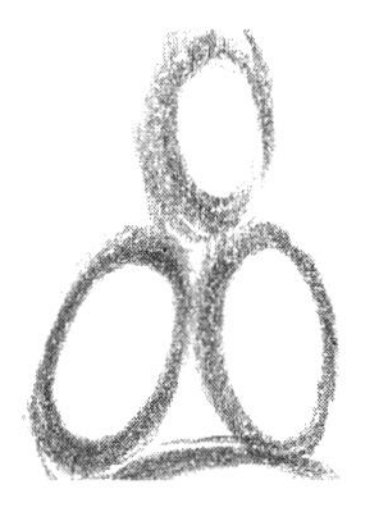

내가 준 뽕잎을 먹고 자라는 누에도 신기했으며, 천연색으로 물든 고치가 얼마나 예뻤는지 모릅니다. 호기심 많던 어린 시절에 본, 또 다른 세상이었으니 말입니다.

내가 중학교 다닐 때쯤에는 농촌에서 양잠을 하는 사람들이 꽤 있었습니다. 크게 힘이 들지 않아 노약자도 할 수 있으며, 농촌의 소득원이 되었던 것입니다. 그래서 주변에 뽕밭도 많았으며, 읍내에는 생사공장까지 있었습니다.

그 공장에서 명주실을 뽑고 난 번데기가 시중으로 팔려나갔으며, 그 번데기를 소금으로 간을 하여 볶아 파는 곳이 많았습니다.

그러나 지금은 국산 번데기를 구하려 해도 구하기 어려워졌습니다. 오래 전에 누에를 키던 농가에서는 뽕나무까지 뽑아버렸으며, 생사공장은 문을 닫았습니다. 지금 내가 번데기를 먹고 있으나, 이것은 중국에서 수입한 것입니다.

예뻐진다며 옛날에는 처녀가 누에를 먹기까지 했다는데, 이제는 구경하기도 어려워진 누에입니다. 요즘도 드물게 누에를 치는 집이 있다고 하나, 고치가 되기 전의 누에를 냉동 건조시켜 치료제의 원료로 만든다고 합니다. 국산 번데기가 먹고 싶으나, 먹을 길이 없게 되었습니다.

제비

나 어릴 적, 나와 아주 가깝게 지낸 새가 있었으니, 그것은 바로 제비였다. 꽃피는 봄이 오면 어디선가 제비가 날아와 우리 집 처마 밑에 둥지를 틀었던 것이다.

제비는 참으로 이상하였다. 사람을 얼마나 좋아하는지 동네 집집마다 날아와 둥지를 틀었고, 사람이 살지 않는 빈 집에는 아예 접근하지도 않았으니….

사람이 사는 집이라 하더라도 뒤꼍이나 잘 보이지 않는 곳에는 집을 짓지 않았으며, 방문을 열고 나가면 딱 눈에 띄는, 사람의 손이 닿을 정도로 가까운 처마 밑에 집을 짓고 알을 낳았다.

그 알이 부화하여 새끼가 자라는 것을 보고 있으면, 어린 마음에도 참으로 신기하였다. 다른 새들은 사람을 무서워하여 가까이 오지를 않는데, 제비는 사람과 눈을 마주하면서 새끼까지 낳아기르니 어찌 아니 그렇겠는가.

언뜻 생각하면 사람이 살고 있지 않는 빈 집이나 사람의 손이 닿지 않는 곳이 제비가 둥지를 틀고 살아가기 좋은 곳으로 생각될 수 있으나, 절대 그것이 아니었다.

빈 집에 제비둥지가 있다면 뱀이 기어오를 수도 있고, 족제비나 고양이 또는 매나 수리 같은 새들로부터 새끼를 안전하게 지킬 수 없을 것이다. 더구나 으슥한 뒤꼍 같은 곳은 밤에 쥐가 올라와 알을 훔쳐갈 수도 있으니 말이다.

그러고 보면 사람이 사는 곳이야말로 그런 것들로부터 보호를 받을 수 있을 뿐 아니라, 눈과 비바람으로부터도 안전하니 그 얼마나 좋은 장소인가.

참으로 지혜가 대단한 제비였으며, 수천 년을 이어온 우리 인간과 제비의 끈끈한 인연이 아니었나 하는 생각이다.

이들 제비는 한 집에 꼭 두 마리씩 들어와 집을 짓고 살았다. 따뜻한 남쪽나라에서 날아올 때부터이거나, 아니면 그 이전부터 이들 제비는 부부지간이었는지 모른다. 집집마다 둥지를 튼 제비들이 그곳에서 새끼를 쳤으니, 어찌 보면 신혼살림을 차린 제비였다고 할 수 있었다.

제비에 대하여 궁금하던 것이 또 있었다. 월남에서는 제비집으로 만든 요리가 최고급으로 굉장히 비싸다는데, 진흙으로 만든 제비집으로 어떻게 요리를 해서 먹는 것일까 하는 것이었다.

참으로 이해할 수 없는 일이었다. 한편으로는 제비집 흙덩이를 월남에 가져가서 팔면 돈을 많이 벌겠다는 생각도 들었으니….

제비들은 제비 두 마리가 번갈아 논의 진흙을 물어다 처마의 바로 아래 벽에 붙였다. 마침, 농부가 논에서 못자리를 하는 때였으므로 촉촉하게 물에 잘 개진 흙이 얼마든지 있었다.

우리나라에서는 제비들이 논흙을 물어다가 제비둥지를 만들었으므로, 해초를 물어다 둥지를 짓는 월남의 제비집과는 달랐던 것이다.

그 당시 또 다른 궁금한 것은 제비도 참새처럼 구워먹으면 맛이 있을까? 꿩알처럼 제비의 알도 삶아먹어도 되는 것은 아닌가. 사람들은 왜 제비 고기를 먹지 않는 것일까? 하는 생각이었다.

물론 제비도 새의 일종인데 제비 고기나 제비의 알을 왜 먹지 못했겠는가. 봄이 오는 소식을 전해주며 농사를 시작하는 시기에 해충을 잡아먹는 제비였으므로, 오랜 세월동안 인간과 함께 살아왔기에 사람들은 절대로 제비를 해치지 않고 보호를 해왔을 것이다.

며칠간에 걸쳐 제비둥지가 만들어지면 암제비가 둥지에 알을 낳았다. 또다시 며칠이 지나면 부화한 새끼제비가 삐악거리면서 고개를 내밀었고, 그때부터 엄마제비와 아빠제비는 쉴 새 없이 들락거리며 벌레를 잡아 새끼들에게 먹였다.

제비집의 새끼제비들은 어미제비가 벌레를 물은 채 가까이 오면, 자기가 먹이를 받아 먹으려 고개를 있는 대로 빼고 주둥이가 찢어지도록 크게 벌렸다. 소리도 요란하게 짹짹거리며 말이다.

새끼제비들은 먹는 만큼 똥도 자주 쌌는데, 제비집 밖으로 엉덩이를 내놓고 똥을 누었으므로 제비집의 바로 아래의 뜰이나 마룻바닥에는 제비의 똥이 지저분하게 널렸다.

그래서 사람들은 그 제비집 아래에 판자를 대어, 제비의 똥을 그곳에 떨어지도록 했다. 이는 새끼제비가 안전하게 생활할 수 있도록 하는 역할까지 하였다.

새끼제비가 다 자라면 제비둥지의 끝에 매달려 날아가는 연습을 하였다. 푸다닥 푸다닥 날갯짓을 하다보면 제비집의 먼지와 제비에게서 떨어진 비듬가루가 그 주변을 날아다녔다.

제비둥지의 끝에 발을 걸고 뒤로 떨어지듯 날갯짓을 하고 있는 새끼들을 보노라면, 그 새끼제비가 땅에 떨어져 죽을 것 같아 나의 작은 가슴이 콩닥거렸다.

어느 날 비행에 성공한 새끼제비가 모두 전깃줄에 내려앉았다. 하늘을 마음대로 날아오를 수 있게 된 것이다. 종일토록 날아다니던 제비는 밤이 되면 둥지 인근의 전깃줄에 앉아 잠을 잤다.

제비를 볼 때마다 무엇보다도 제일 궁금했던 것은 흥부전처럼 다리가 부러진 제비를 치료해주면 정말로 박씨를 가져다줄까? 하는 것이었다.

제비가 날아들면, 그 제비의 주둥이를 살펴보며 혹시라도 박씨가 입에 물려 있지 않나 하는 생각을 하였던 것이다.

날이 쌀쌀해지는 가을이 오면 제비들이 둥지를 떠났다. 아니, 집을 떠나는 것뿐 아니라 따뜻한 나라를 찾아 먼 여행을 떠나는 것이다.

이집 저집에서 살던 제비들이 모두 동네를 가로지르는 전깃줄에 새까맣게 모여서 따뜻한 강남으로 떠날 채비를 하고 있는 것을 보면, '잘 가라' 고 손을 흔들어주고 싶었다.

제비가 떠난 뒤의 빈 둥지를 보면 마음도 쓸쓸해졌다. 그 둥지를 긁어내리고 청소를 하면서 그 마음을 쓸어버려야 했다. 내년 봄에 다시 올 제비를 생각하면서 말이다.

그런데 지금은 제비의 모습을 보기도 어렵다. 해마다 우리 집 처마에 둥지를 짓던 그 제비는 어찌하여 돌아오지 않는단 말인가. 가을이면 전깃줄마다 셀 수도 없이 많이 몰려있던 제비는 다 어디에 있단 말인가.

지금의 아이들은 제비를 보지도 못하였고, 제비집이 어떻게 생겼는지도 모른다. 흥부와 놀부에 나오는 이야기를 이해할 수나 있는지….

언제인지는 모르나 제비가 돌아올 그날을 기다려본다.

참새와 초가

지붕을 개량하기 전인 70년도 전반기까지, 시골집은 대부분 초가지붕이었습니다. 초가지붕은 비와 눈에 젖고 바람과 햇볕에 삭아, 2년마다 한 번씩 새 볏짚으로 갈아줘야 했는데, 그 초가지붕 속에는 굼벵이를 비롯하여 온갖 잡다한 벌레들이 터를 잡고 살았습니다.

이 초가는 벌레들 외에도 참새가 잠을 자는 곳이기도 하였습니다. 참새는 해가 저물면 잠자리를 찾아 인간이 사는 초가집을 찾아들었던 것입니다. 즉, 참새와 사람은 한 지붕의 한 가족이었습니다.

굴뚝에서 따스한 저녁연기가 올라가는 시간이면, 참새들이 초가지붕의 추녀로 파고들었습니다. 이 참새를 개구쟁이들이 잡으러 다녔는데, 해가 저문 시간에 횃불을 밝히고 볏짚이 썩어가는 쾨쾨한 냄새를 맡으며 추녀 속을 헤집었습니다.

야트막한 초가지붕이 있는 곳에 사다리를 걸치고, 초가집의 추녀 안쪽 황토벽과 맞닿은 곳의 틈새를 찾아 손을 집어넣는 것입니다. 볏짚 속으로 손을 넣을 때마다, 혹시라도 참새 대신에 뱀이 있으면 어쩌나 하는 생각에 어린 가슴이 더욱 떨렸습니다.

옛날부터 전해 내려오기를 집이 오래되면 구렁이가 한 마리씩 집집마다 살고 있으며, 그 구렁이를 업이라고 믿었던 것입니다. 흥부와 놀부에도 구렁이가 나와 제비를 잡아먹는 내용이 있듯이 말입니다.

설렘과 두려움이 교차되는 가운데 부드러우면서도 따스한 깃털이 만져지고, 그 꿈틀거리는 물체가 손에 들어오면 놀란 참새의 심장고동이 손으로 전달되어 내 심장까지도 벌렁벌렁 거렸습니다.

그때의 희열은 말로 형용을 하지 못할 정도였으니 전율이 몸 전체에 퍼지면서 다리까지 후들후들 떨렸고, '잡았다' 고 큰소리로 외치다가 사다리에서 떨어지기도 하였던 것입니다.

겨울철, 초가집에서 잡은 참새를 불에 구워먹었습니다. 털도 뽑지 않은 참새를 그대로 모닥불에 올리면 '호로록' 털이 타면서 참새가 노릇하게 익었고, 그 참새구이를 손에 들고 톡톡 털면 재티가 날아가 바삭바삭 익은 참새고기만 남았습니다.

그 참새의 창자를 꺼내버리고, 소금을 뿌린 다음, 입에 넣으면 뼈까지 오독오독 씹혔습니다. 한 입에 쏙 들어갈 정도로 작았으나, 맛이 얼마나 좋았는지 모릅니다. 참새가 소머리 위에 앉아서, '소고기 열 근보다 내 고기 한 점이 더 낫다' 라고 했다는 것이 아니겠습니까.

이 참새 잡이는 초가지붕이 개량되면서 자취가 없어졌습니다. 나 어릴 적, 참새를 잡기 위해 추녀 속에 손을 넣던 그 희열을 또다시 맛보고 싶습니다만, 참새가 자는 곳을 모릅니다. 요즘은 초가집도 없는데, 지금의 참새들은 도대체 어느 곳에서 잠을 잔단 말입니까.

서캐야 놀자

우리는 오래전부터 70년대까지 사람의 몸에 기생하여 피를 빨아먹고 살던 곤충입니다. 사람들은 우리를 '이' 라 불렀습니다.

우리는 사람들이 입고 있는 옷 속에 보금자리를 틀었습니다. 사람들이 내복을 빨지 않고 오래 입었기 때문에 우리들이 포근하게 살아갈 수 있었던 것입니다.

사람과 함께 겨울을 나던 우리는 한곳에만 붙어 있는 것이 아니었습니다. 사람들의 상체나 하체는 물론 머릿속도 다 우리가 사는 곳이었습니다. 그뿐 아니라 사람과 사람 사이를 왕래하면서 여행을 하기도 하였습니다.

깊은 밤, 우리는 인간이 잠이 들면 슬금슬금 움직이며 이동을 시작합니다. 몸의 영양가가 풍부하여 열이 많은 그런 사람에게로 옮겨가는 것이었으니, 이 피 저 피 맛있는 피를 찾아 유람하는 멋진 생애였습니다.

우리의 번식능력 또한 뛰어나 숫자가 금방 늘어났습니다. 그래서 사람들은 겨울이면 우리를 잡아 죽이는 일을 자주 했습니다. '노느니 염불한다' 는 말이 있듯이, '노느니 이나 잡는다' 고 했던 것입니다.

이를 잡자는 우스개 노래도 있었습니다. "올해는 일하는 해, 모두 나서라~. 새 살림 일깨우는 태양이 떴다~." 이 새마을노래의 가사인 '일 하는 해' 를 개구쟁이들이 '이 잡는 해' 라고 가사를 바꿔 불렀던 것입니다.

멋쟁이 신사부터 다리 밑의 거지까지 모두들 이를 잡고 살았습니다. 물론 못사는 사람일수록, 게으른 사람일수록 이는 더 많았으니, 과부 집에는 보리가 서 말이고 홀아비 집에는 이가 서 말이라는 말이 있었습니다.

인간의 옷 속을 파고 들어가면 내복이란 것이 인간의 몸을 감싸고 있습니다. 그 내복의 안쪽에는 논두렁처럼 튀어나온 곳이 길게 이어져 있는데, 천을 실로 꿰맨 자리입니다.

그곳이 바로 우리들의 따뜻한 보금자리였습니다. 그 홈을 이용하여 이동을 했고, 그곳에 거주를 하면서 알도 깠습니다. 그 알이 바로 우리들의 2세인 서캐였습니다.

인간들의 입장에서 보면 가뜩이나 먹는 것이 부실하여 몸의 영양이 부족한데, 이가 자신들의 영양분을 빨아가도록 놔두겠습니까. 더구나 내버려두면 자꾸 숫자가 불어나서 여기저기 이들의 천국이 될 것이니 말입니다.

전깃불도 없던 시절, 인간들은 호롱불 아래서 내복을 벗고 뒤집어 이를 잡았습니다. 이음매마다 슬슬 기어다니는 이가 몇 마리씩 있었고, 하얗고 투명한 서캐가 새알처럼 박혀있었습니다.

사람의 피를 많이 빨아먹은 이는 통통하게 살이 쪘으며 색깔부터 다릅니다만, 피죽도 못 먹어 비루먹은 이는 때깔도 별로입니다. 그러거나 저러거나, 이 이든 저 이든 모두 손끝으로 잡아내서 눌러 죽였습니다.

인간들은 우리를 잡는 것을 즐겼습니다. 우리가 비록 작은 곤충이라고는 하나 작고 단단해서 손으로 그냥 누르면 쉽게 죽지를 않습니다. 그래서 오른쪽 엄지손톱과 왼쪽 엄지손톱 사이에 올려놓고 꽉 눌렀습니다. 그때마다 통통한 이가 찌그러지면서 톡 터져 죽었습니다.

사실, 우리의 몸 안에는 인간들의 피가 흐르고 있는 것 아니겠습니까. 같은 피를 나눈 형제요, 한집에서 몸을 섞은 사이입니다. 누구보다도 가까운 인간과 우리들의 인연인 것입니다. 그런데도 그렇게 우리를 사냥하다니, 참으로 안타까운 일이었습니다.

인간들은 화살이나 총을 가지고 사슴이나 멧돼지를 잡듯이, 또한 그물을 가지고 물고기를 잡는 것처럼 우리를 사냥하는 것을 즐겼습니다.

옷의 틈새에 숨어있는 이를 찾는 것이나, 도망가는 것을 손가락으로 잡는 것이나, 엄지손톱 위에 올리고 다른 쪽 엄지손톱으로 압착을 가하는 것 모두가 인간들의 오락이었던 것입니다.

가끔 심술궂은 개구쟁이는 우리를 화형집행하기도 했는데, 이를 잡아 호롱불에 그슬려 태웠습니다. 이가 타는 냄새는 사람의 머리카락이 탈 때 나는 냄새와 똑같았습니다. 같은 단백질이 아니겠습니까.

이만 잡고 우리의 2세인 서캐를 내버려두면 사람의 체온으로 부화를 하게 됩니다. 그러니 어찌 서캐를 그냥 내버려두겠습니까. 인간들의 입장에서 보면 서캐도 역시 박멸해야 할 대상인 것입니다.

초미니 달걀 같은 서캐는 옷 이음매에 꼭 붙어서 잘 떨어지지 않았으므로 그 상태 그대로 두고 양 엄지손톱을 갖다 대어 눌러 죽였습니다. 서캐를 잡아 죽일 때, 톡톡 터지는 것이 재미있었던 모양입니다. 물건을 포장할 때 쓰는, 볼록볼록 공기가 들어가 있는 비닐포장지를 터트리는 재미와 똑같았던 것입니다.

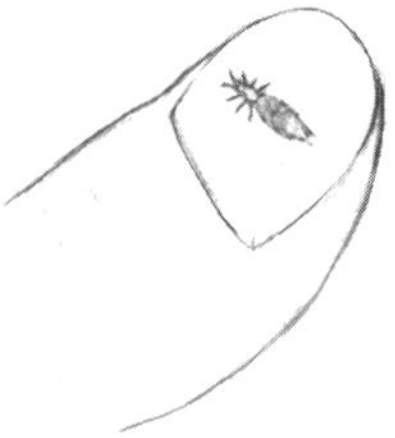

이때, 급하면 이빨로 그 옷감부분을 꼭꼭 물어서 서캐를 죽이기도 했습니다. 인간의 이빨 힘이 워낙 세니까 옷감 속의 서캐를 죽일 수도 있는 것입니다만, 그래도 안 되면 아까와 마찬가지로 호롱불에 그슬렸습니다. 그러면 "타다닥" 타는 소리와 함께 역한 단백질 냄새가 풍겼습니다.

옷에 붙어 있는 서캐는 톡 터져서 생명을 다 해도, 흰 알의 껍데기는 그대로 옷에 붙어 있었습니다. 밭고랑 같은 이음매에, 달걀껍질 같은 서캐 껍데기가 죽 늘어서 있는 것입니다.

이것이 많다보니 이 껍데기가 살아있는 서캐인지, 죽은 서캐인지 헷갈리기도 합니다. 그러나 죽은 서캐의 껍질과 달리, 살아있는 서캐는 윤이 좀 납니다. 즉, 때깔이 좋은 것입니다.

인간들의 군대에서도 이 이가 많아서 군인들은 정기적으로 디디티를 몸이나 내복에 뿌렸습니다. 하얀색의 이 약 주머니를 내복의 겨드랑이와 허벅지 사이에 매달아서 퇴치하기도 했습니다.

우리는 인간들의 옷 속에만 있는 것이 아니라 머리에도 자리를 잡고 살았으며, 특히 여자들의 경우 머리카락이 길었으므로 남자보다 더 머릿니가 많이 살았습니다. 머릿니는 옷에 있는 이를 잡는 방식으로는 잡기 어려웠으므로, 인간들은 다른 방법을 택했습니다.

빗살이 촘촘하게 이어진 참빗으로 여자들의 긴 머리를 빗었습니다. 머리를 빗을 때마다 참빗에 걸린 이와 서캐가 빠진 머리카락과 함께 방바닥에 우수수 떨어졌습니다.

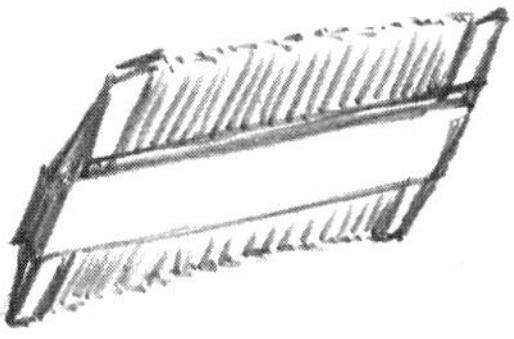

겨울이 지나 따스한 봄날이 오면, 내복에 자리 잡고 있던 이와 머릿니가 햇볕을 따라 목을 타고 밖으로 나올 때도 있었습니다. 수많은 이들이 인간과 함께했던 것이니, 이 얼마나 정겨운 풍경입니까.

그 옛날 그리도 많던 우리 동족은 다 어디로 갔는지 지금은 구경하기도 힘든 세상이 되었습니다. 불과 얼마 전의 일인데 말입니다.

인간들은 지구상의 야생동식물이 멸종될까봐 법을 만들어 보호하면서도 어찌하여 우리 이는 보호하지 않는단 말입니까. 인간과 우리는 피를 나눈 형제지간인데도 말입니다.

우리가 인간에게 도움을 주는 것이 없다고 보는 모양입니다만, 미래에는 우리가 인간에게 어떠한 이익을 가져다줄지도 모릅니다. 그때가 되면 자신의 몸을 이 농장으로 만들어 큰돈을 버는 사람도 있을 것입니다.

인간들의 몸에 우리가 사는 것을 축복으로 생각하는 그날이 오기를 기대합니다.

몽당연필

책보를 메고

오래 전에 지나간 것일수록 더 그리워지나 봅니다. 처음 배우던 것이나 주변의 환경변화로 적응을 하던 시기의 기억은 더 그렇습니다.

나는 아버지의 직장으로 인하여 초등학교를 여섯 번이나 옮겨야 했습니다. 일 년에 한번 꼴이니 동기동창이 얼마나 많겠습니까만 다 찾을 수가 없습니다.

초등학교 1학년 때 읍내에서 인근 면 지역으로 전학을 하여, 다음날 혼자 등교를 하게 되었습니다. 아침 일찍 집을 나와 학교로 걸어가기 시작한 것입니다. 끈이 달린 책가방을 등에 멘 상태입니다. 물론 등의 책가방은 전학하기 전의 학교에 다닐 때 메던 책가방이었습니다.

전날에 어머니와 함께 학교에 가서 전학수속을 밟느라 걸어갔다 온 것 말고는 생소한 등굣길입니다. 학교로 가는 신작로에는 아이들 서넛이 떠들며 걸어가고 있었습니다.

그 아이들을 처음 보는 나로서는 그 속에 어울려 함께 갈 수가 없었습니다. 몇 미터 뒤에 쳐져 뒤를 따라가고 있었던 것입니다. 그런데 앞에 가던 아이들이 자꾸 뒤를 돌아다보며 낄낄거리고 웃는 것 아니겠습니까.

나를 처음 보기 때문에 그러는 줄 알았지만, 곧 내 모습이 그들과 다르다는 것을 알았습니다. 학교가 가까워질수록 아이들이 많아졌는데, 그 아이들도 나를 신기한 듯 쳐다보고 있었던 것입니다.

1학년에서부터 6학년에 이르기까지 1,000여 명이나 되는 아이들 모두가 나와는 다른 복장을 하고 있었습니다. 읍내에 있는 학교에 다닐 적에는 한 번도 본 적이 없는 복장이었는데, 그 아이들의 등에는 책가방이 아닌 보자기가 있었던 것입니다. 나와 같은 책가방을 멘 아이는 하나도 없었습니다.

얼굴이 새빨개진 나는 뛰다시피 교실로 들어갔습니다. 등에 메었던 책가방을 재빨리 내려놓았습니다. 교실 안에 있던 아이들의 눈이 전부 내게 쏠리고 있었습니다. 처음 보는 녀석이 교실로 들어오니 그럴만도 했습니다만, 아이들의 눈은 내 얼굴 말고도 내가 메고 온 책가방에 머물러 있었습니다.

이 불편한 상황 속에서도 나는 다른 아이들이 보자기를 끄르는 것을 눈여겨보았습니다. 그 안에서 책과 공책 그리고 필통이 나오고 있었습니다. 그 보자기는 책가방과 같았던 것입니다.

그 시절의 시골학교에서는 남자 아이들은 그 보자기를 어깨에 빗겨서 묶었고, 여자 아이들은 허리에 둘러매었습니다. 도시락의 반찬통에서 김칫국물이 흘러내려 책과 옷을 물들이기도 했습니다.

학교가 파하고 집으로 돌아올 때, 비탈길을 달려가면 '딸그락 딸그락' 소리가 났습니다. 집으로 돌아가는 먼 길을 빈 도시락 속의 젓가락이 장단을 맞춰주었던 것입니다.

전학 간 첫날의 힘들었던 하루를 보내고 집으로 돌아온 나는 떼를 썼습니다. 책보자기를 주지 않으면 학교에 갈 수 없다고 하면서 말입니다. 또다시 등에 책가방을 메고 학교에 갈 수는 없었습니다.

아들 녀석이 이대로는 학교에 가지 못한다고 하자, 어머니께서는 어디서인가 보자기 하나를 구해주셨습니다. 파랗고 큰 보자기였습니다. 울상이던 나의 얼굴이 금세 환해지는 순간이었습니다.

다음날 아침, 일찍 일어난 나는 씩씩하게 책보자기를 방바닥에 펼쳤습니다. 그리고 그 위에 책과 공책 그리고 필통과 책받침을 차곡차곡 올린 다음 둘둘 말았습니다. 보자기의 끝을 옷핀으로 마무리하고 난 얼굴에는 흐뭇한 미소가 어렸습니다.

그 책보를 어깨에 빗겨 매고 문을 나섰습니다. 신작로로 들어서며 의기양양하게 걸어갔습니다. 그런 나를 뒤에서 바라보고 있던 어머니가 얼마나 웃으셨는지 모릅니다.

그 시절에는 점심시간이면 양동이에 담긴 강냉이 죽이 나왔습니다. 그 구수한 냄새를 피우는 강냉이 죽이 무척이나 먹고 싶었으나, 선생님께서는 나에게는 주지 않으셨습니다. 도시락을 싸오지 못하는 아이들에게만 주었던 것으로 기억됩니다.

그래도 그 강냉이 죽을 먹을 수 있던 때가 있었습니다. 바로 청소당번을 하는 날입니다. 좀 늦게까지 청소를 마무리하면 시간이 늦었으므로, 선생님께서 강냉이 죽을 퍼주셨습니다. 그것을 받아들었을 때 얼마나 좋았는지 모릅니다.

도시락에 담아 먹던 그 강냉이 죽을 조금 남겼습니다. 배가 불러서 그런 것도 아니고, 먹기 싫어서 그런 것은 더더욱 아니었습니다. 그 신기하고 맛있는 강냉이 죽을 어머니에게 자랑하고 싶었던 것입니다.

책보를 빗겨 맨 상태로 신나게 집으로 돌아가는 내내 입을 히죽거렸습니다. 집에 도착한 나는 방에 들어서자마자 책보를 풀어 도시락을 꺼냈습니다. 어머니께 강냉이 죽을 드시라고 하면서 도시락 뚜껑을 열었습니다.

그러나 노란색의 강냉이 죽이 들어있어야 할 도시락 안에는 아무것도 남아있는 것이 없었습니다. 닫혀진 도시락 뚜껑의 틈새로 다 빠져서 도망간 것이었습니다. 어머니께서는 그런 나를 보시고 또 웃으셨습니다.

책보를 빗겨 매고 딸각거리며 학교를 오가던 그때 그 시절, 비가 오는 날이면 책보를 어깨에 둘러매고 그 위에 옷을 입었습니다. 옷은 젖어도 되었으나, 책이 젖으면 안 되었기 때문입니다.

책보자기 말고도 또 가지고 싶었던 것이 있었습니다. 그것은 나랑 짝꿍이었던 순이가 가지고 있던 물건이 탐났던 것입니다. 그것은 아주 작은 몽당연필이었는데, 작은 대나무를 끼워 손에 쥐기 쉽게 되어 있었습니다.

수년의 세월이 흐른 다음에는 몽당연필에 볼펜 깍지를 끼워 썼습니다만, 그때까지만 해도 집 울타리에 난 작은 대나무를 칼로 깎아 예쁘게 다듬어서 만들었던 것입니다.

순이에게는 또 다른 것이 있었습니다. 그녀가 쓰던 책받침입니다. 책받침은 나도 있었으나, 그 책받침은 문방구에서 산 내 책받침과는 달리 특별하였습니다. 함석을 잘라서 만든 책받침이었는데, 두껍고 무거워 튼튼했고, 무엇보다도 좋은 것은 그 책받침을 공책에 받치고 연필로 글씨를 쓰면 찐하게 써진다는 사실이었습니다.

그런 책받침을 사달라고 어머니께 졸랐습니다. 그러나 어머니께서는 그 책받침은 살 수가 없다고 하시면서 그냥 웃으셨습니다. 갖고 싶은 것들을 다 가질 수는 없었던 것입니다.

지금의 아이들은 등에 가방을 메고 학교에 다닙니다만, 옛날에 메던 가방이나 손에 들고 다니던 책가방과는 다릅니다. 지금의 가방은 옛 시절에는 소풍 때 메던 가방인 것입니다.

예전과 달리 아이들의 복장도 달라졌고 학교 가는 길의 풍경도 많이 바뀌었습니다. 점심도 학교에서 단체급식을 하니 도시락을 싸갈 이유도 없으며, 강냉이로 끓인 죽이나 빵을 먹는 일도 없어졌습니다.

앞으로는 책가방이 아닌 메모리칩을 가지고 등교하거나 빈손으로 갈 수도 있을 것입니다. 먼 장래에는 학교에 가지 않고 집에서 인터넷 상으로 출석하거나, 온라인학교가 생겨서 그곳에 입학하는 사람도 있을지 모릅니다. 그때가 되면 컴퓨터로 부팅하고 로그인하는 것이 등굣길이 될 것입니다.

책보를 매고 등교하던, 다시는 돌아오지 않을 그 시절이 그립습니다.

몽당연필

옛날에는 살기가 어려워 학용품을 사는 것도 힘이 들었습니다. 그러므로 그 시기에는 귀중한 학용품을 아주 아껴 써야 했습니다.

칼로 연필을 깎아 쓰기를 반복하면 연필이 아주 짧아졌는데, 이것을 몽당연필이라 불렀습니다. 이 몽당연필은 너무 작아서 손으로 잡고 글씨를 쓰기가 불편하였습니다. 그렇다고 아까운 연필을 버릴 수는 없었습니다. 그것도 다 돈이 들어가는 것이 아니겠습니까.

1960년대에는 작은 대나무를 잘라, 그 빈 공간에 몽당연필을 끼워 사용했습니다. 길이가 길어졌으므로 사용하기가 좋았습니다. 1970년대에는 볼펜 깍지에 끼워서 쓸 수 있었는데, 생긴 모양이 깔끔했으므로 대나무에 끼워 쓰는 것보다는 훨씬 좋았습니다.

몽당연필을 대나무나 볼펜 깍지에 끼워 쓸 때 위와 아래쪽 구멍에 하나씩 끼워 두 개의 몽당연필을 사용하는 아이들이 있었습니다. 한쪽의 연필심이 닳거나 부러지면 반대쪽의 연필로 글씨를 썼으므로, 편리하고 특별해 보였습니다.

그 시절에, 내가 학교에 다니는 것은 부모님이 가라고 해서 가는 것이었지 공부를 열심히 해야 하기 때문에 간다는 생각은 없었습니다. 그래도 학교에 가는 것이 좋을 때가 많았는데, 학교에 가면 만만한 녀석들이 있어서, 무엇이든지 따먹을 것이 있었기 때문이었습니다.

딱지치기, 구슬치기, 엽전치기, 쌈치기, 동전치기, 땅따먹기, 병뚜껑 따먹기 등 무엇이든지 따먹을 수 있는 놀이가 있었습니다. 그 외에도 지우개 따먹기와 연필 따먹기도 있었는데, 남자아이들과는 달리 여자 아이들은 삔 따먹기 놀이를 하였습니다.

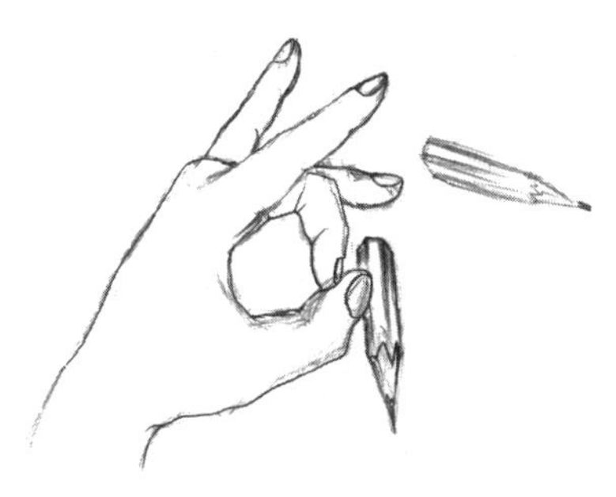

수업시간이 끝나고 노는 시간이 될 때마다 책상에 모여 연필 따먹기를 했습니다. 나무 책상 위에 칼로 금을 그어놓은 다음, 각자 자신의 연필을 한 자루 그 금안에 놓습니다. 그리고 돌아가면서 차례가 되면 손가락으로 자신의 연필을 튕겨서, 상대방의 연필을 맞춰 금 밖으로 나가게 해서 따먹는 것입니다.

이거, 운동신경이 발달해야만 상대방의 연필을 따먹을 수 있습니다. 잘못해서 내 연필이 금 밖으로 나가버리면 따먹는 게 아니라 따먹히게 됩니다. 연필이 길면 조금은 유리합니다. 그리하여 긴 연필로 따먹기를 하는 놈도 있었습니다만, 긴 연필을 따먹히면 손해입니다. 잘라서 쓰면 몽당연필 세 개쯤 만들 수 있는 거 아니겠습니까.

바둑돌을 튕겨 따먹을 때의 방법처럼, 이것 역시 엄지로 튕기는 것이 뜨지 않아서 효과가 있습니다. 검지나 중지로 튕기는 것보다 자신의 연필이 밖으로 튕겨나가는 경우가 적었던 것입니다.

이거 잘 하는 놈의 필통에는 항상 연필이 가득 차 있었습니다. 그렇지만 이거 못하는 놈은 글씨를 쓸 연필도 없습니다.

공업기술이 뒤떨어졌던 옛날에는 학용품의 품질도 션찮았습니다. 연필 속에 들어있는 흑심이 단단하지 못해서 잘 부러졌던 것입니다. 거기다가 매일 연필을 튕겨서 부닥치고 교실 바닥에 떨어뜨리니, 그 연필심이 온전할리가 있겠습니까.

칼로 연필을 깎아봤자 심은 이미 목질 속에서 부러져 있었습니다. 이런 현상을 '개먹었다' 고 표현했습니다. 개먹은 연필을 칼로 깎아서 쓰다보면 속에서 부러진 연필심이 쏙 빠집니다. 그렇다고 해서 개먹은 연필을 버리면 무엇으로 글씨를 쓰겠습니까. 슬그머니 빠진 그 구멍에다 심을 도로 밀어 넣고 살살 쓰면 되었습니다.

더군다나 개를 먹었던, 싱싱하던 간에 그 몽당연필로 연필치기를 해서 멀쩡한 다른 연필을 따먹으면 됩니다. 나는 상대방의 좋은 연필을 따서 쓰고, 나의 개먹은 연필은 잃어도 되는 것 아니겠습니까.

그런데 이런 생각을 나만 가지고 있었던 것이 아니었으니, 친구 녀석들도 다 나와 똑같은 생각을 가지고 있었던 것입니다. 연필치기 할 때마다 출전하는 '연필선수들'은 대부분이 몽당연필이었으며, 그나마 연필의 속심이 부러져 있는 개먹은 연필이었습니다.

옛날에는 가장 많이 사용하던 필기구가 연필이었습니다만, 지금은 아닙니다. 나 어릴 적에는 한 과목의 수업이 끝날 때마다 연필을 깎는 것이 일상이었는데, 지금의 아이들은 칼로 연필을 깎을 줄도 모릅니다.

연필 이외의 각양각색의 좋은 필기구가 있을 뿐 아니라, 연필 역시도 샤프펜을 사용하니 그 필요성이 없어진 것입니다. 더구나 글씨를 쓰는 것보다 컴퓨터로 워드를 치거나 그래픽으로 그림을 그리는 것이 더 많아지고 있으니 말입니다.

그러다보니 예전처럼 연필이 중요하지 않은 학용품이 되었습니다. 그러니 연필 따먹기 놀이가 있을리가 있겠습니까. 지금의 아이들은 인터넷에서 게임을 하면서 아이템을 따먹는 것이 있을 뿐입니다. 나 어릴 적 가슴에 흑심을 품고, 흑심이 부러진 몽당연필로 연필치기를 하던, 그 시절이 그립습니다.

용의검사

나 어릴 적 초등학교 시절 학교에 갈 적마다 제일 부담스러웠던 것은, 선생님께서 하시는 검사를 받아야 하는 것이었습니다. 검사 중에는 별의 별 검사가 다 있었습니다. 그 중에 용의검사라는 것도 있었습니다.

그 당시의 용의검사는 더럽고 헤진 옷을 입었는지, 손톱이 길었는지, 손톱 사이에 때가 끼었는지, 손등과 목에 때가 끼었는지, 이빨은 닦았는지 등을 본 것이었습니다. 그 중에서도 손등의 때를 주로 검사하였습니다.

여름철에야 물이 차갑지도 않고 풍족하여 어느 정도는 닦고 다녔으므로 그런 대로 때가 덜 끼었지만, 문제는 겨울철이었습니다. 날이

추우니 물도 차가웠으므로, 손과 발은 물론 얼굴까지도 제대로 씻지 않았던 것입니다.

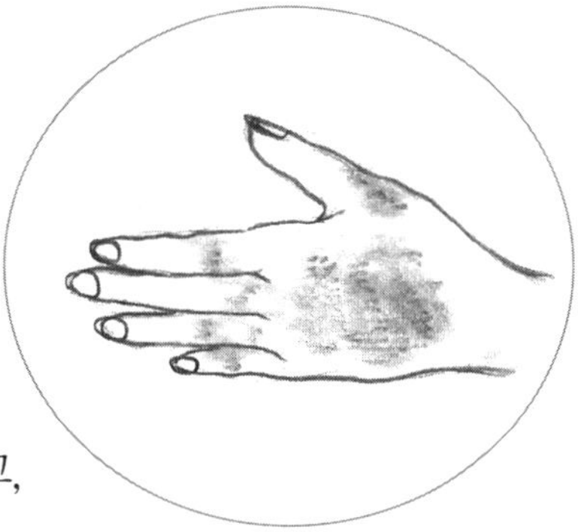

손등에 때가 오래되어 덕지덕지 절어있었고, 찬바람에 손등이 갈라져서 실핏줄까지 보였습니다. 그곳에 찬물이 닿기라도 하면 무척이나 쓰렸습니다. 그러다보니 손을 더 씻지 않게 되었고, 한번 생긴 때는 겨우내 없어지지 않았던 것입니다.

선생님이 앞줄에서부터 손톱과 때 검사를 하면 손등에 때가 낀 아이들은 조금이라도 때를 벗기기 위해 손등에 침을 뱉고 손가락으로 문질렀으며, 긴 손톱을 다른 손톱으로 잘라 내거나 이빨로 물어뜯는 등 정신이 없었습니다.

양치질을 제대로 하지 않아 이가 누런 아이들은 손가락으로 또는 소매 끝의 옷으로 이빨을 열심히 문질렀습니다. 그런다고 금방 깨끗해지는 것도 아니었으므로 용의검사에서 불합격을 받은 아이들이 무척 많았습니다.

용의검사에서 선생님으로부터 불합격을 받은 아이들은, 냇가에 나가 차가운 물에 손을 불게 해서 때를 벗겨야 했습니다. 오랫동안 닦지 않아 새까맣게 낀 때였으므로 작은 돌로 손등의 때를 밀었지만, 절을대로 절은 손등의 때는 쉽게 벗겨지지 않았습니다.

남자아이나 여자아이나 할 것 없이 콧물을 흘리면서 열심히 손을 닦았습니다. 찬 물에 의해 때가 반쯤 벗겨지면 빨갛게 된 손등에서 하얀 김이 모락모락 피어오르고 있었습니다.

이가 깨끗하지 않은 이유로 지적을 받은 아이는 왕소금을 손가락에 묻히고 입에서 피가 나도록 박박 문질렀습니다. 앞의 아이와 서로 자신의 이를 보여주며, 이만하면 괜찮으냐고 물어보면서 말입니다.

지금 생각하면 학교에서 별것을 다 검사한다고 하겠으나, 아이들의 몸에 때가 꼬질꼬질하게 끼어있던 시절이었으므로 용의검사라는 것이 있어서 겨울철에도 어느 정도나마 씻고 다닌 것이 아니었나 생각합니다.

이 용의검사는 초등시절에만 해당되는 것이 아니었습니다. 중학교에 들어가서는 교복의 단추가 하나만 떨어졌어도, 학년 배지 또는 모표가 없어도, 명찰을 달지 않아도, 호크단추가 풀려져 있어도 교문을 통과하기 어려웠습니다.

또한 불조심 강조기간이나 특정한 달에는 그에 관련된 문구를 쓴 리본을 가슴에 달아야 했는데, 이것을 달지 않으면 안 되었습니다. 교복 속에 원색의 셔츠를 입어 그 일부가 노출되거나 빨간색의 양말을 신은 경우 또는 머리가 길면 교문에서 규율부 학생으로부터 학년과 반 그리고 이름을 적혀야 했습니다. 그리고 수업시간이 될 때까지 교문 앞에 서서 있다가 오리걸음이나 쪼그려 뛰기 등 벌을 받아야 했던 것입니다.

규율부 학생들은 수업시작을 알리는 학교종이 울리면 교문을 닫고 작은 문에서 지켜 섰습니다. 늦게 들어오는 학생들은 줄줄이 교문 앞에 모여 혼이 나야 했는데, 지금의 학생들이 그런 경우를 당하면 아마 상당수가 학교에 가지 않고 집으로 돌아가지 않을까 하는 생각입니다.

고등학교에 들어가서는 수업시간에 책가방의 소지품을 검사받기도 하였습니다. 책가방 안에 있을지 모르는 술이나 담배 또는 이상한 잡지책이나 연애편지 등이 그 단속대상이 되었던 것입니다.

옛날에는 참으로 규제도 많이 받았습니다. 그런데 이 용의검사라는 것이, 지금까지 계속 이어지고 있습니다. 무엇을 검사하는 것인지 그 대상이 달라졌을 뿐인 것입니다.

손등에 때가 끼거나 이를 닦지 않은 것을 검사하는 것이 아니라, 학생의 머리카락을 염색하거나 파마를 했는지, 손톱을 기르거나 매니큐어를 칠했는지, 아니면 피어싱을 했는지를 검사하니 말입니다.

옛날의 순진한 아이들과는 달리 지금은 다들 영악해서 어른들의 생각을 가지고는 따라가지 못하는 것도 많다고 합니다. 다른 것을 검사하는 것보다 아이들의 컴퓨터나 메모리 저장장치 그리고 핸드폰을 봐야 할 것입니다.

무엇보다도 확실한 것은 인터넷의 아이디를 찾아, 이메일이나 블로그 또는 싸이나 플래닛 등을 검사해야 할 것입니다. 그들의 생각과 행동이 거기에 있으니 말입니다.

먼 장래의 용의검사는, 개인이 소지하고 있는 홀로그램이나 또 다른 것들을 검사해야 하지 않나 생각합니다. 세월 따라 용의검사도 참 많이 달라지고 있는 것 같습니다.

애인구함

내가 까까머리 중학생 시절, 나는 친구들과 장난을 많이 쳤다. 어떻게 보면 친구를 괴롭히는 것이 될 수 있었으나, 그 당시에는 누구라 할 것 없이 서로에게 그런 장난을 하던 시절이었다. 내가 비록 장난은 심했으나, 나로 인해 큰 피해를 본 친구는 없었다고 기억된다.

내 앞에 앉아있던 녀석의 머리 뒤쪽에 연필을 대고 녀석의 이름을 부르면, 그 녀석이 뒤돌아보다가 연필심에 얼굴을 찔렸다. 화를 내는 녀석에게 난 가만히 있었는데 네가 얼굴을 움직여서 찔린 것뿐이니, 난 잘못이 없다고 주장을 했다. 내 말이 틀린 것은 아니지 않은가.

앞에 앉아 있는 녀석이 자리에서 일어나는 것을 보고, 녀석이 앉았던 의자와 뒤에 있던 책상을 뒤로 빼놓으면 녀석이 앉으려다 엉덩방아를 찧었다. 이 역시 내가 밀거나 잡아당긴 것은 절대 아니었다. 재미있었다.

교실로 들어오는 출입문의 위쪽에 칠판지우개를 끼워놓으면, 수업시작종소리가 울린 다음 급하게 들어오는 녀석의 얼굴 위로 떨어지면서, 하얀 백묵가루가 날렸다. 그것을 보고 전체 아이들이 깔깔거렸다.

개구리 한 마리를 종이상자에 담아 중요한 물건인 것처럼 친구에게 보내면, 그것을 끌러보다가 개구리가 팔짝 뛰는 바람에 기겁을 하는 것이었다. 그 모습을 보고 얼마나 웃었는지 모른다.

그러나 무엇보다도 재미있었던 장난은 그런 잡다한 것이 아니었으니, '애인구함' 이라는 글씨를 쓴 종이를 친구의 등에 몰래 붙이고 그 뒤를 따라다니는 것이 최고였다.

유치한 그 장난이 왜 그리 재미가 있었는지는 모르나, 그런 일로 골탕을 먹은 녀석은 또 다른 친구한테 똑같은 행동을 했으므로, 그 행동이 계속해서 돌고 돌아 골탕을 먹지 않은 친구는 없었던 것으로 기억된다.

어느 날, 수업시간이 다 끝날 때쯤, 누군가가 내 등에 애인구함이라는 종이쪽지를 붙였던 모양이다. 나와 가장 친한 영철이 녀석이 내 등에 그것이 붙었다면서 떼어주겠다고 말했다. 역시 친한 친구는 무엇이 달라도 달랐던 것이다.

그날의 수업이 끝나고 까만 교복에, 까만 교모를 쓰고, 까만 운동화를 신은, 까까머리 중학생들이 삼삼오오 짝을 지어 하교를 하는 시간이었다. 집으로 가는 길목에 여중학교가 있었는데, 남학생들은 그곳 정문을 감히 지나가지 못하고 좀 돌아갔었다.

여학생은 남자학교 정문을 지나가는 것쯤 눈감고도 하지만, 왜 그런지는 모르나 남자학생들은 그것을 제대로 하지 못했던 것이다. 그날 나는 집으로 가기 위하여 나 홀로 그 여학교 정문을 지나가고 있었다.

비슷한 시간에 수업이 끝났으므로, 내 뒤와 앞에 여학생들이 하교를 하고 있었다. 긴장을 한 나는 고개를 숙이고 걸어가는 중인데, 뒤쪽에서 낄낄대는 소리가 들리는 듯했다.

아니, 들리는 듯하는 것이 아니라, 정말로 여학생들이 나를 보면서 입을 가리고 웃고 있었던 것이다. 나는 속으로 생각하기를, 저 계집아들이 남학생을 처음 보나, 하면서도 발걸음이 빨라지는 것을 어쩔 수 없었다.

빨리 여학교 앞을 벗어나기 위해 앞에 걸어가던 여학생들을 앞질러 급하게 걸어갔으나, 뛰어갈 수는 없었다. 여학교 앞에서 뛰어간다면 이 또한 얼마나 웃기는 일이냐 말이다.

그런데 이번에는 뒤쪽에 있던 여학생들뿐 아니라, 내가 지나치고 있는 여학생들도 나를 보고 웃는 것이 아닌가. 얼굴이 새빨개지면서도 무슨 일인지 감이 잡히지 않았다. 도대체 왜 이런 현상이 나타난 것인지, 생각할 여유조차도 없었던 것이다.

집에 도착한 나는 오늘은 재수가 옴 붙은 날이라고 중얼거리면서,

책가방을 내려놓고 교복을 벗었다. 그런데 막 벗은 까만 교복 뒤쪽에, '애인구함' 이라고 선명하게 써진 하얀 종이가 딱 붙어 있는 것이 아닌가.

학교에서의 일이 번뜩 떠올랐다. 나와 제일 친한 친구인 영철이가 그럴 수 있단 말인가. 내 등에 그런 것이 붙어 있는 것을 알려주면서 뗀다고 하더니, 더 단단하게 핀으로 고정을 시킨 것이다. 세상에 믿을 놈이 없었다. 무엇보다도 큰 일인 것은, 앞으로 그 여학교 앞을 어떻게 지나갈 것인가 하는 것이었다.

생각해보면 참으로 순진한 어린 시절이었다. 하기는, 어린아이들뿐 아니라 어른들도 마찬가지였으니, 부부간에 길을 걸어갈지라도 남편은 몇 발 앞서가고 부인은 뒤에 쳐져 일정한 거리를 유지하며 걸어갔던 것이다.

그런데 지금의 아이들은 옛날의 그것과는 거리가 아주 멀다. 유치원생도 생일이 되면 남자아이는 여자친구를, 여자아이는 남자친구를 초대한다. 더구나 좀 더 크면 공공연하게 여자친구를 구한다면서 인터넷에 글을 올리고 있으니 말이다.

남자아이들뿐 아니라 여자아이들도 마찬가지다. '여친' 을 구한다는 남자아이의 글 아래에 여자아이들이 같은 취지의 꼬리를 달고 이메일주소를 남기고 있으니….

참으로 격세지감을 느끼지 않을 수 없다.

컨닝

나의 학창시절에는 어른들과 얼굴을 마주치면 공부 잘 해라는 말을 항상 들었습니다. 그런데 학교를 가고 싶어서 가는 것이 아니요, 공부를 하고 싶어서 하는 것도 아닌데 어찌 공부를 잘 할리가 있었겠습니까.

그래도 꼬박꼬박 성적표가 부모님 앞으로 전달되었으며, 그동안 딴 짓을 하지 않았다는 것을 입증하려면 성적이 좋아야 했습니다. 그 목적을 달성하기 위해서는 컨닝만이 나의 살 길이었습니다.

내가 초등학교 6학년 때 대도시에서는 중학교에 뺑뺑이를 돌려서 갔었지만, 그 이외의 지역에서는 시험을 봐야만 원하는 중학교에 입학할 수가 있었습니다. 그래서 밤늦게까지 학교에서 공부를 해야 했으며, 매일같이 등교하자마자 시험을 보았으므로 하루도 빠짐없이 컨닝을 했습니다.

앞에 앉아있던 철수 녀석의 등을 꾹꾹 찔러서 시험지 답을 보았지만, 녀석이나 나나 실력이 그게 그거였으므로 별만 도움이 되지 못했습니다. 그리고 나중에는 작은 종이쪽지에 내가 아는 답과 녀석이 아는 것을 서로 공유하기도 하였으나, 이 역시 믿을만한 것이 아니었습니다.

내가 컨닝을 하기 위하여 맨 처음 택한 방법은 연필을 날카롭게 깎은 다음 지우개에 깨알처럼 작게 글을 써놓는 것이었습니다. 그러나 작은 면적에 글자가 들어가면 얼마나 들어가겠습니까. 별반 도움이 되지 못했습니다.

컨닝을 하기 위하여 연구를 한 결과 자습시간을 이용하거나 하교 후에 작으면서도 많은 내용이 들어갈 수 있는 컨닝페이퍼를 만들었습니다. 그 속에 정성을 들여 시험문제가 나올만한 것들을 적어 넣고 차곡차곡 필통 안에 넣은 것입니다.

다음날, 시험을 보기에 앞서 책상에 앉아있던 나는 필통에 들어있는 내용의 순서를 되뇌고 있었습니다. 선생님의 눈치를 피해 몰래 보려면 한 장씩 꺼내야 하기 때문이었습니다. 그런데 이게 웬일입니까. 시험을 칠 수 있는 최소한의 필기도구만 남겨두고 책가방과 필통 등 모든 것들을 교단 앞으로 내어놓으라는 것 아니겠습니까. 흑흑.

그 다음날, 연구에 연구를 거듭한 결과 나무로 된 책상의 여기저기에 연필로 빽빽하게 적어 놓았습니다. 책상 위는 물론 옆면과 다리까지 빽빽하게 적었기 때문에 시험과목의 내용을 거의 다 적어놓을 수 있었습니다. 드디어 성적을 올릴 수 있으리라는 생각이 들었습니다.

그런데 이번에는 선생님께서 모두들 자리에서 일어나라고 하셨습니다. 한 칸씩 줄을 이동해서 앉으라는 것 아니겠습니까. 이럴 수가 있단 말입니까. 내가 책상에 얼마나 많은 정성을 기울여 적어놓았는데 말입니다.

실망의 나락으로 떨어지는 기분으로 자리를 옮겨보니 그 책상 위에도 빼곡히 글씨가 써있는 것이었습니다. 컨닝을 하려고 나만 책상 위에 글을 써놓는 방법을 택한 것이 아니라, 내 옆의 녀석도 나와 마찬가지였던 것입니다. 그러나 아무리 그것을 들여다봐도 워낙 작게 써있는데다 내가 쓴 것이 아니라 도저히 해독할 수가 없었습니다.

나중에는 색연필을 벗겨 돌돌 말아진 종이에 글자를 빽빽하게 쓴 다음에 다시 감아 놓았다가 보기도 하였고, 수첩처럼 만든 컨닝페이퍼를 고무줄에 연결하여 소매 쪽으로 빼서 볼 수 있는 신기술을 도입하기도 했습니다.

그러나 그런 것들을 시도하기 위해서는 선생님의 눈을 피해야 한다는 과제가 남아있는 것이었는데, 시험지를 받자마자 시험문제를 푸는 놈과 컨닝을 하려는 놈은 무엇이 달라도 달랐습니다.

그것을 다 아시는 선생님께서는 눈알 돌아가는 소리가 데굴데굴 들려온다며 교실을 왔다갔다 하셨으므로, 컨닝이란 것이 그리 쉽게 되지 않았습니다.

또한 시험에 나온 문제들이 컨닝페이퍼에 있을 경우 대부분 머릿속에도 남아있어서 그것을 굳이 보지 않더라도 풀 수가 있었으니, 컨닝을 한다고 준비한 것 자체가 공부가 아니었던가 하는 생각이 듭니다.

컨닝은 현대에 와서 생긴 것이 아닙니다. 조선시대에도 있었다고 하니 어제오늘의 일이 아닌, 역사가 있는 것입니다.

컨닝을 하는 방법 또한 시대에 맞춰 점점 발전되고 있습니다. 최근에는 단순히 학교에서 보는 시험을 잘 보기 위하여 컨닝을 하는 것이 아니라, 국가나 공공단체에서 보는 응시나 각종 자격시험에서도 컨닝을 하고, 대리시험까지 보는 사람이 있다고 합니다.

삐삐가 한참 유행하던 시절에는 삐삐로 객관식 정답을 순서대로 받아쓰더니, 핸드폰이 나오고부터는 메시지로 그것을 받아본다고 합니다. 그것을 방지하기 위하여 삐삐나 핸드폰을 미리 압수합니다. 컨닝을 하려는 측과 막으려는 측의 머리싸움이 장난이 아닌 것 같습니다.

앞으로 과학이 더 발달하면, 눈에 보이지 않는 스캐너로 순식간에 문제를 복사하고 전파를 이용하여 밖으로 전송한 다음에, 귓속에 들어있는 아주 작은 이어폰으로 정답을 받는 방법까지 쓰지 않을까요?

이 또한 시험 보는 주관부서에서 전파차단장치를 할 테고, 더 뛰어난 기술을 가진 사람은 그 방어 장치도 해킹을 하여 컨닝에 성공할 수 있을 것입니다. 컨닝은 이제까지 그랬듯이 미래에도 계속 이어질 것이니 말입니다.

우리 선생님

나는 은은한 미소가 아름다운 한 여자와 살고 있었습니다. 동녘에 해 뜨는 아침을 시작으로, 오직 그녀의 따스한 눈동자를 바라보며 지내다, 태양이 어두운 밤의 공기 속으로 젖어들면 포근한 그녀의 품속을 파고들었습니다.

매일 밤, 그녀의 젖가슴에 얼굴을 묻고 행복한 미소로 꿈속을 유영하였으니 이 세상에 오직 하나밖에 없는 사랑스런 나의 여인이었던 것입니다. 그런 나날이 계속되던 시절, 언제인지 나에게 또 다른 여인이 찾아왔습니다.

첫 여인이 가장 아름답고 오직 그녀만을 사랑할 것 같았지만, 애석하게도 또 다른 여인을 알고부터 나는 혼란에 빠졌습니다. 새롭게 다가온 또 다른 여인이 나의 눈을 뜨게 한 것입니다.

세상에서 제일 아름답고 고귀한 여인은, 전의 그녀보다 더 젊고 생기발랄하였습니다. 사랑은 움직이는 것일까요? 나는 다시 만난 여인이 더 좋았나봅니다. 아니, 이 여인을 사랑할 수밖에 없었으니, 그것은 운명이었나 봅니다.

그녀를 맨 처음 만났을 때, 나는 황홀경에 빠졌습니다. 그녀의 눈은 하늘의 별빛처럼 초롱초롱하였고 호수처럼 맑았으며, 고혹적인 미소로 나를 불렀습니다. 그럴 때마다 두근두근 가슴이 방망이질 쳤고, 얼굴은 붉어졌습니다.

내 가슴에 다시 자리 잡기 시작한 그 여인은 나만의 여인은 아닌 듯 보였습니다. 나 이외에도 불타는 또 다른 눈동자들이 그녀를 바라보고 있었으니, 사랑을 쟁취하기 위한 경쟁자가 많았던 것입니다.

그녀가 말했습니다. "나를 잡아 봐라." 제일먼저 자신을 잡는 사람을 업어준다는 것이었습니다. 가슴을 진탕시키는 향기를 뿜으며, 그녀가 나풀나풀 도망가고, 수많은 경쟁자들이 그녀의 뒤를 쫓아가고 있습니다.

나는 끓어오르는 질투심과 그녀를 차지하겠다는 일념으로 힘껏 몸을 날렸습니다. 하늘이 노랗게 물들 때까지 온 힘을 다하여 달렸습니다. 넘어질 듯 몸의 중심을 겨우 가누면서 손을 내밀었습니다.

결국 나는 수많은 경쟁자를 물리치고, 제일 먼저 그녀를 잡았습니다. 나의 손이 향기로운 그녀와 접촉하는 순간 승리자가 되었고, 온 세상을 다 얻은 양 행복했습니다.

그러나 한순간에 너무 많은 힘을 쓴 나는 얼굴이 하얗게 되어 쓰러질 정도였습니다. 그녀는 겨우 정신을 수습한 나에게 약속을 지켰습니다. 세상에서 제일 아리따운 그녀에게 업힌 그 순간은 세상 무엇보다 황홀하였습니다.

세상의 모든 것을 다 가진 것이었습니다. 부러움을 한눈에 받으면서 환호하였던 나입니다.

그날, 함께 살고 있는 여인에게 돌아갔던 나는 밤새 열병을 앓았습니다. 끙끙 앓는 소리를 내면서도 나는 그 여인의 이름을 부르고 있었으니, 옆에서 나를 간병하던 나의 첫 여인은 마음이 무척 쓰렸을 것입니다.

세월이 흐른 지금, 그녀가 보고 싶습니다. 그녀는 지금 어디에서 무엇을 하고 있을까요. 정말 보고 싶습니다. 그녀의 향기를 다시 느끼고 싶은 것입니다.

맨 처음 초등학교에 들어갔을 때의 그녀를, 아이들 모두 우리 선생님이라고 부르며 무척이나 따랐습니다. 내가 고사리 손을 내밀어 제일먼저 선생님의 옷자락을 잡았고, 담임선생님께서는 약속한 대로 나를 업고 운동장을 한 바퀴 돌았습니다.

우리 선생님! 지금 어디에 계신가요. 보고 싶습니다.

조개탄 난로와 고추장 비빔밥

초등학교 시절, 추운 겨울에 집에서 학교까지 걸어가면 발과 손이 시려 연필을 잡을 수가 없었습니다. 공부를 하기 어려울 정도였으므로, 일찍 출근하신 선생님과 당번학생이 조개탄 난로를 지폈습니다.

두 시간쯤 되면 난로가 달궈져서 제법 따뜻하지만, 추운 곳에 있던 몸이 풀리면 그때는 졸렸습니다. 졸리니 공부를 어떻게 하겠습니까. 추워서 공부 못하고, 졸려서 못하는 겁니다. 내가 그랬단 말입니다. 졸지 않고 공부를 잘한 학생도 있을 테니 말입니다.

요 시간이면 물주전자 내리고 도시락 올려놓습니다. 이때 기운 센 놈, 약한 놈, 공부 잘하는 놈, 못하는 놈 구분이 딱 갑니다. 서열에 따

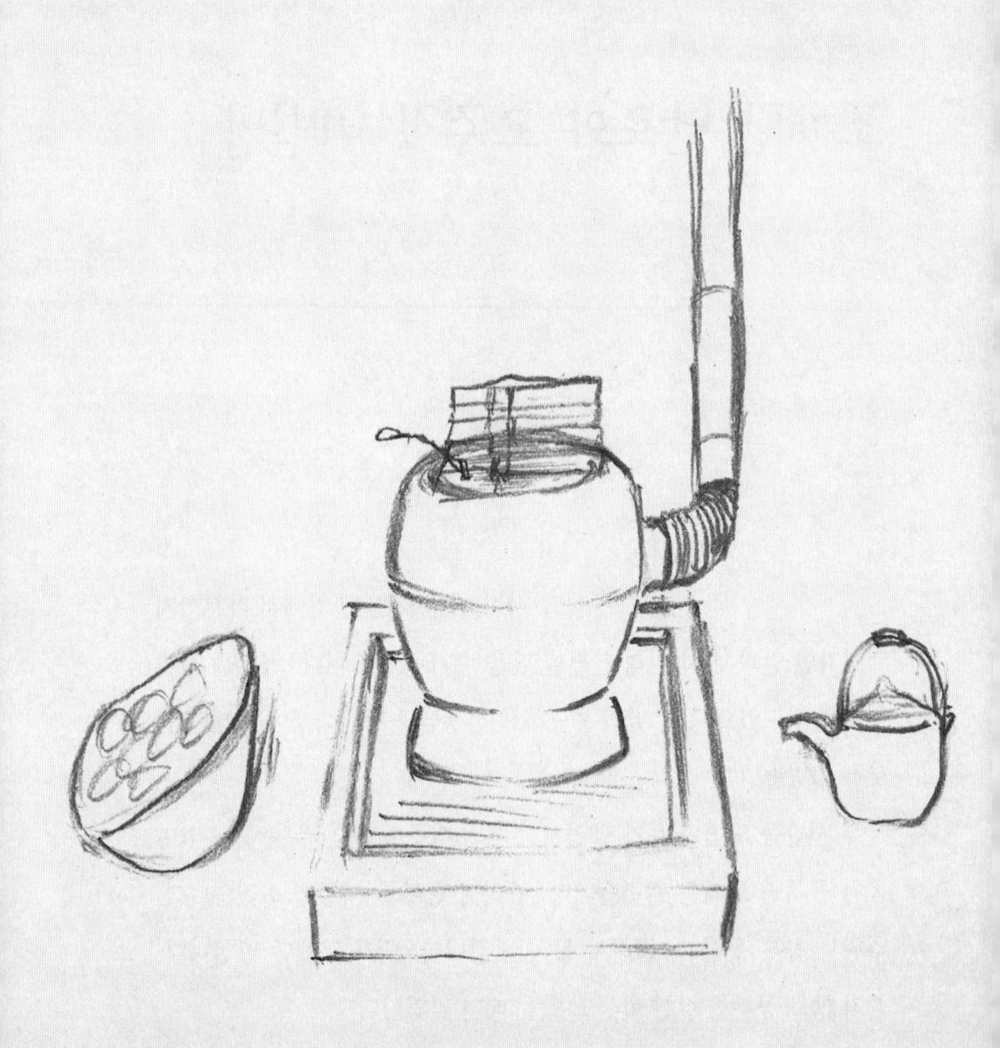

라 도시락을 올려놓는 곳이 정해져 있는 것입니다.

기운 센 놈이나 공부 잘하는 놈의 도시락을 제일 밑에 놓는 것이 아닙니다. 제일 좋은 자리는 아래쪽이 아니라, 아래에서 위쪽으로 두 번째나 세 번째 칸입니다.

제일 아래는 도시락의 밥이 다 타버리거나, 누룽지가 되어 밥이 팍 쭈그러듭니다. 먹을 게 없는 것입니다.

나중에는 담임선생님께서 당번에게 도시락의 위치를 바꿔놓도록 하셨는데, 위에 올려져 있는 것을 아래로, 아래에 있던 것을 위로, 이렇게 해서 골고루 데워지도록 하신 것입니다.

반찬은 김치나 짱아치류 또는 고추장을 자주 싸서 갔습니다. 달걀부침 같은 거 싸서 온 놈은 집이 무지하게 부자였습니다만, 촌 동네서는 그런 집도 별로 없었습니다. 도시락을 싸오지 못할 정도로 가난한 아이들이 여럿 있었을 뿐이었습니다.

도시락 두께도 엄청 두꺼웠습니다. 지금 먹는 기준으로 친다면, 아마 4인분은 되지 않을까 싶습니다. 그 도시락에 들어있는 밥을 뚜껑에 약간 덜어내고, 도시락 안에 고추장을 넣은 다음 마구 흔들어댑니다. 삼삼칠 박수를 치는 것처럼 이리저리 흔들어대는 것입니다.

흔들기를 멈추고 도시락의 뚜껑을 열면 빨간 고추장을 입은 고운 밥알이 향긋한 냄새를 확 풍깁니다. 동글동글한 밥알의 표면을 빨갛게 물들이고, 윤을 반질반질 내는 도시락 안의 풍경. 그 밥을 한술 떠서 입 안에 넣었을 때 착착 감겨드는 그 맛은 꿀맛입니다.

딴 반찬 필요 없습니다. 진정한 고추장비빔밥은 아무런 반찬 없이 순수하게 고추장만 비빈 것이라 이것입니다. 그 시절에는 멸치를 고추장에 넣고 볶은 것이 아이들에게 가장 인기가 좋았던 도시락 반찬이었습니다.

난로에다 조개탄을 때기 위해서는 나무를 먼저 넣고 불을 붙여야 합니다. 나무도 처음부터 불이 붙는 것은 아닙니다. 종이에 불을 붙인 다음에 나무를 넣었지만, 역시 쉽게 붙지 않았습니다.

그 중간 역할을 하는 것이 솔방울이었습니다. 솔방울은 마른 송진이 있어서 불이 붙기도 잘했고, 오래 탔던 것입니다. 난로를 피우기 위하여 솔방울이 필요하였으므로, 선생님께서는 아이들에게 솔방울을 주어오도록 숙제를 주셨습니다.

추운 겨울이면 아이들이 가지고 온 보자기와 자루에서 나온 솔방울로, 조개탄에 불을 붙였던 것입니다.

그 시절, 따뜻한 난롯가에서 도시락을 흔들어서 비비던 고추장비빔밥이 먹고 싶습니다.

도비

"땡~땡~땡~. 땡~땡~땡~."

건널목의 경광등이 빙글빙글 돌며 땡땡이가 울리고 있습니다. 이어 약 7~8초 후 차단기가 내려오고 있습니다. 도로를 가로지른 철도건널목이었던 것입니다.

차를 운전하여 출근하는 아침시간에 화물열차가 지나가고 있습니다. 17129, 73618, 23189…. 화물칸에 씌어진 글씨도 함께 스쳐갑니다. 멍하게 바라보고 있던 내 눈은 그 숫자를 보면서 생기가 올라옵니다.

한참 주산 배우던 까까머리 중학생 시절, 머릿속에 주판 하나가 들어있었습니다. 눈에 보이는 것마다 암산을 할 정도로 열심이었던 그 시절이었습니다.

지금 지나가는 화물열차처럼 씌어진 숫자를 보고 덧셈과 뺄셈을 하였습니다. 그러면서 주산 실력을 닦았던 것입니다. 그런데 30년도 더 지난 지금에도 숫자가 눈에 확 들어옵니다. 옛날의 그 의욕이 남아 있어서 그런 것이란 말입니까? 그것은 절대 아닙니다.

지금은 또 다른 모습으로 숫자가 눈에 박혀들고 있습니다. 1, 7, 12, 9, 36, 18…. 연결되어 있는 숫자가 세분되어 뇌리에 박히고 있습니다. 여섯 개의 숫자조합이 딱 로또인 것입니다. 이것도 병인가 봅니다.

"덜컹~. 덜컹~."

상행선으로 화물차가 건널목을 통과하는 사이, 하행선으로는 객차가 내려오고 있습니다. 열차는 일반차량과 달리 좌측통행입니다. 역이 가까워 오자 통근열차의 속도가 줄어들고 있습니다. 열차가 저만치 가는 것을 보니 옛날생각이 떠오릅니다.

지금은 아니지만 옛날에는 열차로 통학하는 학생들이 많았습니다. 이 통근열차를 타고 등교시간에 맞추기가 쉽지 않았습니다. 수업시작 시간까지 등교하기가 빠듯한데다가 열차가 연착하는 것은 당연한 권리(?)였던 시절이었으니 말입니다.

열차통학 학생들이 수업시간에 늦는 것 또한 어쩔 수 없는 것이었으나, 그 중에서 지각을 하지 않고도 열차통학을 하는 희한한 종족이 있었으니 그들을 '도비족'이라 불렀습니다.

역으로 진입하는 열차는 역으로부터 한참 떨어진 전방에서 신호를 보고 진입합니다. 또한 정거하기 위하여 속도를 줄여야 합니다. 즉, 진행 중인 열차에서 승객이 뛰어내릴 수 있는 조건이 되었던 것입니다.

이 도비하는 학생들은 다른 학생들보다 2분정도 일찍 열차에서 내렸습니다. 열차가 완전히 설 때까지 걸리는 시간을 줄였던 것입니다. 또한 등교 거리도 줄어들었으므로 지각을 하지 않아도 되었습니다.

정기적으로 통학을 하는 학생들은 한 달 치 패스를 끊어 통학을 했는데, 그 중 일부 학생은 표도 끊지 않고 공짜로 다니기도 했습니다. 그들은 교통비를 빵 값으로 날린 경우의 학생들로서 대부분 도비족이었습니다. 역의 개찰구를 이용하지 않았던 것입니다.

여기서 도비라는 것은 뛰어 날다, 그 뜻입니다. 무척 위험한 행동이었으며, 잘못 실수라도 하면 크게 다치거나 목숨까지도 위험했습니다.

이 도비는 요령이 있었습니다. 달리는 열차에서 뛰어내렸을 때, 열차진행방향으로 빠르게 달려야 합니다. 이 속도를 따라잡지 못하면 그대로 엎어집니다. 그러면 큰 코 다칩니다. 아니, 절단 납니다.

열차에서 뛰어내리는 것과 반대로, 출발하여 진행 중인 열차에 올라타는 방법도 있습니다.

가속이 붙기 전의 열차를 따라 달리다가 올라타는 것입니다. 이때의 요령은 손잡이를 먼저 잡아야 한다는 것입니다.

달리는 열차 승강대의 손잡이를 잡고, 같은 속력으로 달리다가 매달리듯 올라타는 것입니다. 그러면 안전하게 그림처럼 열차 안으로 스며들 수 있습니다. 열차 떠난 뒤라는 말이 있습니다만, 이 도비족에게는 예외였습니다. 또래 아이들의 눈에 이들의 행동은 대단히 멋지게 보였습니다.

도비를 하다 실수하여 사망하거나 반신불수가 된 학생도 있었습니다. 승강대에 있는 손잡이를 잡지 못했음에도, 포기하지 않고 그대로 올라타다 그리된 것입니다. 슬픈 일이었습니다.

지금은 기차 통학하는 학생도 없을뿐더러 그런 위험한 행동을 하는 학생은 더더욱 없습니다. 또한 열차가 출발하면 출입문이 자동으로 닫히게 되어 있어, 열차에서 떨어지는 사고가 없습니다. 그래서 도비를 하는 것도 불가능하게 되었으니, 도비는 옛날이야기인 것입니다.

세상살이에도 도비가 있습니다. 어느 날 갑자기 돈을 많이 벌거나 크게 성공한 경우입니다. 정상적인 방법으로 성공을 한 것이 아닌 경우를 도비라 해야 할 것 같습니다. 로또가 이 경우에 해당될지 모르겠습니다.

일생을 살아가면서 그동안 이뤄놓은 것도 없는데, 세월만 흘러갔습니다. 어쩌면 내 인생의 열차는 이미 떠나간 것일지도 모릅니다. 내 인생에 있어, 도비할 수 있는 승강대의 손잡이는 어디에 있단 말입니까. 아~ 도비하고 싶습니다.

5

검정고무신

털실로 짠 장갑과 양말

나 어릴 적, 추운 겨울이 오면 털실로 뜨개질을 하는 집이 많았다. 뜨개질로 만드는 것은 모자, 목도리, 장갑, 양말에 이르기까지 다양하였다. 조금이라도 더 절약하기 위해서 그것들을 직접 만들었던 것이다.

물론 요즘도 털실로 뜨개질을 하여 직접 만들지만, 털실 값도 비싸고 수공도 많이 들어간다. 가게에서 새것을 사는 것이 직접 만들어 쓰는 것보다 더 싸게 먹힐 때가 많은 것이다.

그래서 그런 것인지 요즘은 상점에서 파는 것보다 손으로 직접 짠 것을, 만든 이의 정성이 들어갔다며 귀하고 좋은 것으로 친다. 그런데 예전의 나는 집에서 어머니가 만들어 주신 것을 가지고 다니기가 싫었다. 창피하다고 생각했던 것이다.

그 당시에 털스웨터를 오래 입으면 팔꿈치가 닳아 헤졌다. 어머니께서는 시간이 날 때마다 그 헤진 스웨터의 올을 풀어서 털실 뭉치를 만드셨는데, 어린 아들의 두 팔을 벌리게 하고, 그 손에 털실을 빙 돌려 감으셨다. 내가 팔이 아프다고 꾀를 부리면 두 발을 방바닥에 세우게 하고, 그 발에 감기도 하셨다.

어머니의 손에서 스웨터의 올이 '도로록 도로록' 부드럽게 풀려나갔고, 스웨터가 점점 작아지면서 손이나 발에 감긴 털실은 점점 많아졌다. 스웨터의 마지막 올까지 다 풀리면 그것을 감아 공처럼 둥근 실뭉치로 만드셨다. 어머니께서는 그것으로 뜨개질을 하셨고, 무엇을 만들든지 모두 새것처럼 깨끗하였다.

어머니께서 만드신 것 중에 벙어리장갑이 있었다. 손가락 다섯 개가 다 있는 장갑은 시장에서 돈을 주고 사야 하는 것이지만, 엄지손가락 하나와 나머지 손가락을 한꺼번에 뭉뚱그려 만든 벙어리장갑은 집에서 털실로 직접 짠 것이었다.

벙어리장갑을 털실로 길게 이어, 목에 걸고 다니도록 하였다. 잃어버릴 염려도 적었던 벙어리장갑이었다. 그러나 나는 그 벙어리장갑을 끼고 싶지 않았다.

상점에서 돈을 주고 산 장갑이 아니라, 집에서 헌 털실 뜨개질을 하여 만든 것이기 때문에 벙어리장갑을 끼고 다니기가 창피했던 것이다.

어머니께서는 양말도 털실로 짜서 주시면서, 따뜻하게 신고 다니라 하셨다. 그 털실로 만든 양말은 검정색, 파란색, 노란색을 띠고 있어 알록달록하니 색깔만 예뻤다.

그 털양말을 신으면 따뜻했으나, 집에서 짠 것이므로 역시 다른 아이들 보이기에 창피하였다. 돈을 주고 상점에서 산 얇고 잘 늘어나는 나일론 양말이 더 가치가 있어 보였던 것이다. 또한 털실로 만들어져 두꺼웠으므로 그 양말을 신고 신발을 신기가 불편하였으며, 그것은 나를 더욱 짜증나게 만들었다.

어린 시절에 내가 가지고 있던 그 마음이, 지금 생각하면 얼마나 잘못된 일인지 모른다. 그 시절, 그것을 창피하다고 여겨 어머니께 죄송하고 후회가 되지만, 지금은 그 장갑과 양말이 없다. 그 털양말을 신고 등산을 가면서, 벙어리장갑 속에 손을 넣고 그 따스함을 느끼고 싶다. 어린 시절의 추억과 함께 말이다.

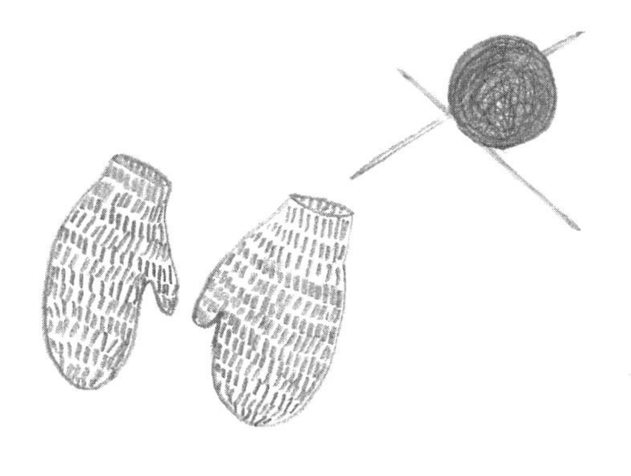

아랫목

추운 날입니다. 이렇게 날이 추울 때면 따끈따끈한 온돌방의 아랫목 생각이 절로 납니다. 지금이야 온돌방이 아니라서 아랫목과 윗목의 구분이 없어졌습니다만, 옛날에는 이거 무지하게 따지면서 살았습니다.

집안에서 제일 어른이 항상 아랫목을 차지하셨으며, 집에 온 손님을 맞을 때 아랫목으로 앉으시라고 하면 최고의 대우였습니다. 아무에게나 아랫목에 앉으라고 하지 않았던 것입니다.

방에서 밥을 먹거나 휴식을 할 때도 아랫목은 최고어른의 차지였으며, 애들은 항상 윗목에서 생활하였습니다. 어른과 아이들의 구분이 확실하던 시절이었던 것입니다.

생활이 빈곤한 경우 단칸방에 살았으므로, 여유가 있어야 안방과 윗방 두 개의 방이 있었습니다. 윗방에서는 아이들이 생활하였는데, 추운 겨울에 자고 일어나면 요강의 오줌이 얼었습니다. 잉크병이 얼면서 깨지기도 했으니, 정말이지 방이 엄청 추웠습니다.

그 당시에는 다들 방에다 요강을 놓고 살았습니다. 자다 잠이 깨면 윗목에 놓아둔 요강 뚜껑을 열고 오줌을 누면 되니 얼마나 편합니까. 추운 날씨에 밖으로 나가지 않아도 되니 말입니다.

불기운이 지나가는 방고래는 안방에서 윗방으로 이어집니다. 군불을 때도 열기가 안방의 아랫목에서 윗목으로, 그리고 윗방의 아랫목을 지나 윗목으로 차례대로 옮겨가는 것입니다. 그러니 윗방의 윗목까지 뜨거운 기운이 있겠습니까. 더욱이 날이 추운 새벽녘에는 온기가 다 식어서 몹시 추웠습니다.

방고래를 좋은 구들장으로 잘 만들면 방이 더 따뜻합니다. 이 잘 나있는 구들장은 아이들이 방안에서 뛰면 무너져 내릴 수도 있습니다. 그러므로 아이들이 방안에서 뛰도록 내버려두지 않았습니다. 쿵쿵거리고 뛰놀면 혼을 내었던 것입니다.

밥을 할 때마다 아궁이에 불을 땝니다만, 불을 많이 때면 아랫목은 뜨겁고 윗목은 차갑습니다. 춥다고 하여도 매일 군불을 때지는 못했습니다. 땔 나무도 다 돈인데, 가난하던 그 시절에 무슨 돈이 많아서 불을 자주 때고 살겠습니까. 아침에 밥을 하느라 저절로 방이 따스해지는 거 말고는, 저녁밥을 할 때나 불을 때는 것입니다.

그 온기를 보존하기 위해 아랫목에 얇은 이불을 항상 깔아놨으며,

그곳의 온기는 제법 오래 갔습니다. 아랫목의 주인이신 어른이 집에 계시지 않으면, 아이들은 그 아랫목을 서로 차지하려고 했습니다.

점심에 불을 때서 밥을 하는 경우는 거의 없었습니다. 시간과 연료비를 절약하느라 아침에 해놓은 밥을 점심에 먹었던 것입니다. 잘 식지 않는 놋쇠그릇에 밥을 퍼서 주발뚜껑을 닫은 다음, 아랫목의 이불 속에 묻어놓으면 밥이 식지 않아 점심때든 늦은 저녁이든 따스하게 먹을 수 있었습니다.

날이 몹시 추운 어느 날, 동생들과 아랫목에 깔린 이불 안에 발을 집어넣고, 이불을 서로 더 차지하려고 했습니다. 힘이 좋은 내가 이불의 끝을 잡고 힘껏 잡아당기자, 동생들이 이불의 끝을 놓쳤습니다. 내가 이긴 것입니다. 그런데 그 바람에 이불 속에 들어있던 밥사발이 발랑 넘어지면서 뚜껑이 열리는 것 아니겠습니까.

사발 안의 밥이 몽땅 빠져서 방바닥에 뒹굴고 있었습니다. 어걸 어쩝니까. 알몸이 된 밥을 급하게 손으로 주워서 사발 안에 도로 담았습니다. 먼지가 묻었지만 그런 걸 따질 때가 아니었습니다. 어머니에게 들키면 어쩝니까. 혼날 일 있습니까.

방바닥과 이불 여기저기는 물론이고, 그것을 주워 담느라 내 손가락까지 밥풀이 달라붙어 있었습니다. 방바닥과 이불 그리고 손에 달라붙은 밥알을 하나하나 떼어 먹었더니 밥풀이 붙어 있던 그곳이 끈적거리기는 했지만, 곧 말라붙어서 감쪽같았습니다.

그날 점심때, 그 이불 속에 넣어두었던 그 밥이 상 위에 올려졌습니다. 아버지와 어머니께서는 평시대로 점심을 맛있게 잡수셨지만, 우리는 아무런 말도 하지 못했습니다. 나와 동생들은 먼지가 묻어있을 것이 틀림없는 그 밥을 물에 말아 먹었습니다. 깨끗하게 빨아서 먹었던 것입니다.

지금은 방고래도, 아랫목도 없습니다. 각자의 방에 침대가 놓여있으니 어른과 애가 앉는 자리를 구별하지도 않습니다. 지금은 내가 어른이 되었는데 말입니다.

펌프

겨울답지 않게 포근한 날씨가 이어지더니 갑자기 추워지고 있습니다. 살이 오들오들 떨리면서 일어나기 싫은 날입니다. 귀찮아서 세수도 하고 싶지 않습니다. 그래도 요즘은 따뜻한 물을 받아서 꼬작꼬작 낯짝을 닦을 수 있으니, 이 얼마나 행복한 시절입니까. 옛날을 생각하면 그렇단 말입니다.

어릴 적, 겨울이면 지독하게도 추웠습니다. 잠자리에서 일어난 아침, 부엌에 들어가면 작은어머니께서 언제 일어나셨는지, 가마솥에 물을 데워놓고 계셨습니다. 가마솥에 들어있던 그 물이 뜨거운 것은 아니었지만, 미지근하기는 했습니다.

그 물을 한바가지 떠서 나올 수 있었습니다. 그 물로 세수를 하려고 그런 것일까요? 그럴리가 있겠습니까. 집안 식구들이 많았으므로 따뜻한 물을 다 공급할 수 없었습니다. 그러면 무엇을 하려고 그 물을 떠서 나가는 것이겠습니까.

밖으로 나가면 우물가에 펌프가 놓여있었습니다. 그 펌프 속에 따뜻한 물을 한 바가지 부어넣고 펌프질을 합니다. 펌프 전체는 쇠로 만들어져 있었으므로, 무척 손이 시립니다. 그 펌프의 손잡이를 잡고 '쿨럭쿨럭' 펌프질을 하는 것입니다.

펌프 아래쪽으로 길게 이어진 파이프가 땅속 지하수와 닿아있고, 물이 부어진 펌프는 공기를 압축시키면 파이프를 따라 지하수가 올라옵니다. '스걱 스걱' 공기를 빨아들이던 소리가 '푸걱 푸걱' 물이 올라오는 소리로 바뀌면서, 그 물이 펌프 주둥이로 쏟아져 나오는 것입니다.

그런 다음에야, '푸악 푸악' 소리도 요란하게 세수를 할 수 있었습니다. 목에 걸었던 수건으로 대충 물기를 닦습니다. 허연 김이 얼굴과 손에서 피어오릅니다.

겨울의 차가운 공기와 지하수가 마주치면서 하얀 김이 모락모락 오릅니다. 안개가 만들어지는 원리와 같은 것일 겁니다. 공기

온도보다 지하수의 온도가 더 높습니다. 마당의 물은 꽁꽁 얼었지만, 펌프에서 나온 물은 미지근하게 느껴지는 이유입니다.

전날 저녁에 펌프 안에 물을 빼어놓지 않으면, 밤새 추위에 꽁꽁 얼어버립니다. 그러면 어떻게 지하수를 뽑아 쓸 수 있습니까. 얼기 전에 펌프의 밸브를 열어, 파이프의 물을 비워버려야 하는 것입니다.

세수를 마치고 방으로 들어가는 사이에, 날씨가 어찌나 추운지 머리카락에 붙은 물기가 얼어서 고드름이 됩니다. 맨발로 마루에 올라가 방으로 들어가기 위하여 문고리를 잡으면, 손가락이 문고리에 쩍 달라붙었습니다.

그때 그 기분은 정말이지 싫습니다. 깜짝 놀라는 순간, 손가락의 물기가 차가운 문고리에 얼어붙는 것입니다. 다행히 얼어붙었던 손가락은 손가락의 온기에 의해 금방 녹으면서 문고리에서 떨어지긴 했습니다.

나 어릴 적은 펌프의 전성시대였으나, 지금은 그 많던 펌프가 모두 없어져버렸습니다. 날씨가 예전처럼 춥지도 않고 수돗물이 잘 나오니 펌프로 물을 퍼 써야 할 일도 없습니다. 그러나 언제 어떤 일이 생겨서 또다시 펌프가 필요하게 될는지도 모릅니다.

천재지변이나 전쟁이 일어나면 전기가 끊길 수도 있을 것입니다. 그러면 수돗물도 나오지 않아 물을 먹지도, 음식을 하지도 못할 것입니다. 그때가 되면 펌프의 존재만큼 중요한 것이 어디 있을 것인가 생각해 봅니다.

서리

나 어릴 적, 그 시절은 다들 가난하게 살았습니다. 먹을 양식이 부족하여 세 끼를 다 찾아먹지 못하고 점심을 굶던 아이도 있었습니다. 학교에 다니는 아이들 중에서는 찐 고구마로 도시락을 대신하거나, 점심시간이 되면 슬그머니 교실 밖으로 나가는 아이가 있었던 것입니다.

허기진 배를 물로 채우면서, 다른 아이들이 점심을 다 먹기를 기다렸던 아이의 배가 얼마나 고팠겠습니까. 배가 고팠던 아이는 학교를 오가는 도중에, 밭에 심어진 무나 배추 그리고 보리와 밀 무엇이든 다 먹었으니, 오랜 옛날부터 그것을 서리라 불렀습니다.

가을날, 서리(霜)를 맞아가며 파랗게 익어가는 무를 하나 쑥 뽑아,

무청을 '우두둑' 잘라내고 흙을 '툭툭' 털어냅니다. 입을 벌려 무 대가리를 '와삭' 한 입 베어내고, 그곳을 중심으로 주변의 껍질을 윗니로 '으드득 으드득' 긁어내립니다.

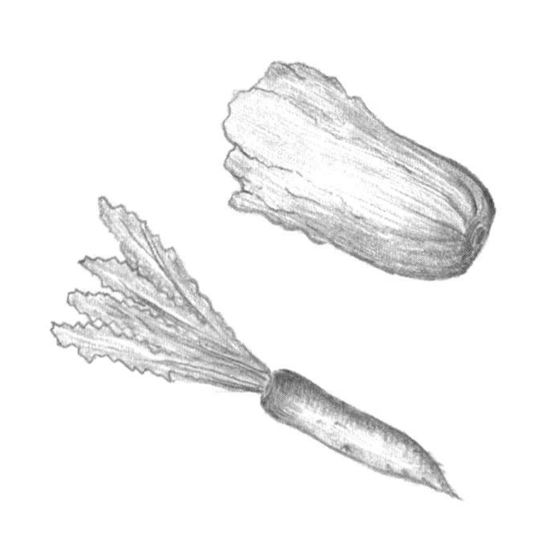

가죽처럼 한 꺼풀 벗겨진 무를, 입으로 '와삭' 잘라 '아작아작' 씹었습니다. 먼 길을 걸어 집으로 가는 내내, 매운 듯 비리면서 달착지근한 맛과 함께하였던 것입니다.

이때쯤, 배추도 속이 차기 시작하는데, 그 배추의 가운데에 손을 넣어 부드러운 고갱이를 한 움큼 잡아 뜯어 입에 넣고 '오도독' 씹으면 고소한 맛이 일품이었으니, 아이들은 배고픔을 잊을 수 있었습니다.

한여름 밤에 어둠을 틈타 옷을 홀랑 벗은 채 살금살금 주인을 피해 숨어들어 수박과 참외를 땄습니다. 고구마, 땅콩, 사과, 배, 복숭아, 자두 등 과일도 서리라는 이름하에 아이들의 군것질거리였습니다.

회청색 보리가 물결을 치며 익어가는 오월, 보리밭을 지나가던 아이는 손을 내밀어 통통해지기 시작하는 풋보리를 손으로 훑어냅니다. 그것을 손에 넣고 양손바닥을 비비면 파란 알갱이와 거친 꺼럭이 분리되었습니다.

입 바람으로 '훅' 불어 얇은 꺼럭을 날려버리고, 몽실한 알갱이를 입에 넣습니다. '사각사각' 씹히면서 입안을 감도는 달착지근한 맛,

풋보리의 맛은 먹어보지 못한 사람은 알 수 없는 깊은 맛입니다.

밀도 똑같이 만들어 '아작아작' 씹었습니다. '사각사각' 씹히면서 부서지는 보리와 달리, 밀은 목으로 넘어가지 않고 끈끈한 덩어리가 입 안에 남아 맴돌았습니다. 밀로 껌을 만들어 씹는다며 아이들이 좋아했던 이유였습니다.

이 보리나 밀이 좀 더 익어 알곡에 수분이 없어질 때면 보릿대를 그대로 잘라내어 불을 붙였습니다. 매캐한 연기를 올리며 불꽃이 일어나, 보리와 밀의 가늘고 긴 수염이 '사르르' 녹듯이 타버리고 검은 재티와 알곡만 남는 것입니다. 이것을 손안에 넣고 '사르륵 사르륵' 비비면 잘 구워진 알갱이와 불에 탄 껍질만 손안에 남았습니다.

손바닥에 있는 알곡에 입 바람을 '훅' 불어 껍질과 재티를 날려버립니다. 손안에는 불에 구워진 알갱이만 남는 것입니다. 이 알갱이를 입 안에 '톡' 털어 넣고 씹으면 노릇하게 잘 구워진 보리와 밀의 그 고소함에 두 눈이 저절로 감겨듭니다.

논둑마다 심어진 콩도 서리를 해서 먹었습니다. 콩을 뽑아 불을 붙이면 그 줄기와 잎이 '호로록' 타오르다 불이 꺼지면서, 마지막에는 콩깍지만 남습니다. 이때 남아있는 콩깍지를 벗겨내면 하얀 김이 오르면서 익은 콩이 얼굴을 내밉니다.

불똥이 남아있는 껍질을 까내면 김이 나는 알 콩의 뜨거움에 이 손저 손으로 옮기면서도 재미가 있었고, 한 알씩 입에 넣으면 참으로 고소하였습니다.

보리나 밀 또는 콩을 서리를 할 때면 모두들 입 주변은 물론 콧구멍까지 새까맣게 되었지만, 재티가 묻은 자신의 얼굴은 보이지 않았기에 서로 상대방을 보면서 낄낄거렸습니다.

나 어릴 적, 배가 고팠던 아이들은 무엇이든 서리를 해서 먹는 방법을 알았습니다. 서리는 도둑질이 아니었던 것입니다.

옛날의 아이들은 허기를 채우려 서리를 하였습니다만, 지금의 아이들은 또 다른 것을 훔치고 있습니다. 인터넷에서 검색을 하여 무단히 자료를 퍼오거나 노래를 다운받아 쓰고 있는 것입니다.

이것 역시 도둑질이라 생각하지 않는 것이며, 상당부분 용인되고 있습니다. 어찌 보면 옛날의 서리와 같은 것일지도 모릅니다. 서리는 오늘날에도 계속되고 있는 것입니다. 먼 장래의 아이들은 또 다른 무엇을 서리하게 될지 궁금합니다.

연탄

고등학교에 입학을 하면서 자취를 했다. 연탄불을 잘 관리하느냐 못하느냐가 성공적인 자취생활의 관건이 되었지만, 나는 천성이 게을렀던 터라 연탄불을 자주 꺼뜨렸다. 그런 측면에서의 나의 자취생활은 실패작이었을 것이다.

연탄아궁이를 막는 헝겊이나 마개가 있었다. 이것으로 불을 조절하는데, 숨구멍을 오래 열어놓으면 연탄이 활활 잘 탔으나 금방 갈아야 했고, 너무 꽉 막으면 불이 꺼질 수도 있었던 것이다.

연탄 잘 살피는 동네 할머니는 하루에 한번 갈아도 되었다. 그런데 나처럼 게으른 놈은 하루에 두 번은 갈아야 불을 꺼치지 않는다. 매일 두꺼비 덮개를 열어볼 수는 없더라도, 정해진 시간에 정확히 갈아야 하는 것이 중요한 것이었다.

연탄불이 꺼지면 추운 날에는 방바닥이 사람의 덕을 볼 정도였다. 한참 때였으므로 대충 냉방에서 잠을 자도 별건 아니었지만, 비상용 석유곤로에 밥을 해먹어야 했다. 계속 그럴 수도 없으므로 연탄불은 살려야 했는데, 그 연탄불 살리려고 번개탄을 엄청 사다 날랐다.

불이 막 꺼져갈 시점에서는 번개탄 하나만 넣어도 다시 살아나지만, 아주 식어버린 화덕은 번개탄 두 개는 있어야 연탄불을 살릴 수 있었다. 이것 역시 구멍을 잘 맞추지 못한다든가, 요령이 없으면 절대 못 살린다.

자취를 하는 첫날에 라면을 끓여먹기로 했다. 그동안 주는 음식을 아무 생각 없이 먹기만 했던 나는 냄비에 물과 라면을 넣고 연탄불에 올리면 되는 줄 알았다. 숨구멍을 열어 연탄불을 세게 해서 올려놓아야 하는 것을 모른 것이다.

첫날, 그것하나 제대로 몰라서 설은 라면을 먹어야 했다. 끓지도 않은 물에 라면발이 퉁퉁 불어 끈기가 없는 이상한 라면이었지만, 그래도 맛은 좋았다. 시장기라는 훌륭한 반찬이 있었던 것이다.

라면 하나 제대로 끓이지 못하는 실력으로 어떻게 밥을 하겠는가. 며칠 동안 설은 밥을 먹어야 했다. 밥을 짓는 약간의 요령이 생긴 이후에는 삼층밥을 만들 수 있었다. 장족의 발전이었던 것이다.

냄비에 쌀을 씻어 물의 분량을 맞춘 다음, 연탄불에 올려놓고 시계 한번 쳐다보고 뚜껑 한번 열기를 몇 번이나 했던가. 드디어 위대한 밥상을 차릴 수 있었다. 가장 위의 밥은 고두밥이 되었고, 중간층은 질었으며, 밑바닥의 밥은 새까맣게 탄 그런 밥이었다.

물론 나중에는 연탄불 조절을 잘하여 밥도 잘했고, 연탄불도 며칠씩이나 꺼지지 않았지만 말이다.

연탄에서 나오는 불기운을 방고래로 잘 들어가게 하기 위해, 그 위에 두꺼비집을 덮어놓았었다. 불이 세면 혹시 불이라도 날 염려가 있었으므로, 그 위에 다시 무쇠로 만들어진 솥뚜껑을 하나 올려놓았었다.

자취방으로 들어가려면 그 부엌을 지나야 방문을 열 수 있었는데, 연탄불이 있는 부엌은 다른 곳보다 따뜻했다. 발 고린내가 배어있는 운동화를 빨아 연탄아궁이 옆에다 말렸다. 운동화 끈은 부엌의 아무 곳이나 걸어놓아도 다음날이면 말라 있었으나, 두꺼운 운동화는 잘 마르지 않아 젖은 것을 신고 학교에 갈 때도 있었다.

연탄집게에 운동화 한 짝씩 꽂아 연탄불 가까이 벽에 기대어 말렸다. 이때, 자칫 잘못하면 벽에 기대어놓은 연탄집게가 두꺼비집 쪽으로 쓰러지면서 운동화가 눌어버리는 수도 있었다.

그 시절, 밥을 하는 것은 물론 난방도 연탄 말고는 다른 방도가 없었다. 추운 겨울이 오기 전, 김장을 하고 연탄을 사다놔야 겨울을 날 수 있었던 것이다.

어느 곳을 막론하고 집 주변으로 하얗게 타고 남은 연탄재가 수북이 쌓여있었다. 냇가 옆에 있는 집에서는 집게로 연탄을 집어 냇물로 던졌다. 아직 빨갛게 불이 남아있는 연탄불을 던질 때도 많았는데, 정해진 시간에 연탄을 갈다보면 그리 될 때가 있었던 것이다.

어두운 저녁시간 불기가 남아있던 연탄이 냇물 속으로 들어갈 때는 보기 좋았다. "퐁~. 콰르르르…." 소리도 요란하게 폭탄이 터지는 것처럼 하얀 연기를 하늘로 올렸다.

추운 겨울날 눈이 오거나 땅이 얼면 골목길이 매우 미끄러웠다. 이 미끄러움을 방지하려 연탄재를 골목길마다 깨뜨려 뿌렸다. 비가 오고 나서 질퍽거리는 곳에도 뿌렸으므로, 골목길을 다닐 때마다 연탄재를 밟고 다녔던 것이다.

이 연탄재를 또 다른 곳에 사용하기도 했다. 옛날에는 놋으로 만들어진 그릇과 수저 등을 많이 썼는데, 며칠만 지나면 녹이 슬었다. 물과 행주로 닦아도 때가 지워지지 않았으나, 연탄재를 지푸라기에 발라서 박박 문지르면 반짝반짝 빛이 나도록 잘 닦여졌던 것이다.

아이들끼리 눈싸움을 할 때 이 연탄재를 던지기도 했으니 일종의 반칙이었지만, 돌을 던진 것과는 달리 사람에게 맞아도 큰 탈은 없었다.

연탄에 관련된 것은 가스중독만 아니라면 괜찮은 추억이다.

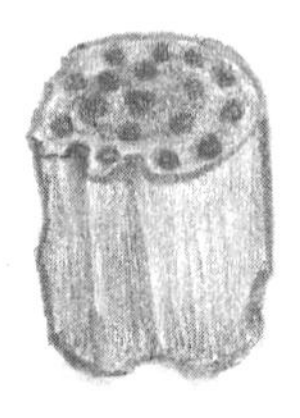

검정고무신

나 어릴 적에는, 아이들이 대부분 검정고무신을 신고 다녔습니다. 그 당시는 신발의 크기를 말할 때 몇 문이라고 표현을 했습니다. 10문7이나 11문(165미리) 등의 문수가 통용되었던 것입니다. 지금은 미터법상의 몇 미리라고 사용을 하지만 말입니다.

여름철의 시골은 양말을 신는 아이가 없었습니다. 발이 시립지도 않은데 양말을 신을 이유가 없었던 것입니다.

맨발에 고무신을 신고 걸으면 고무에 살이 닿아 땀이 배어났습니다. 먼지와 땀이 섞여 고무신 속에 땀이 찼던 것입니다. 그 땀으로 인해 검정색 줄이 고무신의 가장자리를 따라 이어졌고, 고무신과 발이 서로 겉돌았습니다.

그러니 달리기를 할 수 있겠습니까, 축구를 제대로 하겠습니까? 쭉 쭉 미끄러지면서 신발이 벗겨지니 어떻게 하겠습니까. 그렇다고 안합니까? 놀 땐 놀아야지 왜 안 놀겠습니까.

발이 미끄러우면 신발을 탁 벗어서 양손에 한 짝씩 들고 잽싸게 달립니다. 맨발로 달리기도 하고, 축구도 하는 것입니다. 지금의 아프리카 소년들이나 우리의 어릴 적이나 다를 게 하나도 없었습니다.

고무신은 우리들의 최고 장난감이었습니다. 그 시절에 시골아이들이 장난감 자동차를 어떻게 가지고 놀겠습니까. 고무신이 그 역할을 대신한 것입니다. 냇가에 동무들과 모여, 고무신을 벗어 두 개를 포개 끼운 자동차를 만들었습니다. 그것으로 "뛰뛰~. 빵빵~"하면서 자동차 놀이를 했던 것입니다.

그러면 고무신으로 만든 장난감이 자동차만 있느냐? 아닙니다. 통통배도 있었습니다. 육지의 아이들은 주로 고무신으로 "뛰뛰빵빵"하다가 "오라이, 오라이"하면서 놀았습니다만, 바닷가의 아이들은 통통 통 뱃소리를 내다가 "아쉬탕, 아쉬탕(후진)"하면서 놀았습니다. 보고 배운 대로 노는 아이들이었던 것입니다.

고무신의 또 다른 용도는 물고기를 잡는데 썼다는 것입니다. 물이 흐르는 도랑물을 막고 그 도랑물을 고무신으로 퍼내기도 했으며, 고무신 안에 송사리와 미꾸라지 그리고 물방개를 잡아넣었습니다.

고무신의 생긴 모양이 무슨 차이가 나겠습니까. 학교에 가면 신발장에 쭉 놓여있는 고무신의 모양이 다 똑같았습니다. 다만 크고 작은 거 그리고 새 신과 헌 신의 차이가 있을 뿐이었습니다. 즉, 빈부의 격차가 전혀 보이지 않는 그런 상태를 나타냈던 것입니다.

이거, 고무신 안 바꿔 신는다고 하면 거짓말입니다. 워낙이 없이 살았던 때인 만큼 새 신 신고 갔다가 헌 신 신고 오면 집에서 혼납니다. 자기의 신발은 자신이 지켜야 하는 것입니다.

그래서 신발 바닥이나, 신발의 앞코에 칼로 살짝 표시를 해놨습니다. 동그라미나 가위표 또는 세모를 그려놨던 것입니다. 내가 내 신발을 찾기도 쉽고, 다른 사람이 내 신발을 가져가지 못하게 한 것입니다.

나는 어지간히 고무신을 자주 잃어버렸습니다. 학교수업이 끝나고 집으로 가려면 신발장에 내 신발이 없었습니다. 맨발로 갈 수도 없었으므로, 선생님의 슬리퍼를 신고 집으로 가야 했던 것입니다.

이 고무신이 닳고 닳아 떨어지면 마루 밑에 고이 모셔놓았다가 엿과 바꿔먹습니다. 나 어릴 적에 신던 검정고무신은 잊혀 지지 않는 추억입니다만, 지금의 아이들은 고무신을 모릅니다.

부드러운 운동화를 신고 자랐으며, 떨어지기도 전에 새 운동화로 바꿔 신는 것은 물론이요, 경제적으로 여유가 있는 집에서는 메이커가 무엇인가를 따져가며 신으니 말입니다.

내가 어릴 적에 고무신을 신고 자랐다면 예전의 어른들이 어렸을 적에는 나보다 더 고생을 하셨을 것입니다. 고무신이 닳을까봐 집에서 학교 앞까지 맨발로 걸어갔다가 그곳에서 신을 신고 들어갔다고 하니 말입니다. 하기는, 그보다 더 옛 어른들은 짚신을 신으셨을 것이지만 말입니다.

먼 미래에는 자신의 발에 맞춰 신을 수도, 신비한 기능이 있는 그런 것들을 신을 수도 있을 것입니다. 아니면, 아무것도 신지 않았으면서도 눈에는 신발을 신은 것처럼 보이는 그런 환상의 신발이 나올지도 모르겠습니다. 신발도 세월 따라 점점 달라져가니 말입니다.

빨간약

옛날의 어린이들은 종일토록 밖에서 뛰놀았습니다. 그러다 보니 무릎이 까지거나 나뭇가지에 찔리기도 하고, 바위 같은 곳에 부딪혀 여기저기 멍이 들었습니다. 다친 상처에 딱지가 앉기도 전에 또 다쳐 몸이 성할 날이 없었던 것입니다.

바깥에서 놀다가 작은 상처가 나면 그 부위에 자신의 침을 묻히거나 고운 흙을 바르는 것으로 치료를 하였습니다. 웬만한 것은 특별히 약을 바르지 않고 내버려둬도 저절로 아물었던 것입니다.

몸에 상처가 많이 나던 그 시절, 가정 마다 꼭 있었던 필수의약품이 있었으니 그것은 바로 빨간약과 옥시풀이었습니다.

몸에 난 상처에 옥시풀을 바르면 거품이 부글부글 일어나면서 시원하였습니다. 끓는 것처럼 거품이 생기므로, 어린 마음에도 '아하 저렇게 물이 끓으면 병균이 죽겠구나' 하는 생각이 들었습니다.

빨간약을 바르면 옥시풀과는 달리 무척 따갑고 아팠습니다. 상처에 직접 닿을 때마다 어찌나 아픈지 끔찍하도록 싫었지만, '내 살이 이 정도로 아프니, 내 살에 침투한 병균이란 놈도 틀림없이 죽을 것이다' 이렇게 생각하고 눈을 질끈 감았습니다.

피부에 생채기가 난 곳은 물론, 살이 찢어진 상처도 이 빨간약 하나로 모두 치료하였습니다. 탈지면에 묻혀 한번 쓱 하니 문지르면 되었던 것입니다.

이 빨간약은 상처에만 바른 것이 아니었습니다. 벌에 쏘여도, 모기에 물려도, 그 부위에 빨간색을 칠하면 치료 끝이었습니다. 즉, 외상에 있어서는 만병통치약이라고 볼 수 있었습니다.

그때도, 어른들은 군대 이야기를 자주 했습니다. 군대에서 훈련을 힘들게 받을 때는 '나이롱환자' 가 많았다고 합니다. 훈련받기 힘들어 쉬고 싶었던 병사 하나가 의무실에 가서 배가 아프다고 했답니다. 그러자 위생병이 빨간약을 배에 발라주고, 이제 치료가 됐으니 가보라고 했다는 것 아니겠습니까.

이 빨간약이 쓰이는 곳이 또 있었습니다. 어머니들이 아기들의 젖을 뗄 때, 젖꼭지 주변에 이 빨간약을 발랐던 것입니다. 지금이야 모유를 먹이는 어머니가 별로 없습니다만, 옛날에는 대부분의 어머니들이 아기에게 모유를 먹였습니다.

아기가 밥을 먹기 시작하거나 또 동생이 태어날 때가 되면 억지로라도 젖을 떼어야 했습니다. 젖을 떼는 데는 이 빨간약이 최고였습니다. 아기가 엄마의 품으로 달려들어 젖을 빨면, 젖꼭지에 발라진 빨간약 때문에 입맛이 무척 썼던 것입니다.

엄마의 찌찌에 찌찌가 묻어있으니 어찌 찌찌를 먹을 수 있겠습니까.

지금의 아이들은 예전처럼 뛰놀지도 않고 자주 다치지도 않지만, 의약품도 상처에 좋은 연고가 많습니다. 바를 때 아픈 빨간약과는 달리, 아프지 않으면서도 흉터도 남지 않는 그런 것들입니다.

예전 아이들은 몸에 흉터가 참 많았습니다만, 지금의 아이들은 그런 흉터가 별로 없습니다. 물론, 모유를 먹이는 사람이 없다보니 젖에 빨간약을 바르고 아기의 젖을 뗄 일도 없습니다.

이 빨간약은 이처럼 오랫동안 만병통치약으로 쓰이던 것입니다. 그러나 지금은 빨간약에 수은이 들어있다 하여 생산을 하지 않는다고 합니다.

세월 따라 빨간약도 어디론가 가버렸습니다만, 장래에는 정말로 만병통치약으로 쓰이는 빨간약이 나올 거로 보입니다. 줄기세포로 이루어진 연고나 약이 치료제로 쓰일 것이니 말입니다.

그때는 아무리 상처가 깊어도 약 한번 바르는 것으로 눈앞에서 거짓말처럼 상처가 아물 것

입니다. 몸을 이루고 있는 세포가 죽지 않고 계속적으로 증식할 것이니 말입니다. 그때가 되면 죽지 않고 영원히 살 수 있을지도 모르겠습니다.

풀빵

나 어릴 적, 버스정류장 입구나 사람이 많이 다니는 길목의 허름한 건물 옆에는 풀빵집이 자리 잡고 있었습니다.

풀빵을 굽는 틀은 지금의 포장마차보다 더 작은 규모의 가게라고 할 수 있었는데, 연탄을 여러 장 넣었기 때문에 화력이 좋았습니다.

주인아저씨나 아주머니가 그 앞에 앉아 새까만 기름걸레로 틀 안에 기름을 바른 다음, 커다란 주전자를 들고 물처럼 묽은 밀가루반죽을 흘려 부었습니다.

빵틀에 단팥 고물이 담긴 숟가락이 닿으면 예쁜 그림이 그려졌습니다. 빵틀이 뜨겁게 달아오르면서 아래쪽의 묽은 반죽이 노릇하게 되고, 그러면 철사를 구부려 만든 갈고리로 풀빵을 뒤집었습니다. 아

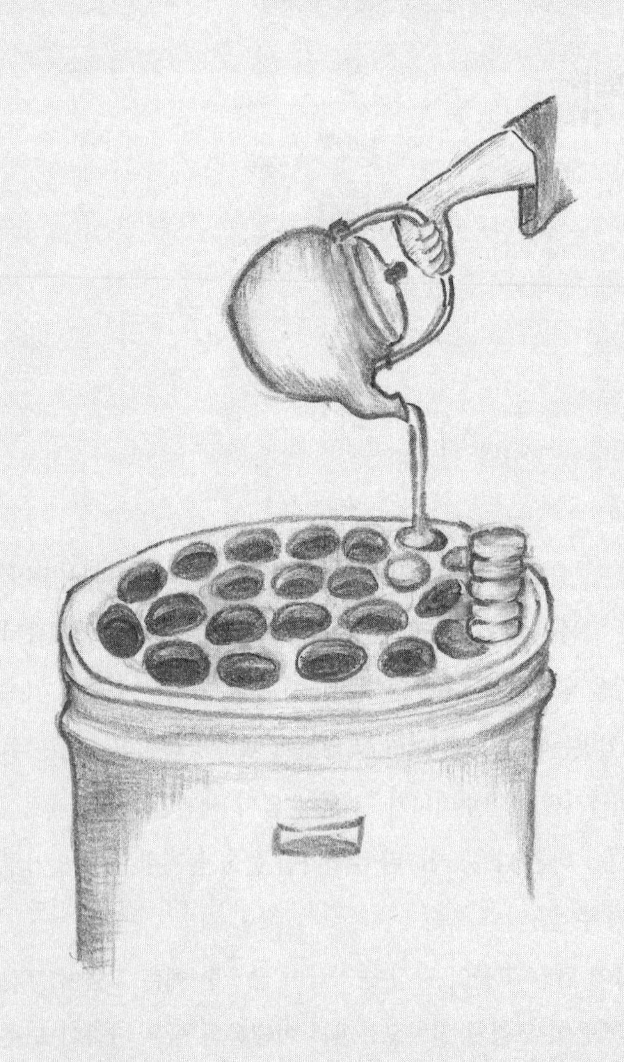

래위 위치를 바꿔가면서 골고루 잘 익도록 한 것입니다.

풀빵 그림은 노릇하게 변하여 아주 먹음직스러웠습니다. 그 풀빵의 가운데를 갈고리로 '콕' 찍어 들어내면 풀빵이 완성되는 것이었습니다.

완성품은 노리끼리한 밀가루 부대를 오려서 만든 봉지에, 5원어치 또는 10원어치씩 넣어져 팔려나갔습니다. 그것을 파는 아저씨가 낀 하얀 장갑이 기름때로 까맣게 절어 있었으나, 아무도 그런 것은 신경 쓰지 않았습니다.

껍질이 질기면서도 속은 뜨겁고 말랑말랑하여 한 입에 넣어먹기도 하고 반씩 베어 먹기도 하던, 쫄깃하면서도 달착지근한 풀빵입니다.

국화 무늬가 있다 하여 국화빵으로 불리던 이 풀빵은 세월이 감에 따라 붕어 모양의 붕어빵으로 또 찹쌀을 넣은 황금잉어빵으로 변형되기도 하였습니다.

배고픔을 참지 못했던 어릴 적에, 급하게 풀빵을 입에 넣었다가 뜨겁게 녹아있던 단팥고물에 입 안을 데어야 했습니다. 입 안에 들어있는 풀빵을 뱉지도 못하고, 그대로 삼키느라 눈물을 찔끔거렸던 것입니다.

지금도, 눈보라가 몰아치는 추운 겨울이면 뜨거운 김을 뿜어내는 풀빵이 먹고 싶어집니다. 어린 시절의 추억이 깃든 풀빵이 앞으로 어떤 모습으로 또다시 환골탈태할지 그 모양이 궁금합니다.

누룽지

햅쌀을 물에 흔들어 씻고 풋콩 한줌을 압력밥솥에 넣었습니다. 연약한 콩알이 퐁당거리며 물속에서 헤엄을 칩니다. 잠시 후, 새파란 불꽃을 따라 달뜬 열정의 소리가 새어나오고 있습니다.

"치이익~. 치익…. 치칙…. 칙, 칙, 칙…. 칙칙칙칙칙칙칙……."

요란하게 열기를 뿜어내는 압력밥솥에서 피어나는 달콤한 밥 냄새, 그 속에 풋콩의 은은한 향기도 배어있습니다. 밥솥을 열자, 가지런하게 정렬된 쌀알들이 사열하는 병사들의 모습으로 나를 바라봅니다.

밥을 눌게 했습니다. 밥을 다 푼 솥의 뚜껑을 열어놓고 다시 불을 댕기자 뜨거운 기운이 전이되면서 눌었던 누룽지가 오그라들고, 고소한 냄새가 코를 간질입니다.

가스레인지의 불이 꺼지고 시간이 지나면서 밥솥이 식자, 하나이던 밥솥과 누룽지가 두 개의 개체로 나눠집니다. 갈색으로 물든 누룽지의 색깔이 환상적입니다. 하얀 쌀과 푸른 콩이 섞이고 눌어서, 얇은 도화지에 그려진 수채화 같습니다.

"오도독…. 오독…. 오도독…."

씹히는 누룽지의 고소함에 몸이 녹아납니다. 그 어떤 과자가 이보다 맛이 좋을 수 있단 말입니까. 녹차를 한 모금 입에 적시자 누룽지가 더 고소합니다. 흐음, 매일 내가 밥을 할까 합니다.

배가 고프나 먹을 것이 넉넉지 않았으며, 군것질이 없던 시절, 가난한 사람들에겐 누룽지가 최고의 멋진 간식거리였습니다. 아는 것이 누룽지 밖에 없었으니 먹고 싶은 게 뭐냐고 물으면 누룽지라 대답했을 만큼, 누룽지는 가난의 상징이었습니다.

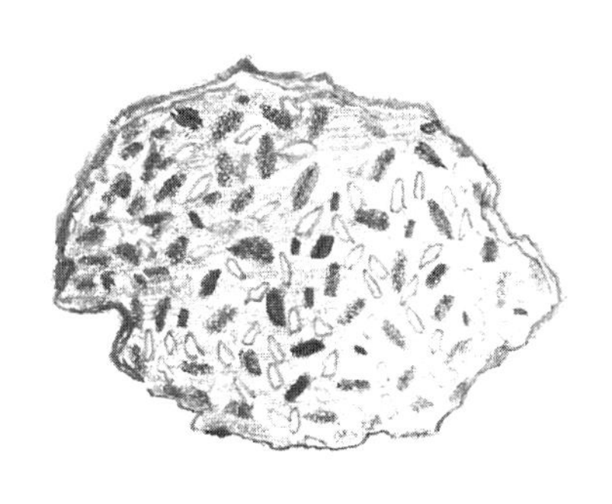

양식이 부족한 그 옛날, 우리의 어머니들은 솥에서 밥을 푼 다음 솥에 눌어있는 누룽지 밥을 긁어먹었습니다. 그나마 여유가 있는 집에서 그것을 긁어 아이들의 간식으로 주었을 뿐입니다.

옛 시절에 부르던 동요가 있었습니다. "하늘 천, 따지, 검을 현, 누를 황, 집 우, 집 주"하는 것을 "하늘 천, 따지, 가마솥에 누룽지, 닥닥 긁어서, 너는 안주고 나만 먹는다" 이렇게 바꿔서 부르던 거 말입니다. 그 정도로 누룽지는 우리의 친근한 먹을거리였던 것입니다.

나이 든 사람은 진밥을 좋아하는 편이고, 젊은이들은 된밥을 좋아하는 게 보통입니다. 그렇지만 누룽지는 대부분 다 좋아합니다. 그러나 간식거리가 없던 옛날에는 누룽지도 많이 만들지 못했습니다.

밥 한 사발 눌어봐야 누룽지 한 사발 절대 안 나옵니다. 식량이 부족한데 누룽지를 어떻게 일부로 만들어 먹을 수 있었겠습니까. 며느리가 누룽지 매일 만들어 먹으면 집안 살림이 축나는 것이니, 있을 수 없는 일이었습니다.

그때를 생각하면, 누룽지를 마음대로 만들어 먹을 수 있는 시절에 태어난 것을 고맙게 생각해야 합니다. 남은 밥을 프라이팬에 눌려먹든, 밥을 할 때 눌려서 먹든, 누룽지를 사서 먹든 얼마든지 먹을 수 있으니, 이 얼마나 행복한 나날입니까.

수많은 식당에서 눌은밥이 나오고 있습니다만, 바쁜 식당에서 어찌 그것을 다 만들겠습니까. 시중에서 사다 쓸 수밖에 없습니다. 그 누룽지를 만들어서 얼마나 돈을 번다고 그것을 만들어 팔겠습니까. 결국 다른 나라에서 수입한 값싼 누룽지를 쓰게 되는 것입니다.

우리가 먹고 있는 누룽지도 이제는 수입을 하는 세상입니다. 없이 살아, 아는 게 누룽지 밖에 없다는 이야기까지 하던 우리나라가 이젠 그 누룽지를 수입해서 먹고 있는 것입니다.

누룽지라 하면 빼놓을 수 없는 곳이 군대입니다. 물론 30년 전 솥으로 밥을 하던 시절의 이야기입니다만, 그 시절 군 주둔지 주변에서는 누룽지가 거래되기까지 하였습니다.

부대마다 수백 명 단위로 밥을 했으니, 하루도 거르지 않고 매일 나오는 누룽지의 분량이 얼마나 많았겠습니까. 그걸 누가 다 먹겠습니까. 내버려두면 상하게 되므로 햇볕에 말려야 했습니다.

군부대에서는 그 딱딱하게 말린 누룽지를 큰 자루에 넣어 민간인에게 팔았습니다. 그 누룽지를 돈을 주고 산 사람들은 그것으로 눌은밥을 만들어 먹었던 것입니다.

눌은밥을 끓이면 분량이 많이 불어났습니다. 더구나 햇볕에 바싹 마른 누룽지였으니, 그 늘어나는 분량이 얼마나 많았겠습니까. 가난하여 세 끼 밥을 먹기 힘들었던 가난한 사람들에겐 굶지 않고 살 수 있었던 누룽지였습니다.

군대에서 스팀으로 쌀을 쪄서 밥을 하면서부터 군대의 누룽지 역사도 사라졌으니 참으로 세월 무상입니다.

우리나라 전자산업이 막 시작되던 70년대에 해외로 나간 교포들의 이야기입니다. 전기밥솥으로 밥을 짓는데, 외국산 전기밥솥은 밥이 눋지 않았습니다. 그러나 우리나라에서 생산된 전기밥솥은 밥이 눌었습니다. 지금이야 의도적으로 그런 기능을 만들겠지만, 그 당시는 기술부족이었기 때문이었을 것입니다.

우리 교포들은 한국산 전기밥솥을 선호했다고 합니다. 누룽지를 먹기 위해서였던 것입니다. 먼 이국땅에서 누룽지를 씹고 숭늉을 마시면서 고향의 맛을 느낄 수 있었던 것입니다.

누룽지를 뻥튀기하면 맛이 좋은 훌륭한 과자로 변모합니다. 약간의 소금과 사카린을 넣고 튀기면 크기도 적당하고 고소하면서도 달콤하며, 아삭아삭 씹힐 때마다 그 향기가 입 안 가득합니다.

가난하였기에 그것을 먹을 수밖에 없었던 그 옛날의 음식들이, 지금은 웰빙 음식으로 인기를 얻고 있습니다. 누룽지야말로 우리나라 최고의 맛을 자랑하는 음식 중의 음식이 아니겠습니까. 먹고 싶은 것이 무엇이냐 묻는다면 지금도 역시 누룽지입니다.

뒤밥

나 어릴 적, 초등학교에 입학하기 이전의 시기야말로 내 인생에 있어 가장 전성기였습니다. 어른들처럼 처자식을 부양해야 하거나 어떠한 의무가 부과된 것도 아닐 뿐 아니라, 요즘 아이들처럼 학원에 가야 되는 것도 아니었으니 내 멋대로 마음껏 뛰놀기만 하면 되었던 것입니다.

아침에 숟가락을 놓기가 무섭게 친구들이 집 밖에서 놀자며 나를 불렀고, 그렇지 않으면 내가 먼저 동네로 나가 친구들과 어울렸습니다. 아이들과 골목에서 놀다가 여기저기 가지 않는 곳이 없었으며, 시간이 가는 줄을 몰랐기에 밥 때가 되면 어머니께서 동네가 떠나가도록 나를 부르셨습니다.

내가 잘 가는 곳 중의 하나가 바로 시장바닥이었는데, 그곳에는 냄비 때우는 아저씨, 뱀을 놓고 만병통치약을 파는 아저씨, 고무신 때우는 아저씨, 사탕 파는 아주머니, 즐비하게 늘어선 가게들이 전부 구경거리였던 것입니다.

시장으로 원정을 갈 때마다 항상 들리는 곳이 있었으니, 바로 뻥을 튀기는 공터였습니다. 번잡한 곳을 지나 시장 골목 끝머리쯤에 한적한 공터가 있고, 그 곳에는 꾀죄죄한 옷을 입은 아저씨가 뻥튀기 기계를 돌리며 풍구질을 하고 있었습니다.

주변에는 아이들이 쪼그려 앉아 턱을 괴고 튀밥 튀기는 것을 구경하고 있었습니다. 화로에서 장작불이 확확 타오르다 어느 정도 시간이 되었을 때, 그 기계에 붙어 있는 눈금을 보고 아저씨가 앉은자리에서 일어납니다.

기계 속의 압력이 팽창될 대로 되어 튀밥을 튀길 때가 된 것이므로, 가까이 있던 아이들이 멀찍이 물러났습니다. 아저씨는 화로를 옆으로 치우고 뻥튀기 기계를 기다란 망태기에 연결해 붙인 다음, 그 기계에 갈고리를 걸었습니다.

아저씨가 한쪽 발로 기계를 밟고 갈고리를 잡은 손에 힘을 주는 순간, 아이들은 두 손으로 귀를 막고 눈을 질끈 감아야 합니다.

"뻥~."

천지가 진동하는 소리와 함께 하얀 연기가 하늘까지 치솟았습니다. 옆에서 바라보는 나의 작은 가슴이 쿵쿵 소리를 내고 있었지만, 뻥튀기 아저씨는 늠름하게 어깨를 펴고 있었습니다.

철사로 만들어진 커다란 망태기 안에는 하얀 튀밥이 소복이 들어 있습니다. 추운 겨울날 장독대에 쌓인 눈보다 더 예쁜 튀밥입니다. 향기로운 냄새와 함께 입 안에서 살살 녹아 내 마음을 뺏어간 튀밥입니다.

아저씨는 튀밥이 가득한 망태기를 들고 자루에 쏟아 부었습니다. 그 모습도 얼마나 멋있는지 모릅니다. 튀밥을 넣은 자루를 땅에 내려놓은 아저씨는 다 닳아빠진 빗자루를 집어 들었습니다. 이어 망태기 밖으로 튀어나온 튀밥을 쓸어 모으더니, 함석으로 된 쓰레받기에 담았습니다. 티끌 하나 묻지 않은 순결한 튀밥입니다.

아저씨의 커다란 손이 그 쓰레받기에 들어있는 튀밥을 쥐었습니다. 이때, 주변에서 구경하던 아이들이 몰려듭니다. 한줌씩 그 튀밥을 나눠주는 새까만 아저씨의 얼굴에 미소가 감돌았습니다. 천사의 미소입니다. 구경을 하고 있던 아이들의 목젖이 꿈틀거리며, 침이 꼴깍 넘어가는 순간입니다.

갓 튀겨낸 쌀 튀밥이 살살 녹으면서 입 안에서 사라졌고, 까칠한 느낌의 강냉이 튀밥도 달착지근하게 목으로 넘어갔습니다.

그 아저씨의 두툼한 손에 소복하던 튀밥이 어찌나 맛이 있었는지 모릅니다. 지금의 튀밥은 그때의 그 맛이 안 납니다. 그때의 그 맛있는 튀밥은 다 어디로 갔단 말입니까.

양식

50~60년대는 필리핀의 연간 1인당 국민소득이 200불쯤하고, 우리나라는 그 삼분의 일에도 미치지 못하던 시절이었습니다. 상당수 도시 월급쟁이 한 달 봉급이 쌀 한 가마를 채 사지 못할 정도였는데, 월급을 받아서 그 달에 먹을 양식을 사고 나면 수중엔 땔나무를 겨우 살 수 있는 돈만 남았습니다.

시골에서는 구공탄조차 비싸서 사지 못하고, 고지배기나 솔가지 말린 것을 땔감으로 사용하던 시절입니다. 그땐 먹기도 엄청나게 많이 먹었습니다. 성인 5~6인이 한 달 동안 쌀 한 가마를 다 먹을 정도였던 것입니다. 지금 먹는 양식의 세 곱절은 될 것입니다만, 그래도 항상 배가 고팠습니다.

쓸씀이를 줄여야 했으나 양식과 땔나무 외에 줄일 수 있는 것이 없었으니, 그것이 집안 살림의 전부였던 것입니다. 양식을 줄이는 방법은 밥에 다른 것들을 섞어먹는 것이었습니다.

총총히 썬 생 무를 보리와 쌀 속에 넣어 무밥을 지어 먹었고, 콩나물에 밥알이 박혔다고 할 정도의 콩나물밥을, 노란 고구마가 반쯤 섞인 밥도 해먹었습니다. 쌀이 비쌌기 때문에 가격이 덜 나가는 것을 섞어 밥을 지은 것이었습니다.

그나마 도시의 월급쟁이는 시골보다 형편이 나았습니다. 시골에서는 한 뼘의 땅이라도 무엇이든 심었습니다. 일단 종자를 심어놓으면 크므로, 사람이 걸어다니기 불편할 정도로 좁은 논두렁에 콩을, 넓은 제방에는 호박을 심었습니다.

늙은 호박으로 호박풀대를 쑤었는가 하면 지붕 위에 열린 박을 따서 하얀 박 속을 긁어 나물도 무치고 국도 끓여먹었습니다. 그러나 봄이면 양식이 떨어져 보리가 익기를 기다려야 했습니다. 그 기간을 보릿고개라고 불렀으며, 세상에서 제일 무서운 고개는 넘기 힘든 보릿고개였습니다. 양조장에서 막걸리를 거르고 남은 찌기미로 허기를 면했습니다.

빈 뱃속에 술기운이 있는 찌기미를 먹었으므로, 술에 금방 취했습니다. 먹지 못해 약한 몸이 걸을 때마다 흔들렸습니다. 대낮부터 술을 먹고 다닌다는 괜한 오해를 받기도 했던 것입니다.

두부를 만들고 남은 콩비지를 얻어다 비지죽을 쒀먹었습니다.

껍질만 남아있는 비지는 섬유질 외에 영양분이 없었고, 맛도 없었습니다. 콩의 알갱이를 일부러 남긴 지금의 비지와는 질적으로 달랐던 것입니다.

비지죽만 오랫동안 먹으면 영양실조로 머리카락이 빠졌습니다. 먹지 못해 나른하니 힘이 없었고, 얼굴이 핼쑥하여 비실거리는 사람에겐 '비지죽도 못 먹은 사람 같다' 고 말했습니다.

농한기의 농촌에서는 하루에 세 번의 식사를 하지 못하고 두 끼만 먹는 집도 많았습니다. 아침은 든든하게 먹어야 했으므로 점심을 거른 것입니다. 물론 지금도 아침을 굶고 두 끼만 먹는 사람이 있습니다. 그러나 지금은 귀찮다는 이유로 또는 건강식으로 대체하는 것이지 가난해서 굶는 것은 아닐 것입니다.

옛날에는 세 끼 밥을 다 먹기 어려워, 어른들을 만나면 '진지 잡수셨습니까?' 라는 말이 인사말이었습니다. 배고픔에서 벗어나 하얀 쌀밥에 쇠고깃국을 배부르게 먹는 것이 소원이던 시절이었습니다.

영양과다에 섬유질 섭취가 부족하다는 지금, 배가 고팠던 옛날이 생각납니다. 옛날에는 섬유질만 많고 영양가가 없는 그런 것들을 먹고 살았는데, 지금은 그와는 정반대이니 말입니다. 오늘 저녁에는 무을 총총히 썰어넣고 지은 무밥이 먹고 싶습니다.

참기름을 준비하고 진간장에 마늘과 잘게 썬 파를 넣은 다음, 고춧가루와 깨소금을 설설 뿌려 양념장을 만들 것입니다. 포슬포슬 익은 밥에 푸슬푸슬 익은 무, 그 무밥을 큰 대접에 푹 퍼서 준비한 양념간장을 넣고 설렁설렁 비빌 것입니다.

꼭꼭 씹지 않고 오물오물하기만 하여도 설렁설렁 넘어가는 무밥입니다. 한 입 가득 입에 넣고 옛날의 추억과 함께 먹을 것입니다.

없이 살아 먹을 수밖에 없었던 콩나물밥, 고구마밥, 나물밥 등이 지금은 웰빙 음식으로 인기를 얻고 있습니다. 이 식단으로 밥장사를 하여도 될 정도이니 참으로 격세지감을 느낍니다.

띠기

내가 초등학교 시절의 학교 앞 공터에는 항상 아이들이 올망졸망 모여 있었습니다. 거기에는 나무상자와 연탄화덕이 놓여있었는데, 그 앞에 열대여섯 들어 보이는 소년 하나가 낮은 판자 위에 앉아 열심히 무엇인가를 만들고 있었습니다.

검정색 물을 들인 군복을 입고 있던 그는 등교하는 아이들을 상대로 띠기 장사를 하고 있었던 것입니다. 물론 초등학교에 다니는 아이들보다 나이는 많았지만, 그 역시 소년이었으니 집이 가난하여 학교를 가지 못하고 돈을 벌기 위해 나온 것이었습니다.

그곳을 지날 때마다 설탕이 타는 향긋한 냄새가 났고, 달콤하면서 갈색으로 물들어가는 설탕의 녹는 냄새에 지나가던 아이들이 군침을 꿀꺽꿀꺽 삼키던 시절이었습니다.

나무상자 아래에 있던 분유깡통에는 백설탕이, 작은 유리병 안에는 소다가, 또 다른 용기에는 물에 잠긴 나무젓가락이 들어있었습니다. 시커멓고 두툼한 주물국자에 그 백설탕을 넣은 다음, 불타는 연탄 위에 주물국자를 올리고 띠기를 만들었습니다.

세지도 약하지도 않게 불의 세기를 맞추면 백설탕이 금방 갈색으로 변합니다. 이어, 나무젓가락으로 소다를 찍은 다음 갈색으로 된 설탕을 휘휘 젓습니다. 소년의 손놀림이 빠르면서도 자연스러웠으니 그 방면의 달인이었습니다.

갈색으로 녹은 설탕 속에 하얀 소다가 들어가면 바로 풍선처럼 부풀어 올랐고, 그 국자 안의 부푼 설탕을 함석판에 탁 털었습니다.

국자 안에서 갈색으로 부풀어 올랐던 설탕덩어리가 동그랗게 함석판 위로 떨어집니다. 호기심 가득한 아이들의 눈동자가 더 커지고, 아이들의 침 삼키는 소리가 들립니다.

국자와 젓가락을 내려놓은 소년은 오른손에 누름쇠(커다란 나무도장처럼 생긴)를 집어들었습니다. 그 누름쇠의 미끈한 함석판으로 부풀어진 설탕덩어리를 꾹 누릅니다.

탁구공 같았던 설탕덩어리에 힘을 주어 누르자, 전병처럼 납작해지고 있습니다. 숙달된 그의 행동이 이어지고 있으므로, 그때까지도 설탕 반죽은 뜨거운 기운이 남아있습니다.

그는 눈동자를 빛내며 왼손으로 또 다른 모양쇠를 집어듭니다. 그것 역시 양철 함석을 잘라내어 오메가나 별 모양 등의 형태로 만든 것

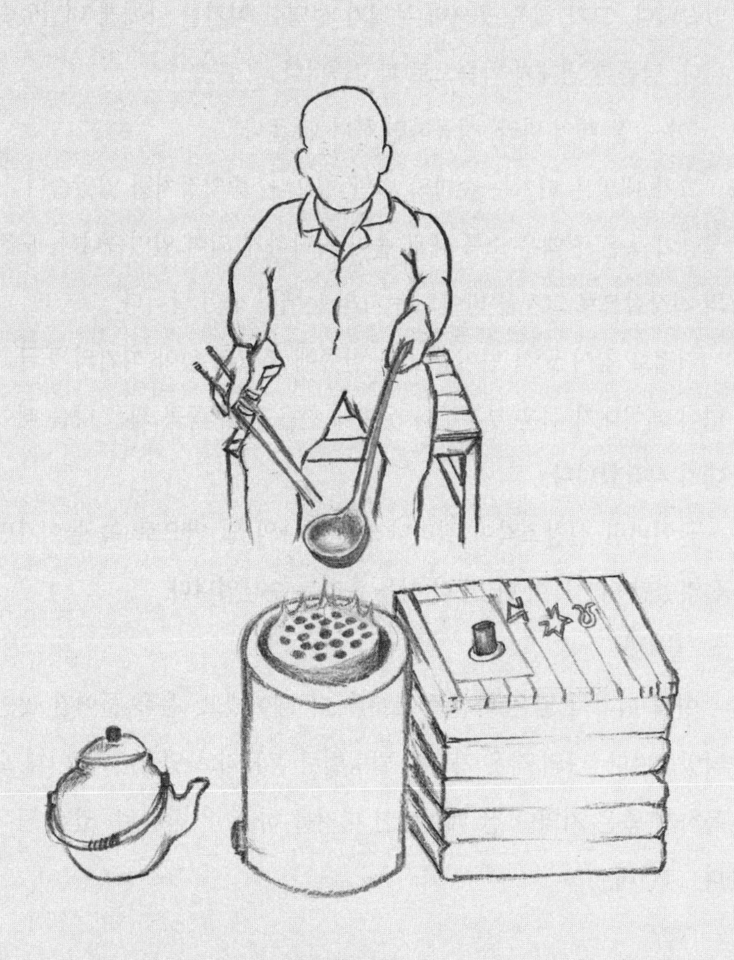

입니다. 납작해진 그 위에 모양쇠를 올리고 누름쇠로 꾹 누르면 작업이 종료된 것입니다.

손을 떼면 상자 위에서 오메가 모양의 띠기가 갈색으로 빛나고 있었습니다. 그가 히쭉 웃으며 무늬가 선명한 띠기를 나에게 내밀었습니다. 달콤한 냄새가 가슴으로 파고듭니다.

"야~, 잘 떼어 봐라. 성공하면 하나 더 준다."

그가 내밀은 띠기는 손바닥 반만 했으나, 종잇장처럼 얇았습니다. 설탕이 녹은 진액은 소를 대로 솔아 딱딱하게 되어 있었습니다. 도전의 긴장감으로 그것을 받아드는 나의 눈에서 빛이 납니다.

저절로 침이 꿀꺽 넘어갑니다. 한쪽에 쪼그려 앉아 띠기의 둥글고 넓어 떼어내기 쉬운 부분부터 옷핀에 침을 묻혀 꼭꼭 찍은 다음 떼어내기 시작합니다.

굳어버린 설탕조각이 잘려나가면서 나의 입 안으로 쏙 들어가면 몰려있던 아이들이 한 번 더 침을 흘리는 순간입니다.

"꿀꺽."

이제 띠기의 넓은 바깥쪽 부분은 다 떼어냈고, 움푹 들어간 곳만 남았습니다. 나의 작은 가슴이 벌렁벌렁 흔들리고 있습니다. 이제 오목하게 좁은 지역만 잘 떼어내면 띠기를 하나 더 받을 수 있게 됩니다. 그런데,

"헉?"

긴장과 기대감으로 들떠서 그런 것인지, 그만 좁은 부분이 똑 부러지고 말았습니다. 정성을 기울인 모든 것이 물거품으로 변하는 순간

입니다. 허무함을 배운 것입니다.

"잉~."

연하고 끈적거리던 설탕은 소다에 의해 부풀어 오르면서 경직된 물질로 변해 있었으니, 시간이 지날수록 바삭거려 모양대로 떼어내기가 어려웠던 것입니다.

누름쇠로 누를 때 전체적으로 힘을 많이 주면 떼어내기가 쉬웠을 텐데, 수완이 좋았던 그 소년은 그것을 감안하여 반쯤은 떼기 어렵도록 한쪽에는 힘을 덜 주었던 것입니다.

"에이~, 버렸네…."

호기심의 눈길로 몰려있던 아이들도, 나도 시무룩한 얼굴로 그곳을 벗어나고 있었습니다. 터벅터벅 걸어가는 발길에 힘이 없었습니다. 하기는, 띠기 하나 더 받으면 띠기 장사는 뭘 먹고 살겠습니까.

백설탕이 갈색으로 녹으면서 피어오르던 냄새, 오늘은 그 냄새가 그리워 집에서 띠기를 만드는 날입니다. 가스레인지에 냄비를 올리고 설탕을 붓자 금세 색깔이 변합니다. 그 속에 가성소다를 넣자 녹은 설탕이 부풀어 오르면서 넘치고 있습니다.

급하게 싱크대 위에 덜어내고 유리컵으로 눌러봅니다. 소다가 덜 들어갔는지 끈적거립니다. 다시 냄비를 가스레인지에 올리고 소다를 좀 더 넣었습니다. 이번에는 제대로 된 것 같습니다만, 납작한 띠기가 아니라 호떡처럼 크고 두툼한 띠기가 되었습니다. 그래도 흐뭇합니다.

냄비에는 아직도 남은 설탕이 많이 남아있습니다. 거기에 땅콩과 해바라기 씨를 넣고 비벼, 강정을 만들었습니다. 설탕이 타는 냄새가 향기롭게 나는 시간입니다.

띠기를 만들고 나니 달고나가 생각납니다. 옛날에, 하얗고 네모진 그것이 무엇이었던지 무척 궁금했었습니다. 지금까지도 달고나의 원료가 무엇인지 모르지만, 말린 치즈쯤 되었을 것이란 생각입니다.

일단 냄비에 물을 붓고 프리마를 부어넣었습니다. 냄비가 뜨거워지므로 나무젓가락으로 휘휘 젓자 녹은 프리마가 걸쭉합니다. 그곳에 가성소다를 톡톡 털어넣자 하얗게 부풀어 오릅니다. 그것을 젓가락에 묻혀 입에 넣으니 달고나의 맛이 틀림없습니다. 더욱 흐뭇합니다.

띠기와 달고나를 만든다며 설탕 한 봉지를 다 썼으니, 옛날 띠기 장사의 기준으로 보면 틀림없이 적자일 것입니다. 이것을 하느라 냄비도 시꺼멓게 태웠고, 싱크대를 엉망진창으로 만들었으니 더더욱 그렇습니다. 설탕 타는 냄새가 여기저기 진동하고 있습니다. 밖에 나갔던 마누라가 들어오다 보고 입을 딱 벌립니다.

그런 마누라의 앞에 설탕을 뭉친 띠기를 내밀었습니다. 내가 직접 만든 사탕을 먹으라면서 말입니다. 짜증을 내려던 마누라는 눈을 동그랗게 뜨고 띠기를 받아들었습니다. 아이처럼 좋아하면서 말입니다. 오늘은 화이트데이였던 것입니다.

사탕을 사려면 일만 원 이상은 줘야 하는데, 집에 있는 설탕 한 봉지로 해결하였으니 오늘의 띠기 장사는 이문이 있는 장사였습니다.

깔끔한 코흘리개

나는 코흘리개였습니다. 엄마 손을 꼭 잡고 초등학교에 입학하던 날, 작은 손수건에 옷핀을 꽂아 가슴에 달았는데, 차곡차곡 접은 그 손수건은 코에서 나오는 콧물을 언제라도 닦아 낼 수 있도록 한 것이었습니다.

코 아래로 콧물이 줄줄 흐르다가 시간이 지나면 그 가장자리가 냇둑처럼 굳었고 맑은 콧물이 그 사이로 도랑처럼 흘렀으며, '위잉~' 하는 날갯짓을 하며 날아든 파리 새끼가 그곳에 내려앉아 그 물을 빨아 먹기도 했습니다.

그 파리에겐 콧물이 흐르는 나의 얼굴이 젖과 꿀이 흐르는 지상낙원이었을지도 모릅니다.

녀석이 작은 갈고리처럼 생긴 발로 싹싹 비벼 댈 때마다 하 간지러워 손으로 '휘휘' 놈을 쫓았습니다. 순간적으로 그곳을 떠나 공중에서 빙빙 돌던 파리는 곧 그곳으로 다시 내려앉곤 하였으니, 그 파리 새끼는 나의 무엇이 그리 좋았단 말입니까.

추운 겨울이 오면 몸의 영양상태가 좋지 않아서 그런 것인지 콧물이 더욱 많이 흘렀고, 그 콧물은 날씨 변화에 따라 과일처럼 노랗게 익어, 수세미처럼 코에서부터 길게 매달려있었습니다.

기다란 콧물이 입술까지 천천히 내려와 입술을 덮으려는 순간에 숨을 훅 들이키면 달랑거리던 노란 콧물이 '후룩' 소리를 내며 콧속으로 급하게 되돌아갔습니다.

그러나 콧속으로 되돌아간 그 콧물은, 빨아들이는 숨이 날숨으로 바뀌자마자 곧 다시 흘러나왔습니다. 수수께끼 중에 내려올 때는 완행, 올라갈 때는 급행이 무엇이냐는 답은 '콧물' 이었던 것입니다.

완행과 급행을 반복하는 콧물 때문에 도저히 참을 수 없게 되면 코를 풀어버려야 했는데, 엄지와 검지를 들어 한쪽 콧구멍을 막고 아랫배에 힘을 준 다음 힘 있게 "킁~" 소리를 내면서 콧바람을 내보내었습니다.

그 콧바람에 의해 콧속의 콧물이 허공으로 튕겨나가다가 땅바닥에 '팩~' 하고 눌어붙었습니다. 그 다음, 다른 쪽의 콧구멍을 막고 또 콧바람을 뿜어내면 나머지 콧속에 들어있던 이물질 역시 콧바람과 함께 땅바닥으로 쏘아나갔습니다. 이때의 시원함이란 그 무엇도 비견할 수 없는 것이었습니다.

묽은 콧물은 떨어져나갔으나, 기 굳어 둑을 이루던 인중의 이물질이 남아있었습니다. 나는 맑은 공기를 들이키며 혀를 내밀어 그곳에 뭍은 그 이물질을 쓸어올렸습니다. 이어, 약간의 콧물이 묻은 손을 바지주머니 부근에 쓰윽 문지르면 상황 끝이었던 것입니다.

몸도 마음도 가벼워진 상태인 것이니, 잠깐 동안이나마 콧물이 흐르지 않았습니다. 그러나 얼마 뒤에 또 콧물이 흘러내렸으므로, 팔소매를 코에 대고 쓰윽 닦아야 했습니다. 그 때문에 나의 옷소매는 항상 콧물이 묻어있었습니다.

흘러내리는 코를 오른쪽 소매로 닦았으므로 그곳이 새까맣게 반질거렸는데, 깔끔했던 나의 성격으로 어떻게 그 더러운 옷소매에 나의 깨끗한 코를 다시 댈 수 있었겠습니까.

말짱한 왼쪽 소매로 다시 콧물을 닦았으며, 왼쪽 소매가 더러우면 다시 오른쪽 소매로, 그렇게 깨끗한 쪽으로 바꿔가면서 코를 닦았습니다. 콧물을 흘릴지언정 나는 사실 깔끔한 아이였던 것입니다.

옛날에는 코흘리개가 많았지만, 지금의 아이들은 코를 흘리지 않습니다. 그 코흘리개들은 다 어디로 갔단 말입니까.

6

등잔불

둠벙

옛날에는 천수답인 논의 가장자리에 작은 둠벙이 하나씩 있었습니다. 저수지의 물길이 닿지 않는 논이 대부분이었던 그 시절, 지금처럼 논에 관정을 파서 지하수를 끌어올리는 것이 아니었기에 논농사를 지으려면 사시사철 물이 고여있는 둠벙이 꼭 필요했던 것입니다.

크기라고 해봐야 승용차 서너 대 주차시킬 정도의 넓이에 2미터 정도 깊이의 작은 공간이었지만, 그 둠벙은 또 하나의 물속 세상이었습니다. 둠벙 깊은 속까지 다 비치는 맑은 물속에는 '말' 이라 불리는 녹갈색 수초가 한쪽에서 자라고 또 다른 쪽에는 이끼가 끼어있었습니다.

그 사이로 물고기가 노니는 것이 꼭 유리어항을 보는 것과 같았는데, 미꾸라지, 개구리, 새우, 피라미, 붕어, 올챙이, 쌀 방개, 똥 방개, 우렁이, 참게가 터를 잡고 사는 본고장이었던 것입니다.

그러므로 물고기를 잡으러 나가면 꼭 둠벙을 들렀습니다. 둠벙의 둘레를 논둑으로 막아놓았는데, 그 논둑 위에서 얼금이질(어레미질)을 하였으며, 풀 섶과 수초 속을 훑으면 미꾸라지와 새뱅이(새우) 그리고 개구리가 잡혔습니다.

수초가 함께 딸려온 얼금이(어레미) 속에는 꿈틀거리는 미꾸라지, 눈치만 보고 숨을 죽이고 있는 개구리 그리고 자디잔 새우들이 톡톡 튀었습니다. 크다싶은 미꾸라지만 골라서 통에 담고, 나머지는 논둑에 탁탁 털어서 버렸으므로, 논둑은 젖은 수초와 새우가 버려지는 곳이기도 했습니다.

이 둠벙에서 저 둠벙으로 옮겨 다니면서 물고기를 잡았는데, 둠벙의 물속은 경사가 급했으므로 발을 잘못 디디면 빠질 수 있어 위험하

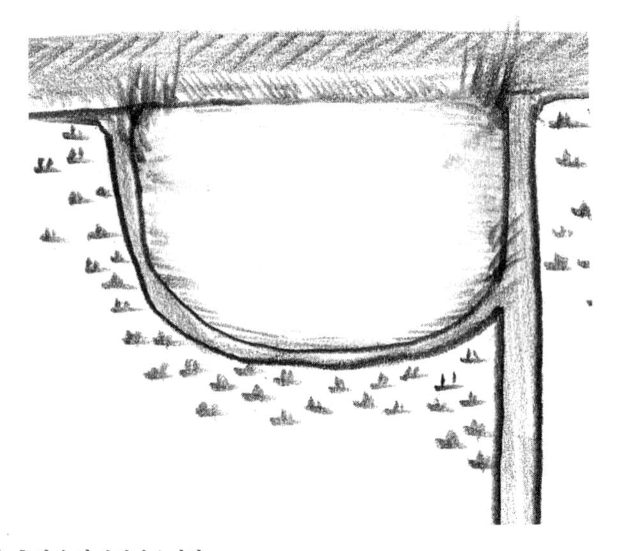

기도 했습니다.

비가 오지 않는 날이 계속되어 논의 물이 마르면 농심도 함께 타들어갔습니다. 그러나 둠벙의 물은 아무리 가물어도 마르지 않았습니다. 이럴 때면 둠벙의 물을 퍼서 논에 물을 대야 모를 심을 수 있었습니다. 둠벙이 존재하는 이유가 바로 여기에 있었던 것입니다.

함석이나 플라스틱 통을 빗겨 잘라 물통을 만든 뒤에, 그 통에 줄을 각각 연결한 맞두레를 만들었습니다. 일꾼 아저씨들이 양쪽에서 두 개씩 줄을 잡고, 맞두레로 물을 퍼 올렸습니다. 우물 속에 내려 물을 푸는 것과 비슷한 이치였던 것입니다.

일정한 간격으로 마주보고 앉은 사람끼리 줄을 당겨 둠벙 속에 물통을 던집니다. 물통 위에 묶인 끈을 물속에 처박아 물을 담고, 줄을 잡아당기면 물이 가득 찼습니다. 그 두레를 잡아당겨서 반대쪽 논으로 휙 던집니다.

이때 위쪽에 묶인 끈과 아래쪽에 묶인 끈의 방향을 거꾸로 하면, 물이 자연히 논으로 쏟아졌습니다. 이때 박자를 맞추고 흥을 내기 위해 가락을 뽑습니다. 흥타령이든, 유행가든 노래가 절로 나오는 것입니다.

이 순서를 계속 반복하다보면 둠벙에 가득 찼던 물이 점점 줄어들어 바닥을 보이기 시작하는데, 이때가 둠벙 속에 있던 물고기를 잡는 시간입니다. 고요한 둠벙을 헤집어놓았으므로, 바닥의 흙으로 인해 흙탕물이 된 둠벙 속에서 물고기들이 난리가 났다고 푸덕거립니다.

제일 많은 물고기는 물론 꿈틀거리는 미꾸라지입니다. 그 미꾸라지를 잡아 그릇에 담고 있으면 둠벙 바닥에서는 끊임없이 샘물이 퐁퐁 솟아나옵니다. 지금은 땅에서 물이 솟아나는 곳이 별로 없지만, 옛날에는 그만큼 지하수가 풍부했던 것입니다.

물을 푸는 때가 아니라도, 개구쟁이들은 논의 주인 몰래 개여귀 풀이나 할미꽃뿌리를 짓찧어 둠벙 속에 풀어넣었습니다. 그 풀독이 독했으므로 조그마한 둠벙 안의 물고기가 깔딱거리면서 물 위로 떠올랐고, 쉽게 그 물고기들을 잡을 수 있었던 것입니다.

그러나 그 풀독은 맹독성은 아니었으므로, 시간이 가면 물고기가 다시 살아났습니다. 둠벙이 있는 논의 주인아저씨는 그렇게 물고기를 잡는 아이들을 그다지 크게 나무라지 않았던 것으로 기억됩니다.

추운 겨울이면 둠벙의 물이 얼마나 단단하게 얼었는지 돌로 깨보기도 하고, 얼음이 얼지 않은 계절이라도 괜스레 돌을 던져보던 우리의 둠벙입니다.

그동안 세월이 지나면서 논의 둠벙이 모두 없어졌으니, 논마다 하나씩 붙어 있던 내 어장은 모두 어디로 갔단 말입니까.

지금은 둠벙이 있던 그 자리가 모두 흙으로 메워져 있습니다. 땅속에 구멍을 뚫어 물을 끌어올려 농사를 짓고 있습니다만, 그 많던 미꾸라지 하나 없습니다.

그나마 지하수가 고갈되어가면서 관정에서 나오는 물이 점점 줄어

들고 있습니다. 먼 장래에는 그 관정이 있던 자리에 또다시 둠벙을 만들어야 할 날이 있을지 모릅니다. 아니면 큰 통을 만들어 땅에 묻고 빗물을 받아서 쓰는 사람이 생길지도 모릅니다.

그때가 오면, 옛날 둠벙에 살던 그 생물들도 그 통 안에다 기를 수 있을지 그것이 궁금합니다.

들밥

빠가 부서질 정도로 일을 해야 먹고 살 수 있었던 옛 시절, 모를 심거나 벼를 수확해야 하는 농번기에 남자는 새벽녘에 일어나 논밭으로 나가고, 여자는 남자보다 더 일찍 일어나 음식을 장만해야 했습니다.

새벽녘부터 해장이라는 이름으로 뜨거운 국에 밥을 말아먹은 후, 논에 나가 모를 찌면 어느새 아침밥을 먹을 시간이 되어 시장기가 올라옵니다. 집이 가까운 곳에 있으면 집으로 가서 아침을 먹지만, 그렇지 않으면 집으로 갔다 오는 시간도 아까운 계절이었습니다.

여인네들이 준비한 음식을 그릇에 담아 들로 가지고 나와, 일꾼들은 일터에서 둘러앉아 밥을 먹었습니다. 이처럼 들에서 먹는 밥을 들밥이라 불렀는데, 야외로 소풍을 나가서 먹는 것처럼 맛이 아주 좋았습니다.

진흙에 푹푹 빠지는 논바닥을 헤집고 다니면서 모를 심다보면 언제인지도 모르게 뱃가죽이 헐렁해졌고, 또다시 새참을 먹을 시간입니다. 이때는 간단한 잔치국수나 비빔국수로 허기진 배를 채웁니다. 또 막간을 이용하여 담배연기를 뿜어 올립니다.

또다시 계속하여 일을 하다보면, 드디어 점심을 먹을 시간입니다. 여인네들이 머리에 이거나 리어카에 싣고 온 그릇 속에 하얀 쌀밥과 각종 반찬이 가득하였습니다. 고봉으로 푼 밥에 동탯국과 돼지고기찌개, 고등어조림, 콩자반, 멸치볶음, 김치, 깍두기, 장아찌, 고추장, 간장 등 진수성찬이었습니다.

힘들게 일을 하고 난 뒤였으므로 먹는 밥의 분량도 엄청났지만, 준비한 밥도 넉넉하였습니다. 점심시간에 그 주변을 지나는 사람이 있으면 불러서 밥을 먹고 가도록 하는 인정도 있었습니다. 우편집배원 아저씨나 처음 보는 사람도 들밥을 함께 먹었던 것입니다.

이때, 준비해온 밥이 떨어지면 큰 흉이 되었으므로 일부 장난기가 많은 일꾼 중에는 그 밥을 다 먹어치우려 애를 썼습니다. 그러나 워낙 준비해온 밥이 많았기에 그 밥을 다 먹어버린다는 것은 쉽지 않았습니다.

새참을 먹었을 때와는 달리 점심을 먹고 난 다음에는 쉬는 시간이 길어서, 풀밭에 누워 하늘에 흘러가는 흰 구름을 바라보며 노곤한 몸을 쉬었습니다. 그러나 하루 일의 반이나 더 남아있는 시간입니다. 무

거운 몸을 일으켜 오후의 일을 시작해야 합니다.

일이 힘들었으므로 먹어야 해낼 수 있었고, 먹는 시간이 쉬는 시간이었으며, 점심 이후에도 일을 하다보면 또 새참이 나왔습니다. 찐빵이나 감자 또는 고구마가 나왔는데, 새참으로 나오는 음식은 같은 음식이 중복되지 않도록 하여 입맛에 맞췄던 것입니다. 또한 막걸리 한잔을 틈틈이 마실 수 있었습니다.

그러니 들일을 하는 남자들이 힘든 것은 그렇다 치고, 하루에 10여 명이나 되는 일꾼들이 먹을 음식을 준비해야 하는 여인들의 일이 얼마나 힘이 들었겠습니까. 지금처럼 가스레인지나 전자레인지 같은 것이 있는 것도 아니요, 일일이 아궁이에 불을 때서 음식을 만들어야 했던 시절이니 말입니다.

광주리에 한가득 음식을 담아, 그 무거운 것을 머리에 이고 거뜬히 논이나 밭으로 걸어가는 여인네들이었습니다. 그 가느다란 목이 얼마나 힘이 센지 참으로 대단하였습니다. 머리에 이는 음식의 무게가 무거웠으므로, 그것을 머리에 일 때와 내릴 때는 옆에서 누군가가 받쳐줘야 했습니다. 그러니 도중에

멈춰서 쉴 수도 없었던 것입니다.

밥 광주리를 머리에 이고 일하고 있는 곳으로 오는 여인네가 보이면, 행동이 재빠른 일꾼 한사람이 달려 나가 도와주었습니다. 기울여지지 않도록 하면서 말입니다.

날이 밝아오는 새벽에 시작한 일은 해가 서산으로 넘어가면 끝을 맺었으니, 집으로 돌아가 저녁을 먹는 것으로 하루 일과가 끝납니다. 하루 종일 먹고 마시고 피웠으나, 저녁밥을 먹는 양 또한 적은 것이 아니었습니다.

커다란 밥그릇에 포갠 것처럼 고봉으로 밥이 퍼졌고 국그릇에 담긴 국도 많았으나, 음식을 남기는 법이 없었습니다. 그릇마다 담겨진 반찬은 물론, 마지막에는 눌은밥이나 숭늉까지 한 그릇을 다 비웠습니다.

사람보다 훨씬 몸집이 큰 소가 먹는 분량이 많다고 하지만, 사람이 하루 동안에 먹는 밥과 국, 국수와 빵, 각종 반찬과 막걸리 그리고 담배까지 모두 물에 풀어놓으면 소가 먹는 여물보다 결코 적지 않았을 것입니다.

그러나 지금은 농촌에 일을 할 일꾼이 없습니다. 젊은 사람들은 도회지로 나가버리고 노인이 주류를 이루고 있는 곳이 되어, 어린아이의 노는 소리가 들리지 않는 곳이 되어버린 것입니다.

한꺼번에 모여 일을 하는 풍경이나 바쁠 때 서로 도와주던 품앗이도 이제 없어졌습니다. 나이 드신 부부가 일을 하면서 자장면 배달을 해서 먹는 새로운 풍경이 생겼을 뿐입니다.

그때 그 시절에 들녘에서 먹던 들밥이 먹고 싶지만, 이젠 먹을 수 가 없게 되었습니다.

등잔불

나 어릴 적, 우리 동리는 전기가 들어오지 않았습니다. 시골이었기에, 전기가 들어오던 도시와는 달리 해가 넘어가면서부터 어둠속에 묻혔습니다. 어둠을 밝히기 위해 밤이면 집집마다 등잔불을 켰습니다만, 불빛이 아주 약했습니다. 멀리서 보면 그곳이 인가라는 것을 겨우 알 수 있을 정도였던 것입니다.

등잔은 석유를 힘의 원천으로 삼아 아름다운 불꽃을 피웠습니다. 두툼한 사기등잔 꼭대기로 삐죽이 나온 심지는 새까맣게 그을려졌으나, 자신의 뱃속에 들어있는 석유를 끊임없이 빨아 당겼습니다.

그 작은 등잔불이 방안 전체를 사랑스럽게 밝혔으며, 그 밝기는 불꽃의 크기에 비례하였습니다. 등잔불보다 불꽃이 큰 것은 촛불이었습

니다. 등잔불을 켜다가, 어느 날 촛불을 켜기라도 하면 대낮처럼 밝아보였습니다. 불꽃이 일센티 더 큰 것뿐인데 말입니다.

그러면 촛불을 켜고 살면 되지 뭐 하러 등잔불을 켜고 살았느냐고 할지 모릅니다. 그렇지만 등잔불은 석유만 닳게 할 뿐이고, 촛불은 초를 녹여버렸습니다. 촛불을 켜고 살면 돈이 더 들어가는 것입니다.

더구나 잘못 관리를 하면 초가 넘어지거나 녹으면서 불이 날 수도 있었습니다. 그러니 어떻게 촛불을 켜고 살겠습니까. 촛불을 켜는 때는 제사나 특별한 날 뿐이었던 것입니다.

그 조그만 등잔불이 먹어치우는 석유도 아까워서, 그 불빛을 방에서만 활용하질 않고 부엌도 비추도록 했습니다. 안방에서 부엌으로 향한 벽에 책받침 크기의 네모진 구멍을 뚫고, 그 구멍 안쪽에 등잔불을 올려놓아, 그 불빛이 안방과 부엌을 동시에 밝히도록 한 것입니다.

물론 부엌 쪽으로는 투명유리를 끼워, 공기의 흐름을 차단하였습니다. 어린아이들은 날이 어두워지면서 배가 고프면 그 작은 구멍으로 부엌 쪽을 자주 보곤 했습니다. 빨리 밥상이 들어오기를 기다리면서 말입니다.

사기로 만들어진 등잔 속으로 통과한 심지는 아주 가늘었는데, 사기를 얇게 만들면 잘 깨졌기에 두껍게 만들다 보니 그 구멍이 좁을 수밖에 없었던 것입니다. 가는 심지의 끝에 붙은 불꽃은 은은했으나, 밝지는 못했습니다.

좀 있는 집에서는 램프로 불을 밝혔습니다. 램프는 불꽃이 촛불보다 일 센티 더 컸습니다. 당연히 그만큼 더 밝아서 참으로 좋았습니다. 불꽃이 둥근 유리의 보호를 받고 있었기에, 밖에 나갈 때 들고 갈 수도 있었습니다. 바람이 웬만큼 불어도 끄떡없었던 것입니다.

또한 등잔불은 수동입니다. 등잔불의 심지가 타서 짧아지거나 그을음이 올라오게 되면 등잔 덮개를 열어서 심지를 직접 조정해야 합니다. 그런 반면, 램프는 나사를 돌려 심지 크기를 조정할 수 있었습니다. 비싼 것이 역시 좋았던 것입니다.

그러나 촛불이나 램프도 등잔불을 쓰는 것보다 더 돈이 들었습니다. 돈은 적게 들면서 조금 더 밝은 것이 요구되는 시기였습니다. 지혜로운 울 어른들께서는 그것에 딱 맞는 그러한 조명기구를 만드셨습니다.

약병이나 커피병 같은 것들을 구해다가, 그 뚜껑에 연필크기의 구멍을 뚫고, 그곳에 심지를 박아서 등잔처럼 만든 것입니다. 등잔보다 석유를 많이 넣을 수 있었으며, 무엇보다도 좋은 것은 등잔불보다 훨씬 밝았다는 데 있었습니다. 등잔불보다 불꽃의 크기가 겨우 이 미리 더 컸을 뿐이었는데도 말입니다.

더구나 이 새로운 기구는 심지를 램프처럼 키웠다 줄였다 조정할 수 있었습니다. 유리뚜껑에 자전거 바퀴에 달린 밸브를 떼어다 붙인 것입니다. 사기로 된 등잔보다 더 강하고 두꺼운 심지를 끼울 수도 있었습니다.

지금은 등잔불뿐 아니라 램프도 없어진지도 오래되었고, 전기를 이용한 각종 등불이 어디든 대낮처럼 밝혀줍니다. 앞으로도 어떠한 발광체가 등잔불을 대신할지 모르나, 아무리 좋은 것이 나온다 해도 옛날의 그 등잔불 같은 정감은 없을 것입니다. 부엌으로 통하는 그 작은 공간에서 흔들리던, 등잔불의 사랑스런 불꽃이 그립습니다.

타래박과 물지게

내가 초등학교에 들어가기 전, 산 아래 동네에 살 때는 길옆의 샘에서도 물이 퐁퐁 솟았습니다. 손을 내밀어 바가지로 물을 떠먹을 수 있을 정도로 지하수가 풍부했던 것인데, 그곳에서 물을 길어다 먹고 빨래도 하였습니다.

개인 소유의 우물이 많지 않던 시절이므로, 그곳은 동네 아주머니들이 모이는 사랑방 역할을 하였습니다. 어머니께서는 동이에 물을 길어 머리에 이고 언덕길을 오가셨습니다.

할아버지께서 사시던 고향마을에는 공동우물이 있었습니다. 콘크리트로 둥근 회삼물을 만들어 사람이나 짐승이 빠지지 않도록 하였고, 그 위에 나무뚜껑을 해 덮어 먼지가 들어가지 않도록 한 것입니다.

고향에서는 끈에 통을 매달아 물을 깃는 것을 타래박이라고 불렀습니다. 우물가에는 물을 길을 때 사용하는 공용 타래박이 놓여있었으나, 관리가 제대로 되지 않아 없어질 때가 많았습니다. 그러므로 물을 길러 그곳으로 갈 때에는 개인 소유의 타래박을 가지고 가야 편했습니다.

긴 줄의 끝을 잡고 타래박을 우물 아래로 던지듯 내려놓으면 깊고 어두운 동혈 아래로 내려가 풍덩 소리를 냅니다. 타래박 한쪽에 무거운 쇳덩이를 달아놓았기 때문에, 한쪽으로 기울려지면서 물이 가득 찼습니다. 이때, 줄을 끌어올리면 되는 것입니다.

물을 긷는 것도 숙달되면 한 손으로도 타래박을 잡고 내릴 수 있습니다만, 자칫 끈을 놓치면 우물 속에 빠뜨리게 됩니다. 그렇게 하여 주인 잃은 여러 개의 타래박이 공동우물 안에 들어있었습니다.

이 우물에 빠진 타래박을 건지기 위해 갈고리를 사용했는데, 세 가닥의 갈고리가 달린 줄을 우물 바닥까지 늘어뜨리고 빙빙 돌리면, 무엇인가 걸리는 감각이 왔습니다. 갈고리 끝에 타래박이 걸린 것이므로 천천히 끌어올리면 되었습니다.

외갓집 동네에 있던 공동우물은 큰 목재로 기둥을 세우고 양철로 된 지붕이 있었습니다. 그 지붕 아래에 커다란 도르래를 설치하고 물통을 이은 것으로, 우물 중에서는 최신식이었습니다.

줄 양쪽 끝에 각각 하나씩의 물통을 달았으며, 줄만 잡아당기면 물이 가득 찬 통이 올라왔습니다. 물이 찬 통이 올라오면, 빈 통은 우물 속으로 들어가는 반자동이었던 것입니다.

비 오는 날에도 물을 길을 수 있었으며, 속도가 빨라져서 줄을 서서 차례를 기다리지 않아도 되었습니다. 불편한 점이 있다면 줄을 잡아당길 때, 그 줄에서 물방울이 떨어지면서 소매 안으로 들어간다는 것이었습니다.

물을 담아 집으로 가져갈 때는 머리에 이는 것보다 물지게가 더 나았습니다. 큰 양동이에 물을 가득 퍼 넣고 물지게에 매달고 가면 많은 양을 나를 수 있었던 것입니다.

물이 담긴 물동이를 좌우 양쪽에 놓고, 허리를 약간 구부린 상태에서 물지게의 고리를 양동이 손잡이에 걸고 일어납니다. 어깨에서 허벅지까지 연결되는 근육이 팽팽하게 일어서는 순간입니다.

첫발을 앞으로 내디딜 때 무거운 물 양동이는 어깨의 지게에 달려있고, 발만 앞으로 나가는 형국이었습니다. 무거운 물이 상체를 붙잡고 놔주지를 않는 것입니다. 허리에 힘을 잔뜩 주고 앞으로 숙이지 않으면 자칫 뒤로 넘어질 수도 있습니다.

성공적으로 한 발을 앞으로 디뎠다 하여도 계속해서 가기가 만만찮았습니다. 통 안의 물이 출렁이면서 무게중심이 앞뒤로 옮겨다녔습니다. 사람이 물지게를 흔드는 것이 아니라, 물지게가 사람의 몸을 흔들었던 것입니다.

물지게가 잡아당기면 뒤로 버팅기고, 물지게가 밀면 앞으로 잡아 끌면서 갑니다. 그 바람에 양동이가 흔들리면서 물을 땅에 흘립니다. 보폭이 짧아질 수밖에 없습니다. 그래야 안전하니 말입니다.

그나마 기운이 빠지면 앞뒤로 흔들리던 지게가 좌우로 출렁입니다. 물통의 물이 찰랑거리면서 사람을 옆으로 당깁니다. 지게와 양동이에 이어진 쇠줄을 힘껏 잡아야 겨우 중심을 잡을 수 있게 됩니다.

집으로 물을 길어가는 짧은 거리를, 그렇게 좌우로 흔들리고 앞뒤로 출렁거리면서 겨우 갈 수 있었습니다. 부엌에 있는 물 항아리에 길어온 물을 붓기 위해 물지게를 내려놓을 때면 양동이에 가득 들어있어야 할 물은 반이나 어디론가 사라지고 없었습니다. 그 대신에 바지가 흠씬 젖어있었던 것입니다.

옛날의 시골에서는 어디든지 지하수가 깨끗하여 그것을 먹었는데, 지금은 그렇지 못합니다. 샘물이 솟아나는 그런 곳도 별로 없고, 우물물은 쓰지 않아 말라버렸습니다. 그만큼 지하수가 점점 고갈되어가고 있는 것입니다.

도시는 수돗물이 들어오고 있으나, 수돗물을 믿지 못하여 정수기로 걸러 먹거나 깊은 암반에서 뽑아 올린 생수를 사다 먹습니다. 호사가들 중에는 극지방의 얼음을 공수하여 먹기도 한다고 하니 걱정되는 세상입니다.

미래에는 인공으로 만든 물을 먹거나 빗물을 정화하여 먹을지도 모릅니다. 물 사업을 하는 사람들이 서로 인공물이 좋으니, 빗물이 좋으니 하면서 선전에 열을 올릴지도 모릅니다. 어찌되었던지, 공동우물에서 물지게로 물을 길어먹던 옛 시절이 좋았던 것 같습니다.

무서운 이야기

나 어릴 적에는 할머니를 졸라 옛날이야기를 자주 들었다. 지금처럼 컴퓨터나 티브이가 있는 것도 아니고, 책도 마음대로 볼 여유가 없던 때였다. 할머니를 중심으로 둘러앉은 우리들은 호기심이 가득한 눈으로 할머니의 입을 바라보며 이야기를 기다렸던 것이다.

"옛날 옛날에 호랑이가 담배를 피던 시절에~"라는 말로 시작하는 옛날이야기 중에는 재미있는 이야기가 많았으나, 무서운 이야기도 있었다. 공동묘지의 귀신이나 변소에서 나오는 파란 손과 빨간 손 이야기 그리고 사람을 홀리는 여우에 관한 이야기들이었다.

어찌나 재미있었는지 밤늦도록 잠도 자지 않고 할머니를 졸랐으므로, 할머니께서는 잠을 자지 않으면 방구석에서 구석 할머니가 나와서 너희들을 잡아간다고 겁을 주셨다. 나와 동생들은 그 구석 할머니가 얼마나 무서웠는지, 달달 떨면서 이불속으로 들어가 잠을 자곤 했다.

옛날이야기를 듣고 난 후의 후유증도 있었다. 이야기에서, 변소에서 일을 보고 휴지가 없는데 빨간 손이 솟아나와 밑을 닦아주었다고 할 때부터 으스스 떨기 시작하여, 다음번 파란 손이 닦아준다 할 때는 소름이 돋았고, 이어 낫으로 그 손을 잘라버렸다고 할 때는 얼굴이 하얗게 변해있었다.

할머니께서 이야기를 이어가면서, '손에 붕대를 감은 누군가가 나타나' "내 손 내놔라~" 하고 큰소리로 외칠 때는 간이 덜컥 떨어져 나갈 정도로 놀랜 것이다. '으악~' 하는 비명이 저절로 나왔으며, 할머니의 품으로 달려들어가야 했다.

그 옛날이야기를 듣고 난 뒤부터는 변소에 가기가 왜 그리 무서웠던지, 낮에도 변소 안에 혹시 손이 들어있는지 들여다본 다음에 변을 보기 위해 자세를 잡을 수 있었다.

문제는 밤에 변소를 가지 못했다는 것인데, 소변이야 밭에다 갈긴다 해도 대변을 다른 곳에 누울 수는 없었다. 결국 낮에만 대변을 보는 습관을 들였으니, 어린 마음에 얼마나 신경을 썼는지 몰랐다.

초등학교에 다니던 어느 날, 학교 변소에 대변을 보러 들어갔다가 기겁을 하지 않을 수 없었다. 허리띠를 끄르다 말고 다리를 부들부들 떨면서 도망 나와야 했다. 나무판자로 된 변소바닥에 빨간 피가 점점이 떨어져 있었던 것이다.

할머니의 옛날이야기에 나오는 '빨간 손과 파란 손 이야기가 거짓말인줄 알았는데, 그것이 정말인가보다' 이리 생각한 것이다. 누가 변소 속에서 솟아오른 빨간 손을 잘랐기 때문에 피가 떨어진 것으로 보였던 것이다.

대변을 보지도 못하고 하얗게 변한 얼굴로 선생님에게 달려갔으나, 선생님께서는 나의 말을 믿지 않으셨다. 누군가가 코피를 흘린 모양이라며 크게 웃기까지 하였으니 말이다.

낮에도 그렇지만, 특히나 한밤에 공동묘지를 지나 집으로 올 때는 끔찍하도록 무서웠다. 공동묘지가 바라다 보이는 곳에서부터 머리카락이 설 정도로 소름이 돋았으며, 부스럭거리는 소리가 들린다든가, 앞에서 사람이 오는 기척이 있으면 이빨이 딱딱 부딪힐 정도로 달달 떨렸다.

공동묘지 가까운 곳에 위치한 상여집의 문이 열리며 며칠 전에 죽은 순이 할머니가 튀어나와 내 등을 꽉 잡을 것만 같았고, 이름 모를 밤새가 우는 소리에도 다리가 오들오들 떨렸던 것이다.

어두운 밤에 집으로 가는 길목에는 공동묘지 말고도 또 무서운 곳이 있었는데, 그곳은 인가가 없고 똥통이 놓여있었으며, 그 옆으로 버

드나무 몇 그루가 서 있는 곳이었다. 그곳을 지나갈 때마다 축 늘어진 버드나무 가지가 살랑살랑 흔들리는 귀신의 머리카락으로 보였다.

그때마다 밝은 대낮의 풍경을 상상하면서 '귀신은 없다. 귀신은 없다' 라며 혼자 중얼거렸고, 씩씩한 노래를 부르며 급한 걸음을 한다든가, 아예 뜀박질로 그곳을 벗어나야 했다.

눈이 크면 겁이 많다고 했지만, 나는 눈도 작은데 왜 무서운 이야기 하나에 그런 상상을 하였는지…. 그러고 보면, 옛날부터 나는 겁쟁이였다.

이름말

나 어릴 적의 어른들께서는 어린아이들에게 이리저리해야 한다고 끊임없이 말씀을 하셨습니다. 지금 잘 쓰는 언어로는 잔소리라고 하면 딱 맞는 말일 것입니다만, 그 시절에는 그것을 이름말(이르는 말)이라 하였습니다.

밥을 먹는 것 하나도 이름말이 무척 많았습니다. 밥을 먹을 때는 어른 먼저 음식을 입에 떠 넣으신 다음에야 수저를 들어라, 먹을 때도 밥그릇의 앞쪽부터 먹되 수저로 밥을 긁지 말고 떠서 먹어라, 반찬을 젓가락으로 한번 집으면 그대로 가져가라, 음식을 씹을 때 입을 오므려 입의 음식이 보이

지 않아야 한다, 밥을 먹을 때 짭짭거리는 소리를 내지 마라, 밥풀 하나라도 밥그릇에 남기지 말고 다 먹어야 한다, 어쩔 수 없이 밥을 남길 때는 반찬 국물을 묻혀서 남기지 말고, 깨끗이 남겨야 한다고 하셨습니다.

밥을 먹는 방법 또한 정해진 관습대로 수저를 오른손에 제대로 잡아야 하는 것은 물론, 젓가락질도 원칙대로 해야 했습니다. 손가락에 끼운 젓가락의 윗부분은 벌어지고 아랫부분은 오므리도록 하여 콩도 자유자재로 집을 수 있도록 하였는데, 이것을 배우느라 눈물깨나 흘렸습니다.

반찬을 먹을 때도 고기나 생선 등 맛있는 반찬을 마구 집어먹지 말고 얌전하게 조금씩 떼어 먹어야 했으며, 국이나 물을 마실 때도 후루룩 소리를 내면 안 되었습니다.

물론 수저를 놓을 때도 어른이 수저를 먼저 내려놓으시면 그때 놓을 수 있었습니다. 또한 딸각거리는 소리가 나지 않도록 얌전히 놓아야 하고 말입니다.

그러니 일상생활 하나하나마다 얼마나 이름말이 많으셨겠습니까.

아침에 일어나서부터 잠자리에 들 때까지 일일이 이름말을 잘 들어야 했는데, 문지방을 밟고 다니면 안 된다, 세수를 하고 물기를 닦을 때 마른수건의 한쪽만 써야 한다, 방에서 쿵쿵거리며 뛰지 마라, 사람의 머리맡으로 다니지 마라 하셨습니다.

밖으로 나가면서 급하다 하여 신발을 제대로 신지 않고 질질 끌거나, 손이나 발을 달달 흔들어도 아니 되었습니다.

어른의 어깨를 손으로 짚지도 못하게 했으며, 밤에는 손톱이나 발톱을 깍지 못했고 휘파람도 불지 못했습니다. 여자들의 경우는 집안에서조차 크게 웃으면 아니 되던 시절이었습니다.

어른들께서 어떠한 말씀을 하시든 다소곳이 듣고 있어야 했으며, 말대답을 하면서 이의를 제기할 수 없었으니, 말대답 자체가 반항하는 것으로 생각되던 시절이었던 것입니다.

동리 어른을 길에서 만나면 첫 번이든 열 번이든 만날 때마다 인사를 해야 했고, 그렇지 못할 경우 그 자리에서 그 어른으로부터 이름말을 듣거나, 어느 집 아이는 인사성이 없다는 말을 들었습니다.

이름말 중에서 제일 많이 듣는 소리이면서도 듣기 제일 싫어했던 것은 역시 공부 잘 해라는 것이었으니, 공부에 대해서는 예나 지금이나 비슷했다고 보여집니다.

나 어릴 적에는 이런저런 이름말을 많이 들으면서 자랐습니다만, 요즘 녀석들은 어찌된 일인지 어른이 주의를 주면 대뜸 싫어하는 표정을 짓거나 말대꾸를 하기 일쑤입니다.

작은 녀석은 물론이고 큰놈도 젓가락질을 제대로 하지 못하는 것을 보고, 밥을 먹는 자리에서 젓가락질을 제대로 하라고 이름말을 하였더니 이 녀석들 하는 말이, '밥도 마음대로 못 먹게 한다' 며 투덜거리는 것 아니겠습니까. 감히 어른에게 말대답을 다 하다니, 옛날에는 생각도 못하던 일입니다.

애비의 말을 우습게 아는 거 같아서, 어른이 말씀하시면 들어야지 무슨 버릇이냐고 한 번 더 주의를 줬습니다. 그런데 이놈이 밥을 먹다 말고 자리에서 일어나 제 방으로 가는 것 아니겠습니까? 반찬을 묻혀 놓은 밥을 남긴 채 말입니다. 그걸 어떻게 내버려 두겠습니까.

막 화를 내려고 하는데, 식탁 아래의 내 발을 누군가가 꽉 밟고 있습니다. 마주보고 앉은 마누라가 발을 뻗어 내 발을 밟고 눈짓을 하고 있는 것입니다. 혼내지 말고 내버려두라는 뜻입니다.

자라는 아이들에게 혼을 내면 기가 죽어서 못쓴다는 것이 평소의 마누라가 가지고 있던 이론입니다. 밥상머리에서 화를 내기도 뭣하여 참을 수밖에 없었습니다만, 이거 내가 애들 눈치를 보며 살게 생겼습니다. 아들 녀석의 기는 살려야 하고, 애비의 기는 죽어도 된단 말입니까?

애들이 이렇게 이름말을 안 들을 수도 있는 것입니까? 낮과 밤을 바꿔서 거꾸로 살고 있는 요즘의 놈들은 참으로 이름말도 되게 안 듣는 놈들입니다. 내가 어릴 적에는 안 그랬는데 말입니다.

주전부리

뒤꼍에서 따온 한 바구니의 오들개(오디)로 차와 술 그리고 식초를 만들기로 했습니다. 그것을 담글 유리병을 사러가는 마누라에게 기왕이면 튀밥 좀 사가지고 오라고 하자 얼굴을 찡그립니다.

튀밥을 방안 여기저기에 흘려놓을 것이 틀림없으니, 결국 마누라의 일거리가 늘어나기 때문일 것입니다. 입에 먹을 것을 달고 다닌다며 쫑알거리던 마누라가 과자통을 내어놓고 나갑니다만, 튀밥을 사올지는 두고 볼 일입니다.

어릴 적부터 주전부리를 하며 살아왔는데, 지금에 와서 이 버릇이 없어질리가 없으니 어떻게 하겠습니까. 생각해보면 없이 살았던 옛날이, 밥 아닌 다른 먹을 것이 더 많았던 것 같습니다.

가난하여 사탕이나 과자 또는 과일 등을 마음껏 먹을 수 있었던 것은 아니나, 그 시절에도 주전부리할 나의 양식이 지천이었습니다. 물론 지금은 먹지 않는 그런 것들이지만 말입니다.

밭일을 끝마치고 진지를 잡수시러 들어오시던 할머니의 손에는 까만 알갱이가 들려있었습니다. 울밑 그늘 아래에서 자라고 있던 꺼먹싸리(까마중)였는데, 귀여운 손자에게 먹으라고 주시는 것입니다. 새파란 알갱이가 커가면서 점점 까맣게 되어, 달콤한 맛을 내는 콩알 크기의 열매였습니다.

물로 먼지를 씻어내고 입에 넣으면, 톡 터지면서 달콤한 과즙이 입안을 감돌았습니다. 덜 익은 것은 약간 아린 맛이 있었으나, 아주 작은 씨알까지 목으로 넘어갔습니다.

학교를 오고 가는 제방 주변으로 매운개가 자라나고 있었습니다. 냉이랑 아주 비슷해서 구별하기가 어려운 이것은 자라면서 순이 올라오는데, 손으로 잡고 힘을 주면 고동이 똑 부러집니다. 잘라진 매운개를 입에 넣고 씹으면 코가 매콤하면서 고소했습니다.

제방이나 묘 주위에는 띠가 자라났습니다. 이 띠의 어린 순은 삘기라고 불렸으며, 이것을 뽑아 껍질을 벗기고 속의 하얀 것을 씹었습니다. 섬유질이 많았으므로, 씹어도 입 안에 오래도록 남아있어 껌과 같았습니다.

연약한 새싹이었으므로, 이것을 뽑을 때는 조심스럽게 신경을 써야 했습니다. 끊어져버리면 먹을 것이 없으니 말입니다. 그래서 삘기 뽑는다는 말이, 힘든 일을 할 때 쓰는 말이 되지 않았나 생각됩니다.

울 밑에서 자라던 앙증맞은 제비꽃도 먹을 수 있는 것이었습니다. 줄기와 이파리는 물론 조그마하게 열린 열매주머니까지 다 먹을 수 있었는데, 아주 시큼하였습니다. 덜 여문 하얀색의 열매는 쌀밥이라 했고, 익어서 노란색을 띠면 보리밥이라 했습니다. 쌀밥처럼 부드러웠고, 보리밥처럼 거칠었던 것입니다.

보릿고개에 해당하는 오월이면 노란 송아 가루를 털거나 달콤한 향기를 담고 흐드러지게 핀 아카시아 꽃을 꺾었습니다. 쌀이나 밀가루와 함께 버무려, 떡을 해먹었던 것입니다. 아카시아 꽃을 훑어 입에 가득 넣고 씹으면 퍼지는 단내가 참으로 향기로웠습니다.

찔레꽃의 새로 돋아나는 연한 순은 아작아작 씹히는 맛이 약간 떫으면서도 고소했는데, 그 가시에 손등을 찔려가면서도 찔레꽃의 순을 꺾어먹었습니다.

벚나무에 검정눈망울처럼 달린 버찌 또한 나의 주전부리였는데, 입 안에서 버찌가 터지면 달콤한 즙액이 입 안을 적셨습니다. 그때마다 나의 입술은 검붉은 칠을 했고, 혓바닥은 온통 새까맣게 변했습니다.

산에 가면 칡뿌리, 으름, 머루, 개복숭아 등 먹을 것이 지천이었는데, '사촌 집에 가는 것보다 산에 가는 것이 더 낫다' 라는 속담까지 있었습니다.

나 어릴 적 주전부리하던 이 모든 것들이, 지금은 우리 몸에 이로운 물질이 들어있다면서 연구해야 할 대상이라고 합니다. 옛날에 주전부리로 먹던 이런 하찮은 것들이 미래에는 우리들의 희망일 수도 있으며, 어찌 보면 나 어릴 적에 이미 웰빙을 하고 있었을지도 모릅니다.

개구쟁이

나 어릴 적에는 각종 곤충이나 양서류들이 많았으며, 그것들이 바로 나의 장난감이었고 놀이의 대상이었습니다. 내 나이 너덧 살 때 동무들과 풍뎅이를 가지고 놀았는데, 방바닥이나 마루에 둘러앉아 풍뎅이의 배를 하늘로 뒤집어 놓고, 누구의 풍뎅이가 더 잘 도는지 시합을 했습니다.

뒤집혀진 채 '윙~윙~' 소리를 내며 돌아가던 풍뎅이는, '푸드득 푸드득' 몸부림을 치다가 어느 순간 똑바로 젖혀지면서 '부웅~' 하고 날갯짓을 하며 공중으로 날아갔습니다.

나는 풍뎅이가 날아가지 못하도록 겉날개와 속날개 중의 하나를

떼어버렸습니다. 그러면 날아가려 날갯짓을 하여도 '윙윙' 소리만 났을 뿐, 하늘로 날아가지 못하고 바닥에서 빙빙 돌기만 했던 것입니다.

아이들은 풍뎅이를 더 빨리 돌게 하기 위하여 손으로 방바닥을 '탁탁' 치면서 자신의 풍뎅이를 응원하였고, 바닥이 울리는 진동에 놀란 풍뎅이는 정신없이 '웽웽' 소리를 내면서 돌고 돌았습니다. 지금 생각을 하면 참으로 잔인한 행위였으나, 그 당시에는 그것이 무척 재미가 있던 놀이의 하나였습니다.

잠자리는 쌀잠자리, 보리잠자리, 밀잠자리, 고추잠자리, 말잠자리, 왕잠자리 등 종류가 많았을 뿐 아니라, 숫자 역시 무척 많았습니다. 그 잠자리를 잡아 꼬리 중간을 잘라내고, 그 잘라진 꼬리에 가느다란 나뭇가지를 끼워 시집을 보낸다며 하늘로 날렸습니다.

꼬리 끝이 잘려나간 그 잠자리는 무거운 나뭇가지를 꼬리에 달고 힘겹게 하늘을 비행하였습니다. 나는 그것을 보고 손을 흔들며 시집을 가서 잘 살라 인사를 하고 있었으니, 꼬리가 잘리는 바람에 얼마 살지 못하고 죽는다는 것을 왜 몰랐을까요?

또한 두 마리의 잠자리를 잡아 강제로 결혼을 시키기도 했는데, 실로 그 잠자리들의 꼬리를 각각 묶어 이은 다음, 하늘로 날렸습니다. 실로 묶인 두 마리의 잠자리가 같은 방향으로 날아가면 결혼을 해서 잘 사는 것이고, 각각 다른 방향으로 날아가다 땅에 떨어지면 이혼을 하는 것이라면서 말입니다.

신혼여행을 떠난 두 마리의 잠자리가 오랫동안 고생을 하면서 죽어갈 것이라는 것을 어렴풋이 알았지만, 개구쟁이는 개의치 않았습니다.

나는 또 다른 것도 가지고 놀았습니다. 상수리나무 둥치에 난 구멍 속에는 집게벌레(사슴벌레)가 살았는데, 밤에는 이 집게벌레들이 밖으로 나와 돌아다녔습니다. 이 사슴벌레의 생긴 모양이 사슴뿔처럼 훌륭한 뿔을 달고 있고 껍질이 딱딱했으므로, 가지고 놀기에 좋았습니다.

이 집게벌레를 잡아 서로 싸움을 붙였는데, 딱딱한 사슴벌레의 등을 손가락으로 긁으면 성질이 난 집게벌레가 집게로 상대 집게벌레를 사납게 물었습니다. 집게와 집게끼리 서로 물고, 몸통을 뒤집어 가며 싸우는 모습을 보고, 우리 편 이기라며 응원을 하였습니다.

이 싸움을 붙이는 것은 사슴벌레에게만 그런 것이 아니라, 물에서 잡은 가재를 가지고도 상대방의 가재와 싸움을 시켰습니다. 이들 모두 집게발을 가지고 있는 죄로 인하여 투사가 되어야 했던 것입니다.

냇가 모래사장, 풀이 듬성듬성 나서 약간 그늘진 곳에는 개미귀신이 살고 있었습니다. 모래 구덩이를 파고 들어가 개미가 빠지기를 기다리다, 지나가던 개미가 그 구덩이에 떨어지면 잡아먹는 벌레였습니다.

푹 파여진 모래 구덩이에 빠진 개미는 그곳을 빠져나가려 해도, 모래가 계속 무너져 내렸기 때문에 그곳에서 개미귀신에게 잡혀먹혔던 것입니다.

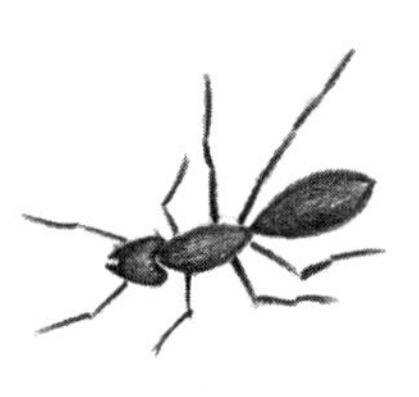

개구쟁이들은 개미를 잡아 그 개미귀신의 구덩이에 던져놓았습니다. 개미가 허겁지겁 빠져나가려는 모습과 개미귀신이 귀신처럼 모래에서 솟아나와 개미를 잡아먹는 광경을 구경하려는 것이었습니다.

또한 그 구덩이에 마른 풀잎을 넣으면 모래가 흔들렸으므로 개미가 빠진 줄로 알고 개미귀신이 튀어나왔는데, 속는 그 모습이 우습다며 낄낄거렸습니다. 뿐만 아니라 모래 함정 속에 손가락을 넣어 우렁이를 잡듯이 개미귀신을 잡아 모으기도 하였습니다.

개구리를 잡아 길에 놓고 뜀뛰기 시합을 하였을 정도로, 개구리는 아이들의 장난감이었습니다. 그 중에서도 가장 엽기적이라고 할 만한 것은 풀대를 뽑아 대롱을 만들고, 그것을 개구리의 똥구멍에 대고 입으로 바람을 불어넣는 것이었습니다.

풀대로 개구리의 똥구멍에 대고 살살 문지르면, 풀 대롱이 개구리 똥구멍으로 쏙 들어갑니다. 이때 입으로 힘껏 바람을 불면 개구리의 몸속으로 바람이 들어가면서 개구리가 빵빵하게 부풀어 오릅니다. 그러면 놀란 개구리의 눈이 왕눈이 되었습니다.

복어처럼 배만 불룩한 개구리를 놓아주어도 눈만 껌벅껌벅할 뿐, 금방 도망하지 못하는 것을 보고 동무들과 낄낄거리며 웃었습니다.

나 어릴 적, 풍뎅이 등 곤충과 각종 동물을 못살게 굴며 장난을 많이 한 것입니다. 가혹한 행위였으나, 다들 그렇게 하는 것이 놀이라고 생각했기에 아무런 거리낌이 없었습니다. 지금의 마음은 그 예쁜 곤충과 귀여운 개구리에게 얼마나 미안한지….

나 어릴 적에 함께 놀던 풍뎅이, 잠자리, 사슴벌레, 가재, 개미귀신, 개구리는 모두 어디로 가고 없습니다. 아이들이 함께 놀 친구들이 없어진 것이지만, 그것들이 남아있다 한들 지금의 아이들이 함께 놀 것 같지 않습니다. 잠자리나 풍뎅이와 노는 것보다 인터넷에서 게임을 하는 것을 즐겨하니 말입니다.

온라인 게임에서 아이템을 사고팔며, 사람을 죽이는 전쟁놀이를 즐기는 지금의 아이들입니다. 동영상을 직접 찍기도 하고, 그것을 온라인에 올리기도 합니다. 어른들은 상상도 못할 일을 하기도 합니다.

옛날에는 개구쟁이가 골목에서 뛰놀았으나, 지금은 온라인에서 찾아야 합니다. 세월 따라 개구쟁이도 많이 달라졌으니 말입니다.

솔향기

"바사삭, 바삭, 바사삭."

소나무 숲이 우거진 산길을 따라 천천히 걸어가노라면 바람결에 그윽한 소나무향이 콧속으로 스며들고, 바닥에 떨어진 솔잎이 빛바랜 색으로 발에 밟힙니다.

옛날에는 이 솔잎을 땔감으로 쓰기 위하여, 갈퀴로 닥닥 긁어서 자루에 넣어 한 짐씩 집으로 가져갔었습니다. 겨울철에 군불을 때거나, 밥을 할 때 필요했던 것입니다. 마른 솔잎을 아궁이 속에 넣고 불을 붙이면 현란한 춤을 추면서 아름답게 타올랐습니다.

"포르륵, 포르르륵."

솔잎의 불은 급한 소리와 함께 다른 솔잎으로 옮겨 갔고, 어느 한

순간 짙은 회색으로 꼬부라들었습니다. 부지깽이를 손에 잡고 아궁이 앞에 앉아 그 불을 쬐고 있으면, 얼굴은 물론 몸 전체가 따뜻하였습니다. 몸이 보슬보슬하고 느낌이 개운하였던 것입니다.

마른 솔잎을 긁어오는 것은 꼬마나 계집아이들의 일이기도 하였으니, 솔잎을 긁거나 솔방울을 주워와 불을 지펴 밥을 하고 군불을 때던 시절이었습니다. 지금은 석유나 전기 또는 가스로 음식을 하거나 난방을 하지만, 옛날에는 연탄마저도 돈이 없어 때지 못했던 것입니다.

다들 산에 올라가 나무를 해다 땔감으로 썼으므로, 소나무 아래로 떨어진 솔잎이 바닥에 쌓이기 무섭게 박박 긁어대어 소나무 근처는 황토 흙이 드러나 보일 정도였습니다. 그러니 동네에서 가까운 산에 땔나무가 제대로 있겠습니까. 제일 손쉬운 것이 생 솔가지를 해오는 것이었습니다.

덩치가 좀 있는 남자아이들은 묵직한 육철낫으로 작은 소나무의 가지를 척척 내리쳐, 새끼줄로 묶어 등에 지거나 어깨에 메고 산을 내려왔습니다. 마른 나뭇잎과는 달리 물먹은 생솔가지는 상당히 무거웠습니다.

그 생솔가지를 집 뒤편에 비나 눈이 잘 맞지 않도록 척척 쌓아두었다가, 비들비들 마르면 그때그때 필요한 만큼 가져다 불을 땠습니다. 그러나 마른 나무를 다 때고 없을 때는 생솔가지를 그대로 때야 했습니다.

약한 불에 생솔가지를 넣으면 쉽게 불이 붙지 않지만, 일단 불이 붙었다 하면 무거우면서도 힘있게 타올랐습니다. 급하게 타오르다가도, 어느 순간 단발마의 비명소리를 내고 숨이 끊어지기도 하였습니다.

"파르륵…. 파르르륵…. 퍽."

이때마다 아궁이에서 연기가 꾸역꾸역 쏟아져 나왔습니다. 연기 속에서 급하게 부채로 부치거나 입으로 '훅훅' 바람을 불어넣으면, 순간적으로 폭발하는 것처럼 다시 생솔가지에 불이 붙었습니다.

"……펑~."

이때 새파랗게 올라오는 불꽃은 보석처럼 찬란하였습니다. 생솔가지를 때는 날이면 부엌뿐 아니라 집 주변에 연기가 가득 했으므로 꼭 불이 난 것처럼 보였고, 그 자욱한 연기에 얼마나 매웠는지 얼굴이 눈물과 콧물로 범벅이 되었습니다.

"콜록, 콜록."

기침을 하면서 밖으로 뛰쳐나가야 했으나, 그러는 가운데서도 은은한 솔향기가 부엌은 물론 사람의 몸 구석구석에 배었습니다.

저녁나절의 시골마을에서는 굴뚝마다 밥을 짓는 연기가 구름처럼 흘러내려 아름다운 풍경을 만들어냈습니다. 날이 흐린 날에는 하늘로 올라가지 못하고 땅 아래에 안개처럼 자욱하게 내려앉기도 하였습니다.

황토 아궁이에 솔가지가 타고 빨간 알불이 남아있을 때, 석쇠를 이용하여 간갈치를 올립니다. 갈치의 생선기름이 물결의 진

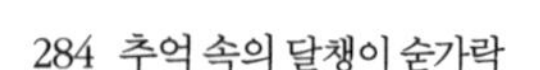

동처럼 미세하게 부서지면서 구워지는 것입니다. 솔향기가 배인 갈치 구이는 참으로 맛이 좋았습니다.

솔잎의 향기에 취하는 오늘, 그 옛날 생솔가지에서 피어오르던 연기에 쐰 것처럼 두 눈이 젖어옵니다.

똥수간

우리 문화에서 가장 빨리 변한 것 중의 하나는 변을 보는 방법일 것입니다. 항아리를 땅에 묻어놓고 그곳에서 변을 보도록 하던 것이, 점차 수세식으로 바뀌다가 지금은 상당수가 양변기로 바뀌었으니 말입니다.

지금은 변을 보고 났을 때 따뜻한 물이 자동으로 뿜어져 나와 세척을 해주는 비데도 있고 부드러운 화장지도 있지만, 내가 어렸을 적엔 주로 신문지로 밑을 닦았습니다. 일정한 크기로 네모지게 잘라내서 화장실 못에 걸어놓고, 필요할 때마다 한 장씩 떼어내어 휴지로 사용을 했던 것입니다.

이때 인쇄 된지 얼마 되지 않은 신문지를 쓸 경우, 활자의 잉크가 묻어 똥구멍 주변이 새까맣게 되기도 했습니다. 그나마 신문지를 사용하게 된 시절은 많이 발전했던 시절이었으며, 그 이전에는 종이가 무척 귀하여 다른 것으로 용변 후의 뒤처리를 하였다고 합니다.

화장실은 변소 또는 똥수깐이라고 불렸는데, 냄새가 많이 났으므로 '처갓집과 똥수깐은 멀수록 좋다' 고 했습니다. 이 두 가지가 가까울수록 편하다고 한 것이 제법 세월이 된 이야기지만 말입니다.

볏짚을 엮어서 화장실 지붕을 이고 그 주변을 둘렀으며, 그 안에 볏짚 무더기를 놓아두고 썼습니다. 벼 훑치기로 낱알을 걸러내고 남은 부드러운 볏짚이었습니다. 그것을 대변을 보고나서 밑을 닦을 때 사용했던 것입니다.

어쩌다가 그것이 떨어져 없을 때는 울타리 겸 칸막이 노릇을 하던 볏짚을 몇 개 빼서 한두 번 접은 다음에 밑을 닦았습니다. 그것은 훑치기에서 나온 볏짚과는 달리 상당히 거칠어서 사용하기 불편하였습니다.

이때 사용한 지푸라기를 똥수깐 안에 넣으면 변과 함께 섞여서 좋은 거름이 되었습니다. 무엇 하나 함부로 버릴 것이 아니요, 무슨 물건이든지 쓸모가 있었던 것입니다. 물론 이것은 50~60년대의 이야기입니다.

일이 년 이 지푸라기를 빼서 뒤처리를 하다보면 똥수깐의 벽에 구멍이 숭숭 뚫리게 되지 않겠습니까. 여름엔 시원하였지만, 겨울엔 그곳으로 들어오는 바람이 무지하게 차가웠습니다. 엉덩이를 까고 일을 보려면 얼마나 추웠겠습니까.

그리하여 2년마다 갈아줘야 하는 초가집의 지붕을 해 올릴 때, 뚱수깐의 지붕과 울타리도 보강해야 했습니다. 그래야 계속하여 밑을 닦을 수 있지 않겠습니까.

볏짚으로 뒤처리를 했다니까 미개하다고 하시는 분들이 있을지 모릅니다만, 사실 이 볏짚도 상당히 문화적인 것이었습니다. 덜 문화적인 경우는 나뭇잎을 사용했다는 것인데, 그 중에서도 잎이 엄청 큰 칡넝쿨이 사용하기에 제일 좋았습니다.

그러나 어디 그것이 항상 옆에 있습니까. 콩이나 옥수수 이파리 등 아무 풀잎이나 뭉쳐서 사용하면 됩니다. 그것도 없으면 그냥 손으로 대충 닦으면 되는 것 아니겠습니까. 그런 다음에 나무나 풀 그리고 고운 흙에 쓱쓱 문지르면 됩니다. 아니면 도랑물에 휘휘 저어 닦으면 깨끗하지 않겠습니까.

이렇게 말하니까 우리나라가 되게 지저분한 것 같은데, 그건 절대 아닙니다. 이웃 나라에서는 새끼줄을 화장실에 놓고 용변을 보고 났을 때, 그것으로 그곳을 쓱싹 문질렀습니다. 그 다음 사람은 안 쓴 부분으로 또 쓱싹 닦았다고 합니다. 못 믿어도 할 수 없습니다.

사막이 있는 나라에서는 작은 돌이나 모래로 뒤처리를 하며, 물이 많은 나라에서는 물로 씻어냈다고 합니다. 왼손은 그거 뒤처리로, 오른손은 밥을 집어먹으니, 왼손과 오른손을 확실히 구분하는 풍습이 생긴 것입니다.

내 나이 다섯 살쯤 되었을 적, 집 울타리 안에 외따로 떨어진 조그만 똥수깐이 있었습니다. 커다란 항아리를 묻어놓고, 그 위에 나무판자를 사다리처럼 걸쳐놓은 것으로써, 그곳 위에 올라 앉아 대변을 보았습니다.

쪼그려 앉으면 약간 뒤로 몸체가 젖혀지기 때문에 발뒤꿈치가 닿는 곳은 목재를 대어 약간 높임으로써, 중심을 잡기 편하도록 만들었습니다. 가끔 똥수깐에 어린아이들이 빠지는 일이 생기던 시절이었습니다.

어느 날인가, 다섯 살배기 어린아이였던 나는 항상 그랬듯이 똥이 마려워 똥수깐에 들어가려고 했습니다. 그런데 그날따라 어느 아저씨가 똥장군을 그 앞에 놓고 똥수깐에서 똥을 푸고 있는 것 아니겠습니까.

똥은 점점 마려워오는데 똥수깐은 똥을 푸는 중이지, 어린 나이에 똥을 참으려 얼마나 애를 썼는지 모릅니다. 어린놈 하나가 똥수깐 앞에서 끙끙대는 것을 보고 눈치를 챘는지, 아저씨는 급하게 똥을 푸셨습니다.

드디어 그 아저씨는 똥 푸기를 끝내고, 똥지게를 등에 진 다음에 똥바가지를 든 채 일어섰습니다. 인고의 시간을 보낸 나는 급하게 똥수깐에서 바지를 내리고 앉아서 힘을 주었습니다.

오랫동안 참고 참았던 똥이 묵직하게 밀려나가면서 똥통 안으로 떨어졌습니다. 얼

마나 시원했는지 모릅니다. 그런데, '첨벙~' 하는 소리와 함께 엉덩이에 차가운 물기가 올라오는 것 아니겠습니까.

'윽' 하는 비명소리가 목구멍에서 치밀어 올라왔으나, 이 황당한 상황에 어떻게 대처해야 할지 다섯 살배기의 머리로는 대책이 서지 않는 순간이었습니다. 생각할 틈도 없이 또다시 똥이 밀려나왔습니다.

두 번째 똥 덩어리도 똥통 속에 '첨벙' 하는 소리를 내며 떨어졌고, 똥물이 또다시 나의 엉덩이까지 튀었습니다. 이번에는 처음보다 더 많은 똥물이 튀어 불알까지 척척해지는 것이었습니다. 아직까지 똥이 계속하여 밀려나오고 있는데, 이것을 어쩌란 말입니까.

먹는 양이 많아 싸기도 많이 쌌던 그 시절에는 똥수깐을 자주 퍼야 했습니다. 똥수깐의 똥을 푸는 방법은 똥바가지로 똥통의 똥을 퍼서 똥장군 속에 넣어야 했습니다. 똥통의 똥이 묽지 않고 되었으므로, 진득한 똥만을 어떻게 풀 수 있겠습니까.

똥통에 물을 붓고 휘휘 젓은 다음에, 그 묽어진 똥을 똥바가지로 퍼야 했습니다. 똥을 다 푼 다음에 똥통 속에는 묽은 똥물이 남아있었으므로, 내가 누운 똥이 그 속에 떨어지며 똥물이 튄 것은 당연했습니다.

그래서 똥을 푼 다음에는 그 똥통 속에 짚을 넣어 똥이 떨어지더라도 똥물이 튀지 않게 해야 했는데, 그날 똥을 푼 아저씨가 그것을 그만 깜박 잊어버렸던 것입니다. 꼬마 하나가 발을 동동 굴리며 기다리고 있었으므로, 급하게 비켜주느라 잊었던 것인지도 모릅니다.

어쨌든 간에 똥물이 나의 고결한 엉덩이 살에 닿다니, 그날의 비참했던 그 느낌은 정말로 생각하기도 싫은 추억입니다.

옛날에, 서양인들이 우리나라에 와서 가장 큰 애로사항이 변을 보는 방법이 다르다는 것이었다고 합니다. 즉, 우리가 편하게 쪼그려 앉을 수 있는 것과 달리 그들은 그 쉬운 자세를 취할 수가 없었던 것입니다.

요즘의 우리나라 아이들은 변소에서 쪼그려 앉을 줄을 몰라서 학교에 설치된 수세식 화장실을 이용하지도 못한다고 합니다. 우리의 아이들이 외국인들처럼 쪼그려 앉지를 못한다니, 참으로 희한한 일입니다.

변을 보는 것도 점점 편리해지고 있습니다. 앞으로 수십 년 뒤에는 또 다른 방식으로 변을 보게 될지도 모르겠습니다.

7

마음의 향기

춘하추동

지금은 강과 내의 물이 탁하여, 물에 들어가면 살갗이 빨갛게 부풀어오를 정도입니다만, 나 어릴 적에는 금빛모래와 은빛물결이 반짝이는 투명한 물이었습니다. 손으로 모래를 파낸 후, 위에 뜨는 가벼운 모래를 훅 불어내고 그 물을 마실 수 있을 정도였으니 말입니다.

논에서부터 흘러내리는 물이 내를 거쳐 강으로 흘러들었다가, 바다로 향하는 내내 맑고 깨끗하여 물고기의 종류도 많았습니다. 어디를 가든 그 물속에서 멱을 감고 노는 아이들이 있었습니다.

신록이 짙어가던 5월의 아카시아 꽃이 질 때쯤이면, 쏟아지는 빗줄기에 세상은 붉은 황톳물로 변합니다. 깊은 물속에서 숨을 죽이던 민

물고기들이 황토 새 물을 마시기 위하여 상류로 유영하는 계절인 것입니다.

잉어 등 각종 물고기가 산란을 위하여 상류로 오르는 길목에서, 손으로 직접 짠 그물코가 넓은 투망을 던져 물고기를 잡았습니다. 팔뚝만한 잉어가 그물 속에서 물보라를 일으켰습니다.

봄을 지나 여름에 들어서는 입구에 서면 장마철입니다. 논이나 소류지에서 자라나던 물고기가 빗물을 따라 보로 몰려듭니다. 보의 물고마다 붕어와 미꾸라지가 바글거렸고, 족대로 훑으면 파닥거리는 은빛비늘의 물고기가 한 가득이었습니다.

한 여름철에는 냇물 깊이 자맥질을 하면서, 커다란 조개는 물론 작은 재첩조개를 손으로 움켜잡습니다. 그 곳에서 모래무지와 붕어를 잡아 고추장에 찍어 날로 먹기도 했습니다.

넓은 들녘이 황금빛으로 물들어가는 가을이 오면, 논흙 속에서 꼬물거리는 미꾸라지가 벼를 베는 농부의 발에 밟혔습니다. 벼를 베기 위하여 논바닥에 도랑을 내고 물고로 물을 뺍니다.

농약을 많이 치지 않던 그 시절에는 논에 뱀장어와 참게는 물론, 미꾸라지와 통통하게 살이 오른 새우가 바글거렸습니다.

커다란 소쿠리로 물길을 막아 논의 고랑을 따라서 물고로 향하던 새우를 한 소쿠리씩 담아냈으며, 그 새우에 소금을 뿌려 젓갈을 담그면 독특한 향기가 있어 참기름에 밥을 비벼먹을 수 있었으니, 그것을 토하젓이라 하였습니다.

잡은 새우를 장독대 위에 널어놓으면 가을 햇살과 서늘하게 부는 바람에 빨갛게 말랐습니다. 가을날의 새파랗게 맛이 든 무를 탁탁 썰어 들기름에 달달 볶다가, 그 빨간 새우와 함께 보글보글 찌개를 끓였습니다. 새우가 울어난 그 국물의 깊은 맛은 정말 감미로웠습니다.

수수목이 빨갛게 익어가는 가을날, 털이 숭숭한 집게발을 한 참게가 엉금엉금 기어나와 고요한 달빛을 따라 바다로 내려갑니다.

싸리나무나 가느다란 나뭇가지로 도랑이나 내를 가로질러 총총히 꽂아놓고, 그 물속에 빨간 수수목을 달아놓으면 참게들이 그 수수를 먹기 위해 달라붙습니다. 그 참게를 잡아 끓는 간장에 두세 번 담그면 게 간장이 되었습니다. 그 게 간장은 다른 반찬 없이도 밥을 다 먹을 수 있었으니, 언제 밥이 없어졌는지 모를 정도로 맛이 좋아 '밥도둑' 이라고 하였던 것입니다.

마른 나뭇가지에 하얀 눈이 쌓이는 겨울에는 하천의 물은 꽁꽁 얼었습니다. 해머나 도끼로 얼음 위에 솟아나온 바위를 내려치면, 진동의 파장에 정신을 잃은 물고기가 허연 배를 들어내고 물 위에 둥둥 뜹니다. 은빛 고기를 건지기 위해 차가운 물속에 손을 넣어도 시리지 않고, 튀긴 물방울이 머리에 내려 고드름이 주렁주렁 열려도 춥지 않았습니다.

얼음이 녹기시작하면, 도끼를 이용하여 얼음 배를 만들었습니다. 그 얼음 배 가운데에 구멍을 뚫고 노를 저어 이리저리 물 위를 돌아다니다, 다른 얼음 배와 충돌합니다. 물에 빠진 개구쟁이는 옷이 물에 젖었으므로, 집에 들어가 혼날 일이 걱정이었습니다.

삭정이와 마른 잎을 이용하여 불을 지핍니다. 코끝이 새까맣게 되도록 알불을 만들고 있는 것입니다. 넓적한 돌을 달구어 물고기를 굽고, 젖은 옷을 말리고 있습니다. 젖은 것을 말리려는 개구쟁이의 옷이 나일론으로 된 것이었으므로, 튀어 오른 불똥에 구멍이 숭숭 뚫렸습니다.

그것도 모르고 소년은 마른 호박잎을 말아 담배를 피우는 흉내를 내고 있습니다. 권련을 이빨로 물고 눈을 치뜬 채, 손은 허리에 대었습니다. 매캐한 연기에 기침과 눈물이 나왔으나, 영화 속의 주인공이 된 기분에 우쭐하였습니다.

춘하추동 계절을 따라 내와 들로 뛰놀던 그 시절이 비록 경제적으로 넉넉지는 못했으나, 낭만이 있었습니다. 지금은 내가 뛰놀던 냇물의 금빛모래는 잡풀이 우거져있고, 은빛물결은 탁한 물로 변하여 그 옛날의 느낌이 없어진지 오래되었습니다.

앞으로 나의 자손들이 멱을 감고 물장구를 칠 곳은 어디란 말입니까. 지금이 비록 경제적으로 살기는 좋아졌다고 하나, 옛날 나 어릴 적의 행복지수가 더 높았지 않았나 하는 생각입니다. 그 시절, 그 때가 그립습니다.

내 사랑 그대

어두운 밤에 밀려오는 바다 물결이 항구의 불빛을 받아 빛을 발하듯, 내 가슴은 아름답게 울렁거렸습니다. 바위에 부딪혀 찬란하게 부서지는 별처럼, 파도는 내 안에 환상의 은하수를 그렸던 것입니다.

그대를 만나는 시간, 두근거리는 가슴을 안고 열차를 탔습니다. 그대의 무엇이, 어떻게, 왜 좋은지 몰랐지만, 그냥 그렇게 무작정 끌렸습니다.

함께하는 시간 내내 나의 얼굴은 붉게 달아올랐고, 그대의 눈동자는 흐르는 물빛처럼 영롱하였습니다. 아쉬운 시간이 흘러 헤어져야 할 때면, 마주잡은 두 손을 서로 꼭 쥐었습니다.

어느 날인가, 열차를 타고 밤새 여행하던 때도 있었습니다. 서로 집까지 바래다준다면서 그렇게 왔다 갔다 했던 것입니다. 그 뜨거운 가슴에 겨울바람도 훈훈하였습니다.

1985년 1월 26일 토요일. 하얀 면사포를 곱게 차린 그대는 신부대기실 의자에 앉아있었습니다. 사랑이 가득한 눈망울로 나를 바라보고 있지만, 긴장하여 몸을 움직이지 못하고 있다가 내가 내민 손을 잡고 서야 겨우 일어섰습니다.

연신 헤헤거리던 나는, 신랑 입장이라는 소리에 큰 걸음으로 씩씩하게 식장으로 들어갔습니다. 이어, 하얀 옷의 천사가 나에게 다가왔습니다.

그러나 신부를 맞이하여 팔짱을 끼는 법과 각각 서 있어야 하는 위치를 몰라, 자리를 바꿔가며 빙글빙글 돌아야 했습니다. 예식장은 곧 웃음바다가 되었습니다.

신랑이 내내 해죽거리며 입이 귀에 걸릴 정도로 웃고 있었으므로, 틀림없이 딸을 낳을 것이라고 다들 수군거렸습니다.

제주도를 향한 여객기의 창밖에서 포근한 솜사탕이 우리에게 미소를 보내고 있습니다. 살포시 눈을 감은 그대는 나의 가슴에 얼굴을 기대고 행복한 꿈을 꿉니다.

성산포의 세찬 바람에 그대의 머리카락이 흩날려 나의 얼굴을 간질입니다. 산뜻하니 기분이 맑았습니다.

맑고 커다란 눈동자가 촉촉이 젖어 나를 바라봅니다. 참으로 아름답습니다.

내 손가락을 그대의 붉은 두 뺨에 갖다 대었습니다. 작은 새의 가슴 속 털처럼 부드럽습니다. 나는 그대의 날개옷을 잡고 천산을 날아오르는 신선입니다. 가슴이 벅차오릅니다. 빨간 망토를 나부끼며 우주를 유영하는 슈퍼맨이 됩니다. 황홀합니다.

천상에서 죄를 짓고 쫓겨난 그대와 나는 억겁세월을 돌고 돌며 윤회하다, 오늘 영원의 인연으로 맺어진 것입니다. 천년의 세월을 구름으로 여행하고 기다렸던 것입니다.

나의 마음은 언제나 그대를 향하여 흐릅니다.

목련꽃 피는 4월. 그대는 마루 위에서 햇님을 맞이하고 있습니다. 갸름하고 애띤 얼굴은 물론, 손과 발목이 가늘어 애처롭습니다.

그대는 마룻바닥에 한 손을 짚고, 다른 손으로는 자신의 배를 어루만지며 속삭입니다.

"아가야, 건강하게 잘 자라라."

그 말을 들었는지 뱃속에 있는 놈이 발길질을 하고 있습니다. 축구선수로 키워야 할 모양입니다.

퇴근길의 나는, 집에서 기다리고 있는 그대를 생각하며 발걸음을 빨리합니다. 오늘도, 안쓰러운 그대가 아무것도 먹지 못했음을 알기에….

아침나절, 몇 모금 마신 우유도 다 토하고 말았습니다. 평소에 좋아하던 갈비찜은 냄새조차 맡지 못하겠다고 고개를 돌렸습니다.

뱃속의 그놈은 하늘나라에서 뭐를 했었는지, 사바세계의 오염된 물질을 거부하고 있습니다. 힘없는 그대의 얼굴이 애처로워 내 마음 안타깝습니다. 내가 대신 입덧을 할 수만 있다면 얼마나 좋을까요.

복숭아 통조림과 연양갱을 들고 마당으로 들어섰습니다. 마루에 앉아 있던 힘없는 얼굴에 기쁜 미소가 피어납니다. 잠깐 동안 떨어져 있어도 그렇게 보고 싶은 것일까요?

황도복숭아 통조림의 향기에도 선뜻 입을 대지 못하고, 신혼 내내 달고 다니던 연양갱도 마음에 없는 표정입니다.

봉숭아의 진득한 물만 입에 적셨을 뿐 나에게 먹으라고 내밉니다. 나를 바라보는 그대의 눈 속에 은하계의 모든 별들이 들어있습니다.

나의 사랑하는 그대여, 당신은 세상에서 제일 아름답습니다.

나 한없이 그대를 사랑합니다.

그대와 함께 한 세월이 엊그제 같은데, 벌써 20년이 훌쩍 넘었습니다. 살결에 새겨진 세월의 흔적에 마음이 아파옵니다. 그대의 손을 잡고 가을 속으로 걸어갑니다.

옅은 하늘의 색 아래 갈색으로 물든 산이 날개를 펴고, 길옆으로 이어지는 가로수가 손짓하는 날입니다. 내가 어릴 적에는 플라타너스의 낙엽은 칙칙하게만 보였고, 노란 은행잎과 붉은 단풍잎이 화사하여 좋았습니다.

그런데 지금은 길게 늘어선 방울나무의 어우러진 갈색에 취했습니다. 하, 아름다워 눈물이 나올 정도로 가슴에 젖어듭니다.

내 마음의 화선지에 멀리 바라다 보이는 산과 들, 길게 이어진 가로수 모두를 하나둘 담았습니다. 노란 은행잎보다, 화사한 단풍잎보다, 가로수의 갈색이 가장 깊숙이 들어옵니다. 이제까지 칙칙하게 보였던 갈색이 가장 아름다운 것을 이제야 느낍니다.

내 사랑 그대여….

마음의 향기

모든 물질은 냄새를 풍기며, 맡을 때 기분 좋은 느낌이 드는 냄새를 향기라고 부릅니다. 향기는 몸에서 뿜어져 후각으로 전달되는 것이지만, 마음을 통해 나와 상대방의 마음으로 전해지기도 합니다. 향기는 그렇게 가고 오는 것입니다.

어린아이가 어머니의 품을 찾는 것도, 어린이가 성인이 되어 옛날 어릴 적의 어머니 품을 그리워하는 것도, 다 어머니에게서 나오는 향기가 있어서입니다. 그 향기는 자식에 대한 사랑이 가득한 어머니에게서 저절로 나옵니다.

종교적인 믿음으로 운집하여, 절대자에게 갈구하는 기도 속에서 피어나는 냄새는 연꽃의 향기와 같습니다. 그 향기 속에서 믿음이 더욱 굳건하게 됩니다.

열정적으로 악기를 연주하거나, 뜨거운 가슴으로 노래를 부르는 사람의 몸에서 뿜어지는 열기에도 은은한 향기가 배어있습니다. 환호하는 관객으로부터 나온 향기와 하나가 되어 더욱 짙은 향기로 승화됩니다.

사랑하는 마음을 품은 사람에게는 향기가 피어납니다. 그 향기는 저절로 상대에게 전달됩니다. 그러나 미움만 가득한 사람에게서는 그것과는 다른 냄새가 나옵니다.

한정된 좁은 장소에 가둬서 인공 사육된 가축의 고기보다, 야생의 짐승 고기가 맛이 훨씬 좋습니다. 산짐승의 고기는 부드럽고 감칠맛이 나며, 무엇인지 모를 향기를 품고 있는 것입니다.

그러나 야생의 짐승일지라도 사냥꾼에 쫓겨 공포감으로 고통 속에 죽으면, 그 고기는 쓰고 맛이 없습니다. 같은 것일지라도 향기와 악취로 나눠지는 것입니다.

바다에서 직접 잡아 올려 막 뜬 생선회는 싱싱하고 쫄깃하며 향긋합니다. 그러나 불안감 속에서 수족관에 오래 갇혀있던 생선에서는 그 향기가 없습니다.

향기는 맡을 때 기분만 좋은 것이 아닙니다. 그 향기를 맡음으로써 머리가 맑아지고 마음이 안정되는 것은 물론, 몸의 기능을 향상시킵니다.

양계장의 닭에게도 감미로운 음악을 들려주면 알을 더 잘 낳는다고 하며, 과수원의 나무도 음악을 틀어주면 좋은 과일이 더 열린다고 합니다.

뱃속의 태아에게 조용하고 감미로운 음악을 들려주며, 좋은 말만 듣도록 태교를 하는 것 또한 이와 같은 이치일 것입니다.

소나무가 우거진 숲 속을 거닐면 피곤이 사라지며, 어느덧 기운이 솟아납니다. 무엇인지 모를 힘이 몸 안으로 스며드는 것입니다.

사랑의 향기를 주고받는 모든 동식물은 예쁘고 건강하게 자라나, 그렇지 못한 경우는 그 반대가 될 것입니다. 미워하는 마음은 상대를 해치는 것은 물론, 자신에게도 해가 되니 말입니다.

생물뿐 아니라 무생물도 사랑의 향기를 먹고사는지도 모릅니다. 아무리 쓰러져가는 초막도 사람이 사는 동안에는 그 틀을 유지하고 있습니다만, 멀쩡해 보이는 건물도 사람이 살지 않으면 오래가지 못하고 무너져버리니 말입니다.

사람이 비단금침에서 자고 산해진미를 먹는다 해도 꼭 건강한 것은 아니며, 뽕잎만 먹는 누에는 비단실을 뽑아내고 송충이가 솔잎만 먹을지라도 단백질 덩어리인 몸을 유지합니다. 그러니 나물 먹고 물을 마시는 삶일 지라도 자족한다면 어찌 아니 행복이라 하겠습니까.

사랑의 향기는, 그것을 내뿜는 사람도, 맡는 사람도 모두 건강하고 행복하게 만듭니다. 우리 모두 마음에서 나오는 향기를 뿜읍시다. 그대여, 내가 뿜는 사랑의 향기를 맡아주세요.